劍來

第二部 三 迢迢渡銀漢

烽火戲諸侯 著

高寶書版集團

◆目錄◆

第一章　桂花島之巔

陳平安抬頭望向高空，鄭大風破境的氣象之大，直接讓那片苻家雲海顯出真身，最終人與雲海一起緩緩消失。

陳平安忍不住憂心忡忡問道：「會不會動靜太大了點？」

陰神笑道：「動靜足夠大，才能震懾鼠輩和豺狼。」

鄭大風能夠厚積薄發，一舉打破瓶頸，這尊陰神當然樂見其成。神君與人做生意自然公平公道，可他們這些從那座小廟走出來的陰物、陰神，卻無這份待遇。若是鄭大風在此夭折，壞了神君的謀劃，很可能惹來神君震怒，在千萬里之外將他彈指滅殺。

一貫謹小慎微的陳平安認真咀嚼了一下這句話，覺得還真有道理。不過這種道理，暫時不適用於自己。無妨，就像那些刻在小竹簡上的文字，先攢著，行走江湖技不壓身，道理更是如此。

陳平安好奇地問道：「會不會鬧得滿城皆知，以後鄭大風想要做點什麼，豈不是處處是苻家和五大姓的盯梢眼線？」

陰神瞥了眼東海方向，搖頭道：「苻畦已經出馬了，藉此契機，鄭大風應該會順勢做下幾筆生意。他從雲海返回的時候，一定不會像上去的時候那麼大張旗鼓。」

陳平安點頭，將所有翠綠欲滴的小竹簡收入方寸物之中。這些竹簡，既有當初為林守一、李槐做小竹箱時剩下的普通綠竹，更多的還是返回落魄山後，魏檗贈予的竹樓殘餘，都是從青神山遷出的棋墩山奮勇竹。在梳水國渡口青蚨坊做了買賣之後，知道了青神山竹子的價值連城，陳平安越發珍惜，以至好些在書上看到的美好句子，都要咀嚼幾遍，才決定要不要刻在竹簡之上。

陰神突然問道：「能不能給我一片小竹簡，寫有『神仙有別，陰陽相隔；魂以定神，魄塑金身』的那片。」

陳平安毫不猶豫就搖頭拒絕：「不行。」

你以為你是寶瓶、李槐他們啊，想要啥我就給啥？

陳平安隨即想起頭一回在小巷，陰神當面揭穿鄭大風的心思，不管是不是楊老頭的意思，好像都應該承情，陳平安立即就大方起來：「好，送你就送你，一片竹簡而已。」

陰神雖然不理解為何陳平安改變心意，之前他由於心意迫切，所以說得過於直白，其實他不願占這個便宜。陰神微笑解釋道：「我方才話沒說完，其實我是想跟你購買那片竹簡，十枚穀雨錢，如何？」

陳平安剛從方寸物拿出那片竹簡，聽到「穀雨錢」三個字後，頓時有些頭皮發麻，疑惑道：「哪怕竹簡是由青神山奮勇竹製成，可就這麼點大，不值這個嚇人的天價啊？」

陰神淡然笑道：「賣給其他任何人，撐死了就是幾枚小暑錢，但是對我而言，這片竹簡加上這句話，就值這個價。怎麼，嫌價錢太高，不賣？要便宜一些才肯賣？那就一枚小暑錢？」

陳平安站起身遞過那片竹簡，笑呵呵道：「趙老先生，東西收好。」

陰神一手接過竹簡，一手手心堆放著十枚穀雨錢。陳平安接過那把靈氣盎然的穀雨錢，使勁看了兩眼，然後趕緊收入方寸物中。

陰神打趣道：「不確定真偽？小暑錢和穀雨錢的造假，在山上層出不窮。」

陳平安笑道：「我本來就沒見過真正的穀雨錢，而且我信得過趙老先生。」

陳平安酒也不喝了，將裝有飛劍十五的養劍葫蘆別在腰間。

小雪錢，相當於世俗王朝的一千兩銀子；一枚小暑錢，等於一百枚小雪錢；一枚穀雨錢，則等於十枚小暑錢，這就是山上貨幣交易所謂的「千百十」。至於為了驪珠洞天特製的金精銅錢，比起穀雨錢還要珍貴。

十枚穀雨錢！這會兒終於有點腰纏萬貫的感覺了。

陳平安突然問道：「趙老先生，不然我把那些竹簡都給你瞧瞧，你找找有沒有還想買的？」

陰神搖頭笑道：「錢囊空空，買不起了。」

十枚穀雨錢，其實是它此次跟隨鄭大風南下老龍城的所有積蓄。

之所以出此高價，是因為鄭大風破境時自己神魂震動，一眼相中了那句讖語。

冥冥之中自有天意，天底下所有人都可以不信，他不行。

陳平安又說道：「沒事，趙老先生您看上哪片竹簡，我送您便是。」

陰神轉頭打量著這個少年，笑了笑，不再說話，重新仰頭望向雲海，覺得有點意思。

鄭大風的御風登天，隨後破境引來雲海異象，男人腳底下的老百姓不會察覺到什麼，但是幾乎所有中五境鍊氣士和武道大小宗師，都在情不自禁地仰頭關注這一幕，尤其是苻家。在登龍臺底下等候少女稚圭的苻畦，甚至親自去往雲海，見一見這個能夠破開雲海大陣的人物。

由於雲海遮掩，外人看不清雲海之上的男子容貌，大多數在老龍城身居高位的修行中人，別人只是湊個熱鬧，猜測那個山巔境強者的真實身分，是那個持有半仙兵的苻家老祖破關而出，還是雲林姜氏的老祖在為即將下嫁老龍城的家族嫡女敲山震虎？

老龍城商貿繁華程度冠絕寶瓶洲，作為三大洲物資的重要中繼樞紐，這裡魚龍混雜，有錢人多，賭鬼也多，私底下好友之間的較勁，甚至是幾家大的賭檔的押注，如雨後春筍般冒了出來。眾人賭得千奇百怪，有賭此人身分的，有賭此人會不會被苻家打殘的，有賭此人的性別甚至是姓氏的……

內城范家府邸，現任家主和幾個家族老祖、供奉客卿全部都是百歲高齡往上的老人，此刻並肩站在一座高樓廊道，人人滿臉喜氣。以雲海之上的人物的登天起始地，加上之前的情報，他們可以推斷出此人正是灰塵藥鋪的鄭大風。鄭大風毫無徵兆地躋身第九境，成為武道止境的山巔境大宗師，對於范家而言，這自然是天大的好事，而且鄭大風未來數十年，不出意外都會待在老龍城，范家無異於多出了一個從天而降的山巔境武夫。

八、九境之差，雲泥之別！

純粹武夫入門錬體，中期錬氣，巔峰錬神，各有三境，越往後，尤其是第七境之後，相鄰兩境的差距就會越來越像一道鴻溝，所以流傳著一句武道俗語：「高境對敵低境，殺人不過一拳事」，只不過也有人覺得這個「殺」字，應該改為「傷」字，更加準確。

與棋壇國手的段位有點相似，同樣是九段，分強九段、弱九段。七、八段的棋手，偶爾以妙招神仙手擊敗弱九段國手，不是沒有可能，但到底屬於特例，不是棋壇常理。話說回來，寶瓶洲的棋手段位評定，尤其是八、九段，往往只是由某個朝廷的棋待詔與其輪番對弈，而各個棋待詔的棋力水準，本身就相差懸殊。

一位范家金丹境老祖撫鬚而笑：「范小子有這麼一位傳道人，真是好大的福氣！」笑聲四起。

驟然之間，老龍城上空的雲海洶湧下沉，幾乎所有人都措手不及就身處雲海之中，四顧茫然。無論是錬氣士還是純粹武夫，都感覺到一股令人窒息的壓迫感，這一刻的氣機運轉或多或少都出現了凝滯減緩的狀況。不過轉瞬之後，天地又恢復清明，雲霧消散得半點不剩，很多蟄伏或是供奉於老龍城的金丹境修士，心情尤為沉重。

鄭大風是以八境遠遊境御風而去，卻是以九境山巔境步行返回小巷。

藥鋪裡的女子們，從頭到尾都在嬉笑打鬧，沒有任何異樣感觸，這既是山下人的井底之蛙也是凡夫俗子的另一種安穩。她們見著了從鋪子外邊走入的掌櫃，也沒往深處去想。

漢子手裡拎了兩罈從鄰近大街買來的美酒，掀起門簾，低頭彎腰走入院子。他將其中一罈酒高高拋給坐在板凳上的少年，他自己撿起老煙杆，再次坐在正房前的臺階上，沉默不語，既不抽旱煙，也不豪飲醇酒。

他開口第一句話，不是對老頭子「欽定」的傳道人陳平安說的，而是詢問陰神：「老趙，現在是不是可以打開天窗說亮話了？老頭子到底還有什麼交代？陳平安過幾天就要去乘坐桂花島渡船離開此地，護道人一事，你能不能給句准話？」

陰神搖頭道：「神君只叮囑我，你若是破境成功，就好好享福；若是破境失敗，就丟海裡餵魚。」

鄭大風雙手使勁揉著臉頰：「我的親娘，還是一頭霧水。」

鄭大風將老煙杆擱在懷中，打開酒罈泥封，低頭對著酒罈吸溜一下，如龍汲水，酒水凝聚為一線，自個兒跑到鄭大風嘴中。

鄭大風抹了抹嘴，仰頭望向那片雲海：「老趙，你說老頭子有沒有猜到我此次破境看見的景象？有沒有料到我差點就要一鼓作氣再撞天門？有沒有想到我看到了那道大門附近的景象，差點就要……」

鄭大風哀嘆一聲，然後又低頭喝了口酒，突然間眉開眼笑：「說不定老頭子那句話，一開始就是兩層意思。『終生無望第九境』，哈哈，老頭子真是頑皮……」

陰神扯了扯嘴角，覺得鄭大風真是不知死活。

鄭大風好似脖子給人掐住，四處張望，很是心虛。他趕緊起身，來到院子中央，面朝北方，自言自語道：「老頭子，別見怪啊，弟子鄭大風破境成功，卻無法當面跟你講這件喜事，內心愧疚得很。老頭子你英明神武，度量大，莫生氣，弟子唯有以三鞠躬、三炷香聊表心意了！」

鄭大風果真做手持香火狀，向遙遠的大驪方向拜了三拜。

陳平安很納悶，楊老頭怎麼會教出李二和鄭大風這麼一對有著天壤之別的徒弟。不過一想到李寶瓶、李槐、林守一他們幾個同樣是性格迥異，相差十萬八千里，陳平安就不感到奇怪了。

鄭大風在敬香之前有一個古怪動作，陳平安看得一清二楚——鄭大風舉起一條胳膊，伸手在頭頂繞了一下，彷彿那裡藏有三炷香，給他拿回手中。

鄭大風做完這件神神道道的事情，懶散地坐回板凳，好像真的打定主意開始享福了。

他盯著陳平安，陳平安跟他對視，一個好像是欠了一屁股債卻死活不想還錢的無賴；一個像是在說你敢不還錢，我打不死你也煩死你。

陰神看著這兩人，突然發現自己有點不懂現今的世道了。

有人掀起簾子，卻沒有立即走進院子，他一手將竹簾高高抬起，一手拎著一壺老龍城最好的桂花小釀，光是那只精美酒壺就能賣一枚小雪錢。

唇紅齒白的俊秀少年看到院子裡還有外人，一時間便有些猶豫不決，站在原地，輕聲問道：「鄭先生……我能進來嗎？」

在少年走入灰塵藥鋪後，陰神就已散去身形。陳平安轉頭望去，是一名同齡人，看得出來是一個純粹武夫，暫時應該還是三境。少年的呼吸吐納平穩，牽一髮而動全身的筋骨皮肉輕微顫動，血氣、精神流瀉在外，這名老龍城少年的武道底子打得尚可，但是瑕疵較多，其純粹真氣在體內氣府的「巡狩驛路」，似乎不夠寬，且不夠平整……

陳平安突然有些訝異，他發現自己竟然在俯瞰別人的武道境界。

直到這一刻，陳平安才意識到自己真的躋身武道第四境了。

鄭大風沒有計較陳平安的神遊萬里，對著少年招手笑道：「我知道瞞不過你爺爺。不過不是我說你啊，賀禮就是一壺范家釀造的桂花小釀？是不是太馬虎了一些，我這個人從來是大事上含糊，小事上特別講究。你把酒留下，麻溜兒回范家，找你爺爺提一提，做人可不能太小氣了。」

少年啞然，無奈道：「鄭先生，我是聽爺爺說了這事，偷跑出來送酒的，不是我家長輩的意思。不然先生等我以後繼承了那艘桂花島渡船，再準備一份大禮？這壺酒是我從家裡偷拿出來的，回頭可別跟我爺爺說啊，我這就給先生去跟家裡討要賀禮去……」

少年放下酒後，就屁顛屁顛跑了。鄭大風沒有阻攔那個風風火火的范家小子，斜眼看了一下暮氣沉沉、死精死精的陳平安，心想：『同樣是少年郎，瞧瞧人家范小子，待人誠懇，出手大方，好說話，一身的優點；再看看你陳平安，五文錢的舊帳，你能記這麼久，長得還不白，古板迂腐，一身的臭毛病！』

從少年的言語中，陳平安瞭解到很多內幕——少年出身於那個跟隨苻家一起押注大驪的老龍城范家，如今拜師於鄭大風，未來會擁有那艘桂花島渡船，再加上之前陰神透露，鄭大風要與城主苻畦做買賣。

陳平安心中微微鬆了口氣，自己這趟選擇范家渡船去往倒懸山，應該問題不大。

未來老龍城是神仙打架還是群魔亂舞，是其他人需要考慮的事情，陳平安只需先待在藥鋪耐心等待幾天，然後登上那艘桂花島渡船到達倒懸山，去往劍氣長城，找到寧姑娘，送出背後那把劍……

鄭大風伸手一抓，笑道：「范小子，回來，你還真去幫我厚著臉皮討要賀禮啊？」

其實少年回到家說什麼，鄭大風根本不在乎，他其實是覺得跟陳平安相處一院有點無聊，還不如抓個開心果回來解悶，省得跟陳平安大眼瞪小眼。關鍵是他一個九境武夫還不好撒野，甚至內心深處還有點晃晃蕩蕩。

已經快要跑出小巷的少年衣衫後領突然被人扯住，他踉蹌後退，嚇了一大跳，還以為遇上了刺客。聽到了鄭大先生響徹心扉的嗓音後，少年嘿嘿一笑，揮手示意那名金丹境家族供奉不用緊張。少年轉身快步跑回灰塵鋪子，對幾名略微熟悉的女子喊了幾聲姐姐，又掀開簾子回到院子，身後是一陣陣歡快的鶯聲燕語，少年打心底喜歡這種氛圍。

范家大門裡的那些仙子、女俠當然更漂亮、更仙氣，但是少年很早就知道，她們看到自己後流露出來的笑意跟這裡的姐姐們的笑意，是不一樣的。一個是對著范家未來家主，一個是對著不知道哪個角落蹦出來的少年。

少年不反感前者，但是喜歡後者。

陳平安給少年搬了條凳子，少年趕忙快步接過，笑道：「謝謝啊。」

陳平安笑著搖頭道：「不客氣。」

少年拎著凳子，望向鄭大風：「先生，我該坐在哪兒？」

鄭大風大手一揮，打趣道：「去門口竹簾那邊坐著，幫忙把風。」

「好嘞。」少年開開心心跑去坐在門口，還是正襟危坐的那種，腰杆挺直，眼觀鼻、鼻觀心，雙手老老實實放在膝蓋上。雖然少年盡量讓自己顯得端莊肅穆，可是一雙眼睛忍不住泛起笑意。笑意清澈得就像嘩啦啦流淌的溪澗，開心時會有聲響，不開心時也有，而不是那種水深無言，貴人語遲。

陳平安突然之間有些羨慕這個少年，門口少年身上，有一種他一直想要卻求之不得的東西。

文聖老秀才當初喝醉了酒，被他背著，使勁拍著他的肩膀說，少年郎肩頭要挑著草長鶯飛和楊柳依依，不要去想什麼家仇國恨，道德文章。

門口那個少年就是這樣的，陳平安做不到。

鄭大風彷彿察覺到陳平安的異樣情緒，雖然未必知曉其確切想法。漢子想了想，笑著將那壺桂花小釀丟回給范家小子。

少年燦爛笑道：「鄭先生，我可只敢喝一口啊。」

陳平安高高舉起養劍葫蘆，也跟著笑了起來，道：「一起喝。」

那少年愣了一下，使勁點頭道：「那我這一口喝得多一些！哦，對了，我叫范二。不是小名兒，就叫范二。因為我前邊還有個姐，叫范峻茂，所以我叫范二……好吧，其實有沒有我姐，我爹娘給我取這麼個名字，都挺讓我傷心的。你呢？可以說嗎？」少年喝了一大口酒，滿臉通紅，咳嗽連連。看來對於這個名字，他確實有點傷心。

陳平安喝過了酒，笑道：「我叫陳平安，平平安安的平安。」

范家那艘桂花島跨洲渡船會在六天後出發，而孫家的山海龜渡船則已經率先出海。陳平安本想去親眼看一下山海龜渡船的模樣，但是想著老龍城最近人多眼雜，鄭大風又剛剛破境，惹出天大動靜，就告訴自己不要給人添麻煩，把這份好奇心就著酒水一起喝掉了。

接下來兩天范家少年還是每天過來灰塵藥鋪，拎著桂花小釀跟鄭大風討教武學。鄭大風雖然人不太正經，聊起武道一事時卻正經了不少，措辭還是花哨了點，可陳平安在旁聽著，覺得鄭大風的指導對於范家少年當下的武道破境，確實大有裨益，說是金玉良言都不為過。只是鄭大風講述的內容，對於陳平安沒有什麼用處，最後心底反而還有點疑問。

鄭大風不介意陳平安旁聽這些有關三境瓶頸的小打小鬧，甚至巴不得陳平安一個心癢自己蹦出來，要對范家小子言傳身教，到時候他就樂得輕鬆自在，大可以跑去前邊鋪子，為姐姐妹妹們排憂解愁。只可惜陳平安只聽不說，裝傻扮癡，好像半點不對自己的武道四境感到驕傲，這讓鄭大風怨念更深。瞧瞧，一個比入定老僧、坐忘道人還穩得住的少年，要他風流不羈的鄭大風如何喜歡得起來？

如果不是陳平安算是他的大半個傳道人，如果不是每天能蹭一壺桂花小釀，鄭大風早就讓陳平安捲舖蓋滾蛋，趕緊離開這間春光滿溢的藥鋪，搬去范家府邸那邊當貴客，只管在那邊扯自己的虎皮作威作福。

這天，范二聽完了鄭大風的疑難解惑，便跟陳平安閒聊起來，兩個同齡人坐在屋簷下乘涼。

孫嘉樹言行舉止滴水不漏，讓人生出如沐春風之感，少年范二就要稚嫩許多，但是也不是那種全然不知民間疾苦的天真。少年聰明，開朗直爽，而且家教極好，他爹娘多半是心大的，在取名字這件事上，就看得出來。

每當少年聊起自己的姐姐范峻茂時，都是滿滿的欽佩。要知道他與姐姐同父異母，范二對那名身為范家主婦的「大娘」一樣特別親近。他總說自己親生娘親太嬌慣著自己了，好是好，可就是擔心自己會長不大。大娘對自己從來都是寵溺，但也講規矩，對錯分明。讀書開竅了，習武有成了，待人接物做得好了，大娘都會嘉獎，說好在哪裡，但是做錯了事，大娘也會把范二當作一個大人對待，絕不會訓斥喝罵，而是心平氣和地與他講道理，所以范二發自肺腑地敬重這位大娘。

少年范二願意對剛剛認識沒多久的大驪少年陳平安，說著這些獨屬於少年的開心和憂愁，陳平安就安安靜靜地傾聽范二的訴說，聽得津津有味。范二起先還怕陳平安覺得煩，後來見陳平安是真心喜歡，范二便會忍不住多喝幾口酒。

陳平安也跟范二說了許多家鄉龍泉郡的事情，聊了他當窯工燒炭、上山下水的事情。

范二緊隨其後的問題，往往都很天馬行空：「陳平安你還要吃土啊？有米飯那麼好吃嗎？不管了，只要能扛餓就行！不然你教教我，哪些泥土更好吃些，以後我在家受罰挨餓之前，去祠堂路上就抓一大兜泥土！」

「你能從頭到尾就靠自己一個人，燒出一件瓷器嗎？陳平安，以後我成人禮的時候，你一定要送我一件瓷器啊！酒杯、茶盞這種小東西就行了，不用太講究，有個能讓人認得出是啥的粗坯模樣就成。我好跟人顯擺，說這是我朋友親手做的，他們一定吃癟，眼饞死他們。」

「天井是什麼東西？颳風、下雨、下雪的天氣，咋辦？那天井對著的池子，裡頭能養魚龜蝦蟹嗎？」

陳平安一一回答，最後笑著說了一句最讓范二高興的話：「我有個好朋友叫劉羨陽，現在可有出息了，已經一個人去了婆娑洲那麼遠的地方。下套子、做弓箭都是他教我的，以後介紹你們倆認識啊。」

范二就在那邊小雞啄米，滿臉期待。他已經開始盤算將來有一天陳平安帶著劉羨陽登門做客，要如何安排他們倆的住處，每天喝什麼酒、吃什麼菜，去老龍城哪兒玩……

有一天，范二沒來灰塵藥鋪。

這天暮色裡，藥鋪早早打烊，陳平安和鄭大風在後院正房，吃著一名婦人做的一桌子飯菜。鄭大風倒是想要憑藉自己的「姿色」，讓那名姐姐不收錢，好讓他在陳平安面前長長面子。沒奈何婦人六親不認，斬釘截鐵，一枚銅錢也不能少。

鄭大風一手持筷，一手持杯，吃菜喝酒兩不誤，隨口問道：「你整天跟范家小子聊些有的沒的，有意思？」

陳平安細嚼慢嚥地對付飯菜，他放下筷子說道：「有意思。」

鄭大風嗤之以鼻道：「我離開驪珠洞天才這麼點時間，你就撈到了這麼多寶貝？咋來的，給說道說道？是不是一路踩狗屎撞大運來的？」

陳平安頂了一嘴：「跟你不熟。」

鄭大風斜眼道：「跟范二就熟了？」

陳平安說道：「比你熟。」

鄭大風齜牙咧嘴：「老頭子願意把珍藏已久的十五賣給你，對你是真不差。」

陳平安這次沒有反駁什麼。

鄭大風又問：「跟孫嘉樹那個聰明蛋分道揚鑣啦？」

陳平安點點頭。

鄭大風笑道：「這個孫子很有錢的，不挽回一下？跟他成了朋友，哪怕是酒肉朋友，以後到了老龍城，保管你小子吃喝不愁。」

陳平安搖頭道：「也就那樣了。」猶豫了一下，他補充道，「孫嘉樹人不壞，就是有些事情，不夠厚道。我如果是商人，不太敢跟他做大買賣。因為他這種人，對誰都有個估價，大致值多少錢，什麼時候該做什麼生意，孫嘉樹一清二楚。對他來說，再好的關係，也就只是生意而已，誰能保證他不把人賣了掙錢？我可能看錯了他，誤會了他，可不管怎麼樣，孫嘉樹今後如何，跟我是沒關係了。」

鄭大風笑道：「他沒你想的那麼簡單，當然也沒你想的那麼差勁。以後這個人，會挺了不起。你今天錯過了他，既是孫嘉樹的損失，也是你小子的損失。你要是不信，咱們走著瞧。」

陳平安問道：「你是說錢財上的損失？」

鄭大風一隻腳踩在長凳上，理所當然道：「不然？天下熙攘，圖個啥？名，不是錢？修為，不是錢？都是錢。」

陳平安笑道：「只是錢，那就更沒關係了。」

鄭大風知道陳平安的言下之意，捨不得錢，也最捨得錢，看似矛盾，實則不矛盾。歸根結底，每個人尤其是修行之人的腳下大道，在於左右雙腳的平衡，只要做到這一點，哪怕蹦跳著前行，一樣能夠走到眾山之巔。

曾經並肩同行，又分道而行，未必就是陳平安和孫嘉樹有高下之分、好壞之別，就只是不同路而已。事實上，關於眼前少年的心性，鄭大風看得很透徹，不過人之砒霜、我之甘飴罷了。李二喜歡，他就不喜歡，可不喜歡歸不喜歡，不得不承認，陳平安能夠一步步走到今天，自有其道。再者，天底下有幾人可以做他鄭大風的傳道人？

老頭子可以做，但是不願意，只承認師徒關係，不想在「道」這個字上琢磨更多。陳平安未必願意，可世事無巧不成書，就是這麼有趣。

鄭大風不由自主地想到了一些深遠處的景象，有些他已經近距離親眼看到，有些暫時離著還有點遠。漢子便有些慵懶乏味，決定結束這場還不如一桌子死鹹死鹹飯菜有滋味的對話，說道：「欠你的五文錢，在你坐上桂花島渡船之前，我一定還你，肯定公道。這次我破境，也會跟你一併結帳。既然老頭子沒說清楚護道人一事，我又沒覺著是你的護道人，那我就當沒這回事，至少跟你陳平安是如此。」

陳平安沒意見，點頭答應。

鄭大風拿起老煙杆，開始吞雲吐霧。

抽旱煙久了，習慣成自然，覺得還挺不錯，難怪老頭子好這一口。

鄭大風眼神恍惚。當初破開雲海，鄭大風差一點就要去做一天之內連破兩境的壯舉，然後鄭大風看到了雲海之上的一幕風景，這讓他打消了念頭。

純粹武夫的九、十境之間，需撞天門，鄭大風自然看見了天門，但是鄭大風深信不疑，自己看到的天門，與任何一位已經躋身十境的武道前輩所看見的，絕不相同。

那道天門，的的確確出現了，但是不只有天門而已。

鄭大風看到了天門前一根通天大柱之上，有一個面容模糊的神將，披掛著一副如霜雪般的莊嚴鎧甲。神將被一把劍釘死在天門柱子上，金黃色的血液塗滿了柱子。

鄭大風當時仰頭望著那具淒慘的屍體。有一個瞬間，彷彿那具神將屍體活了過來，在與他鄭大風對視。神將嘴唇微動，似乎在說一個字：『走！』

鄭大風那一刻差點就要肝膽崩裂，魂飛魄散，差點就要淪為才破境就跌境的可憐蟲。

當時苻畦出現，幫助鄭大風掙脫了那種束縛，而此刻陳平安的問話，打斷了鄭大風的思緒：「鄭大風，我的三境，是被人一拳一拳打出來的，范二既然三境底子打得不算好，你為什麼不幫他？」

鄭大風直愣愣地看著眼前這個傢伙，笑出聲來：「你覺得范二的三境底子，打得『不算好』？」

陳平安皺眉道：「難道是『很不好』？」

鄭大風差點被一口旱煙活活嗆死，大笑道：「不好個屁！按照寶瓶洲武夫的正常水準來說，范二的底子從一境到三境，打得已經夠好了，而且范二本身就是個武道天才，你小子竟然說不算好？那寶瓶洲的純粹武夫，都拿塊豆腐撞死自己算了，不然用娘們的腰帶上吊自殺也行。」

陳平安將信將疑，總覺得這個傢伙在推卸責任，一天到晚想著跟藥鋪女子嬉皮笑臉，不願多花心思在范二身上。

鄭大風笑咪咪道：「如果我沒有記錯的話，李二當初的三境底子，可能比你都要差一點。不過你也別高興得太早，你只是三境出色而已，李二的九境底子，堪稱世間最強，我的八境也差不多。奇了怪了，誰有這麼大本事，能用拳頭把你打出先前那麼個三境？總不可能是李二給老頭子喊回驪珠洞天，手把手教你？」

陳平安搖頭道：「是其他人。」

鄭大風這次是真好奇了，旱煙也不再抽：「到底那人是怎麼錘鍊體魄、神魂的？」

陳平安臉色微變，光是回想一下落魄山竹樓的境遇，他就覺得糟心。

鄭大風笑道：「隨便說說，你只要大致聊一下，我就再送你一本最入門，但是被譽為『最沒錯』的武道劍譜。當初老頭子從一個生前是劍修的陰神那邊要來這本劍譜，我、李二和李柳三人都學過，只是對我最沒有意義。老頭子主要還是為了李柳，對你陳平安則未必無用。」

陳平安想了想，說道：「淬鍊體魄、神魂就跟搗糯米、打麻糍差不多，信不信由你，就這麼簡單，不過後邊我還要做點事情……」說到這裡，陳平安雙指黏在一起，指向自己的胳膊，「自己給自己剝皮，抽筋，一寸一寸慢慢來，眼睛不能眨一下。不用徹底剝掉皮膚也不用抽斷筋，每次都有人告訴我什麼時候可以結束，之後就給人扛著去泡藥桶，傷口很快就可以痊癒。」

鄭大風問道：「總共幾次？一、兩次？三、四次？」

陳平安咧嘴一笑：「每天都要做，一雙手數不過來。」

鄭大風先是一臉匪夷所思，然後捧腹大笑：「好好好，就沖你小子吃了這麼多苦頭，老子想一想就開心得不行。那部劍譜回頭我整理好，保證不動任何手腳，完完整整送給你便是！」

陳平安翻了個白眼，這人夠無聊的。不過想想也是，不無聊的話，能開這麼間每天不掙錢光賠錢的藥鋪？

鄭大風笑了半天，好不容易止住笑聲：「范二的先天底子不比你差，但是心境上，到底是大家少爺，磨礪得少了。說句不好聽的，范二相比我們，仍然屬於外強中乾，經不起你這般折騰打磨，否則會碎的。」

鄭大風雙指捏住酒桌上那只杯子，杯子瞬間化作齏粉。

他淡然道：「武道要緊，還是命重要？」

陳平安開始起身收拾碗筷。

鄭大風心情沉重起來，因為他突然發現，當初陳平安的本命瓷被打碎一事，水很深，比想像中還要深不見底。

沒來由地，看著少年嫻熟地疊放碗碟，鄭大風有些可憐他。

陳平安？除了姓氏沒什麼好說的，名字好像取反了吧？

鄭大風隨口問道：「陳平安，你模樣隨誰，你爹還是你娘？」

陳平安脫口而出道：「聽老街坊說隨我娘親多一些。」陳平安瞥了眼鄭大風：「反正隨誰，都比你長得周正。」

鄭大風沒好氣道：「滾滾滾，收拾你的菜盤子去！」

對這個小子，老子果然就不該有那份惻隱之心。

之前在那座老龍城東海之濱的登龍臺，城主苻畦去往雲海探查異象，久久未歸。那個在海邊結茅修行的金丹境供奉離開修道之處，來到少城主苻南華身邊，苻南華這才意識到情況不對。

苻南華循著老人的視線，看到遠處緩緩走來一個橫劍於身後的男子，氣態閒適，就像是一個遊覽至此的外鄉人。苻南華看不出對方深淺，輕聲問道：「此人修為很高？」

金丹境老者能夠單獨一人幫助苻家坐鎮登龍臺，戰力相當不俗，兩件法寶攻守兼備，在整座老龍城是名列前茅的強者。

老人此刻臉上的神色絕不輕鬆，沉聲道：「想來極高。」

苻南華有些震動，這話說得很有門道，不在「極高」二字，而在「想來」之上。這意味著一名金丹境大佬都看不出對方的真正實力，此人的境界比起老人的金丹境，只高不低。最可怕的是那名不速之客帶著劍，有可能是劍修。

苻南華再問道：「來者不善？」

金丹境老者搖頭道：「不太像。」

那人悠然走來，全然不顧老龍城苻家訂立的禁地規矩，直接跨過那座無形的雷池陣法走到老人和苻南華身前。那人雙手手肘抵在身後橫放的劍鞘上，笑道：「我叫許弱，來自大驪，如今正在你家做客。」

當初渡船落在苻城，苻南華沒有資格去迎接父親苻畦和大驪貴客，家族裡只有寥寥數人「接駕」，但是許弱的大名，苻南華早有耳聞。現在聽到此人自報名號，他趕緊壓下心中激盪的漣漪，立即作揖行禮：「苻南華拜見劍仙前輩。」

許弱笑著抱拳還了一禮。

苻南華直身後，轉頭對金丹境老者笑道：「楚爺爺，沒事了。」

不承想，老人在錯愕之後，作揖之禮，比苻南華這個小輩更加虔誠，竟是久久不願起身：「中土神洲翠微楚氏不孝子孫楚陽，替家族拜謝許大俠的救命之恩！」

許弱啞然失笑，當年翠微楚氏那樁禍事，他不過是路過隨手為之，替楚氏擋下了一座山上宗字頭仙家的糾纏不休。許弱擺擺手道：「不用這麼客氣，我只是恪守墨家宗旨。」

老人仍是沒有起身，顫聲道：「大恩即是大恩，若非許大俠出手相救，楚陽便真成了喪家之犬，以後便是想要認祖歸宗，也成了奢望。許大俠古道熱腸，自是不會將這種事情放在心頭，楚陽卻絕不敢忘恩負義！」

許弱無奈道：「心意我領了，你總這麼彎著腰，也不是個事兒。」

只看面相比許弱要年長一輩的金丹境老人，收起那份大禮，望向那個能夠將名山大川融入劍意的強大劍仙，笑道：「不承想能夠在東寶瓶洲遇見許大俠，楚陽在此結茅枯坐數十年，心裡頭那點對苻家的憋屈怨氣，今天算是徹底沒了！」

苻南華苦笑不已，不愧是老龍城金丹境第一人，脾氣真是臭，還不如何念恩情！

無奈之餘，苻南華百感交集，楚陽早年遊歷到老龍城，何等跋扈，因為一件小事，與老龍城一個大姓家族起了嫌隙，打得天翻地覆，楚陽一人力戰群雄而不落下風。到最後還是苻畦親自出手，先親自跟此人大打了一架，再丟出一座金山、銀山，又讓出登龍臺這處風水寶地，才讓楚陽捏著鼻子成為苻家供奉之一。哪怕苻家如此誠心誠意，楚陽照樣跟苻家坦言，以後苻家任何恩怨，只要不涉及家族存亡，他楚陽都不會出手。若是苻家誰膽敢挾恩圖報，別怪他楚陽翻臉不認人，最後苻家還是得捏著鼻子點頭答應。

可這麼一位有望成為地仙的金丹境修士，此時此刻，跟苻南華年少時面對高深莫測的楚陽，心態如出一轍。

苻南華突發奇想，這位墨家豪俠，會不會有他由衷仰慕的人？會不會在遇上那個人的時候，心甘情願以晚輩自居，抬頭望之？苻南華發現自己根本無法想像那一幕。

許弱不與金丹境老者客套寒暄，徑直走向登龍臺。楚陽連出聲提醒的意思都沒有，苻南華想要開口，但是很快就將那些言語咽回肚子。

隨著老龍城雲海驟然下墜，苻畦很快就返回此地，出現在苻南華身旁。看著登高而上的許弱，這名老龍城城主沒有絲毫不悅，而是帶著苻南華直接回城，金丹境老者與苻畦點頭示意，便也返回海邊茅屋，繼續潛心修道。

苻畦如此放心許弱接近少女稚圭，不單單是自知阻攔不了一位享譽中土神洲的劍仙，更因為許弱的墨家身分。墨家游俠行走天下，這本身就是一塊響噹噹的金字招牌。

許弱走到大半，少女已經走下登龍臺，素雅清爽的婢女裝束，乾淨秀氣的臉龐，不再滿臉淌血，眼睛金黃。

兩人在半路相遇，許弱停下腳步，跟隨少女一起往下走去，輕聲提醒道：「落在某些儒家聖人眼中，妳登上此臺，就是在挑釁規矩。」

少女在許弱面前，不知為何沒有在驪珠洞天和大驪京城的種種掩飾，臉色冰冷：「既然我能活著爬出那口水井，還能活著離開驪珠洞天，就說明我活著這件事，早就是四方聖人默認的，登不登上這座高臺，重要嗎？」不等許弱說什麼，稚圭已經自問自答：「我看不重要，一點都不重要。」

許弱「哦」了一聲，不再有下文。

少女笑道：「當年諸子百家，唯獨你墨家……」

許弱瞬間推劍出鞘兩寸，整座登龍臺都被一條無形的大江之水環繞包裹，江水聲勢浩大，以至原本洶湧撞向岸邊的一股大海潮水都自行退去。

結茅修行的金丹境老人猛然睜眼，又迅速閉上眼睛。

少女嘖嘖笑道：「你的劍術是很高明，而且可以更高，但是這氣魄嘛，真比不上你們墨家祖師呀。」

許弱皺了皺眉：「差不多就可以了，得寸進尺不是好事，這裡終究是浩然天下。」

少女眯起眼，撇撇嘴道：「對呀，我怎會不知道，這兒就是一座古戰場遺址，以前這遍地屍骸，堆積起來比中土神洲的大嶽穗山還要高，鮮血比你引來的這條大瀆之水本體還要多。」

許弱停下腳步，破天荒有些怒氣：「山崖書院齊先生就沒有教過妳？」

少女腳步不停，步伐輕靈：「教了啊，他最喜歡說教，只是我不愛聽而已。」

許弱沉默跟隨，在少女踏出最後一級臺階的瞬間，氣勢磅礴的江水劍意消散一空——信手拈來，隨心所欲。

許弱當初對峙剛剛躋身玉璞境的風雪廟魏晉，同樣是推劍出鞘些許，以高山劍意抵禦魏晉的那一劍，看似旗鼓相當，其實許弱遠遠沒有傾力而為。

許弱已經有太多年沒有完整拔劍出鞘了。

當初在大驪王朝的紅燭鎮，許弱遇上了那個戴斗笠的男子。兩人在喝酒的時候，許弱想要向男人請教一劍，但是那人只是笑著說，你不要揮霍了一劍鞘的精氣神，繼續攢著吧。許弱當時就知道自己與那人的差距有多大了。

如果不是受限於墨家門生的身分，許弱也很想去往劍氣長城。那堵長城牆頭上的劍仙跟浩然天下九大洲的劍仙，根本是兩回事。許弱如何能夠不心神嚮往？

要不然藉此機會，去一趟倒懸山？許弱心中一動，覺得似乎可行。

瞥了眼少女的背影，許弱嘆息一聲，還是算了吧，眼前這個看似弱不禁風的小丫頭，可不是省油的燈，而且她的年齡真不算小了。

許弱再次停下腳步，好像沒了護送她回到苻家的意思。少女轉頭望去，有些奇怪。

許弱始終站在原地。少女只當是他的劍仙脾氣上頭，不願意搭理自己。反正無所謂，她很快回頭，繼續前行。

許弱最後乾脆轉身，返回登龍臺，走到最高處。

這裡曾是世間最後一條真龍的登陸地點，然後那條真龍一路向北逃竄，開闢出那條走龍道，最終隕落於寶瓶洲最北端的大驪王朝，沒能入海去往北俱蘆洲。

許弱不知道這一次，自稱王朱的少女能夠走多遠。

范家的桂花島渡船在今日黃昏起航。范二專程跑來為陳平安送行，兩人在大清早就乘坐馬車一起去往老龍城外。

鄭大風昨夜在陳平安屋門口隨手丟了一只包裹，然後這個掌櫃早餐不吃，日上三竿也在蒙頭大睡，打定主意要一覺睡到飽，其間沒有理睬范二的敲門和陳平安的道別。

包括桂花島在內的老龍城六艘跨洲渡船，都不在孫家那條城外大街的盡頭，而是在最南邊一座孤懸海外的大島之上，需要換乘渡船去往那座巨大的島嶼，這座島嶼距離老龍城有三十多里遠。

陳平安和范二乘坐的渡船在岸邊停靠，范家馬車早已等候多時。

兩個同齡人坐在車廂裡，范二鬼鬼祟祟掏出一只錢袋，遞給陳平安，輕聲道：「家裡管得緊，我沒啥錢，陳平安，真不騙你，可不是我范二小氣啊。這幾個金元寶都是我的壓歲錢，這還是一些熟悉的長輩偷偷給的，加上又不是什麼山上神仙的小雪錢、小暑錢什麼的，爹娘才會睜一隻眼、閉一隻眼。一點心意，你一定要收下。還有這兩壺桂花小釀，你帶著路上喝，駕車的馬爺爺幫我藏在了他的方寸物裡頭，到了桂花島那邊，他會偷偷拿給你的。因為鄭先生說了話，咱家桂花島渡船出海之後，肯定好好款待你，不缺這點酒水。可還是那句話嘛，這是我范二自己的心意，不一樣的。」

陳平安搖頭道：「錢我就不拿了，酒我肯定收下。」

范二有點傷心鬱悶：「為啥？你也不是那種嫌錢少的人啊？咱們這樣的朋友之間，不都講究一個千金散盡眼不眨嗎？我這一路上其實挺心疼的，辛辛苦苦攢了五、六年呢。」

陳平安輕輕撞了一下少年肩頭，壓低嗓音問道：「老龍城有花酒不？以後咱們歲數大一些……」

范二眼睛一亮，立即懂了：「放心，我這兩年再多攢一些金元寶。」

陳平安一本正經道：「我有個很要好的朋友，說天底下最好喝的酒，就是花酒。這酒要是都沒喝過一次，就不配稱酒仙……范二，咱們到時候只喝酒啊。」

范二鄭重其事道：「必須的！」

這座大島之外，原來還有一座島嶼，島上亭臺樓閣連綿起伏，滿山桂樹，芬芳怡人。兩座島嶼之間的海中有一條寬闊道路銜接兩島，眾多豪奢馬車只能於道路一頭停車，可兩名少年的馬車卻能直接駛往桂花島渡船那邊，惹來許多詫異的視線。

馬車緩緩停下，陳平安和范二走下馬車。范二苦著臉道：「陳平安，我就不送你上船了。這段時間我偷拿了我爹好些桂花小釀，他好不容易瞞著大娘藏下的酒，全給我偷拿沒了，今兒回去肯定要罰我去祠堂……」

陳平安趕緊說道：「你千萬別吃泥土，之前騙你泥土能當飯吃，是我開玩笑的。」

范二呆若木雞，哭喪著臉道：「我昨夜挖了兩斤泥土藏床底下呢，白挖了？」

陳平安哈哈大笑，從慈眉善目的老車夫手中接過兩壺酒，倒退著走向桂花島，對范二笑道：「走了啊！」

范二使勁點頭，揮手告別，好像記起一事，大聲喊道：「陳平安，我覺得你這個名字挺好的，跟我差不多。爹娘取名字的時候，都走心了！」

陳平安臉一黑，轉身跑向上島的山路。

范二有些得意：「讓你騙我泥土能當飯吃。」

范二轉過身，對老車夫笑道：「馬爺爺，走，直接去家裡的祠堂！」少年覺得自己這次的氣概極為豪邁，看來那些酒沒白喝、沒白偷，現在自己已是渾身的英雄膽！

一直忍住笑意的老人說道：「范小子，你爹說了，這次不用去祠堂受罰。」

范二雙手抱頭，不知道該高興還是懊惱。

老人看了眼自家少爺，又看了眼那個已經在桂花島上的草鞋少年，沒來由地覺得今天天氣格外好。

陳平安登山而行，好像每走一步，就離那名姑娘近了一步。他越來越腳步如飛，直到走到了桂花島之巔，他環顧四周，情不自禁地深呼吸了一口氣，然後故意憋著這口氣，因為陳平安突然想起了竹樓老人在崖畔說的一句話：「這一口氣吐出之時，要叫天地變色！要叫神仙跪地磕頭！要叫世間所有武夫，覺得你是蒼天在上！」

陳平安又想起了梳水國老劍聖說的一句話：「如果有一個姑娘對你說，陳平安，你是一個好人……哈哈，你倆關係鐵定黃了！」

陳平安頓時有些洩氣，直撓頭。

最後他想起了自己說過的一句話：「我爹姓陳，我娘也姓陳，所以我叫……陳平安。」

陳平安蹲下身，開始喝悶酒，忍不住嘀咕道：「陳平安你似不似個撒子！」

第二章　群山之巔有武神

陳平安腰間掛了一塊桂樹製成的木牌，木牌正面刻著一句怪話：「生於明月裡，人間次第開」，反面為「范氏桂客」，桂客而非貴客，也挺奇怪。這塊范二親自送給陳平安的桂樹木牌，還被人偷偷摸摸刻下了「范二之友」的蠅頭小字，這肯定是范二的手筆，一個會偷偷往床底下藏兩斤泥土的傢伙，做得出這種事情。

很快，迎接陳平安的人就姍姍而來，行走之間，絕無半點妖嬈誘人的意味。來者是一名中年婦人，雖不過中人之姿，但是氣質很好，清雅恬淡，而且陳平安觀其氣象，她應該是一名中五境的鍊氣士。她自稱是桂花島渡船的掛名管事之一，笑言占著年紀大的便宜，陳公子可以喊她桂姨，桂花的桂。

陳平安便喊了聲「桂姨」，說這趟去往倒懸山，多有麻煩。

婦人微笑搖頭：「我們這些生意人，有貴客臨門，從來不會覺得是什麼麻煩事。」她指了指陳平安腰間的木牌，解釋道：「憑藉咱們家主才能送出的桂客牌，陳公子在桂花島上購買任何東西，一律七折。」婦人忍俊不禁，笑意中有幾分親暱，「范小子捎了口信給我這個當姨的，所以陳公子可以再破例，全部打六折。」

陳平安雖然點頭，但是在心中默默打定主意，只要不是特別一見鍾情的心儀物件，這趟跨洲遠遊，就不要購買任何東西了。畢竟別人把你當朋友，你也得把別人當朋友。

婦人桂姨領著陳平安走向一座名為桂宮的高門大宅，一路為少年介紹桂花島的風土人情，並特別提及了桂花糕和桂子酒，讓陳平安一定要多嘗嘗。還說陳平安的獨棟小院就有這兩樣東西，他不用客氣，只管跟那名作為小院婢女的桂花小娘索要。

陳平安沒有拒絕，拍了拍腰間的養劍葫蘆，笑道：「喝酒我喜歡。」

婦人瞥了眼那個朱紅色酒葫蘆，笑了笑：「那就好。」

桂花島上有上千棵桂樹，山巔那棵參天古木，歲數比老龍城還大，是中土神洲的某個農家仙人親手栽下的。桂花島能夠成為一艘跨洲渡船，歷經千年而無損，甚至隨著山上桂樹的樹根蔓延，加上范家以獨特手法添土，桂花島還會緩慢成長，都要歸功於那棵祖宗桂花樹。而范家售賣的桂花小釀，之所以標著天價依然是有價無市的行情，也是因為釀酒的桂花，取自千歲高齡的老桂。寶瓶洲與老龍城范家交好的鉅賈大賈，偶有購得，往往用以送禮或是獨飲。

過了桂宮大門，婦人帶著陳平安一路穿廊過道。庭院並不顯得富麗堂皇，竟是小橋流水人家的樣式。婦人最後領著陳平安到了一間叫「圭脈」的院子，他看到陳平安仰頭多看了幾眼匾額，解釋道：「桂花因為葉脈如同儒家禮器裡的圭，所以被稱為桂。這間院子，雖然占地不大，卻是桂花島靈氣最為充裕的好地方。」

陳平安覺得有些暴殄天物，自己又不是鍊氣士，靈氣厚薄並無意義，這麼一個洞天福地還不如讓別人花錢入住，便試探性說道：「桂姨，我是純粹武夫，給我住太浪費了，我換一處院子吧？」

婦人柔聲笑道：「不是錢的事情，陳公子只管放心住下。以公子和我家少爺的關係，哪怕以後此地成為公子的獨有小院，不再對外人開放，我都不覺得意外。」

這兩句話一下子戳中了陳平安的心坎，想到范二，陳平安便心安理得地走入這間雅致寧靜的圭脈小院。

院中早有一個貌美少女等候，少女亭亭玉立，氣質偏清冷，哪怕只是安靜站立，都站得極有風韻。見到婦人和陳平安後，她立即對著陳平安展顏一笑，嫣然道：「陳公子，我叫金粟，金色的金，粟米的粟，在古書上就是桂花之意，以後就由我來照顧公子的飲食起居。」清冷少女這一笑，頗有我花開後百花殺的風情。

陳平安有些拘謹，下意識抱拳還禮：「以後就有勞金粟姑娘了。」他有些失落，摘下酒葫蘆迅速喝了口酒。

婦人擅長察言觀色，敏銳察覺到少年的一絲變化，卻也沒有深思。少年有些心事，也實屬正常。

婦人告辭離去，她在門口看到了一個意料之外，更在情理之外的熟人，正是那名駕車送兩人前來桂花島的范家老車夫。

婦人笑問道：「是范小子還有叮囑？」

老車夫面對桂姨，似乎相當禮敬，搖頭笑道：「是受家主所托，與陳公子一起去往倒懸山，在此期間，我恐怕要住在圭脈小院。」

桂姨眼神中的訝異更濃，問道：「需要金粟住在別處嗎？」

老車夫點點頭：「最好是這樣，讓她挑一個近一點的院子，每天送些飯菜過來就行，其餘事宜，無須操心。」

桂姨雖然心中疑惑，卻沒有多說什麼，轉頭跟臉色如常的金粟打聲招呼，一起離開。

老車夫不忘提醒了一句：「家主吩咐，還得叨擾桂夫人一件事，讓山頂的那株祖宗桂樹分出一些樹蔭在圭脈小院，免得被外人有心窺探。」

桂姨點了點頭，在桂花島上百餘名桂花小娘中摘得頭魁的少女金粟，忍不住轉頭看了眼老車夫和草鞋少年。

在桂姨和金粟走出圭脈院子後，一陣清涼山風吹過此地，同時一片樹蔭籠罩院落。

樹蔭只是一閃而逝，之後院中依然是陽光燦爛。

被范二稱呼為馬爺爺的老車夫面朝陳平安，開誠布公道：「我叫馬致，是范家清客之一。我是一名金丹境的劍修，但是天賦不高，殺力不強，如果對上同境的苻家供奉楚陽，我多半不敵。這次我是受家主所托，但是家主又是受灰塵藥鋪鄭先生所托，要我來陪陳公子試劍。」

陳平安一聽到「鄭先生」，就知道這應該是鄭大風的酬勞之一，便在這間小院中第二次拱手抱拳。

老人笑著點頭：「先不急，我就住在小院廂房。今天陳公子先好好休息，可以多逛逛桂花島，否則明天開始試劍，陳公子就未必有這樣的閒暇時光了。」

老人走向一間側屋，關上門後，笑道：「如果鄭大先生不是開玩笑，那麼這回范家桂花島的待客之道有點誇張啊，那個少年武夫當真扛得住？我馬致再不濟事，好歹也是一名九境劍修啊。」

老人氣府之中掠出一把一尺有餘的墨色飛劍。它現世之後，開始縈繞老人緩緩飛旋，劍氣濃厚，拖曳出一條條黑色流螢。

滿室森寒劍氣，盛夏時分的暑氣瞬間點滴不存。

陳平安住在面對院門的正屋。他關上門後，這才小心翼翼地打開當初鄭大風丟在門口的包袱。包袱中有一本還帶著新鮮墨香的書籍，刊印精良，書名為《劍術正經》，極有可能是鄭大風透過范家的人脈關係找了一家信得過的書坊，由他親自刊印成冊。僅是映入眼簾的書名四字，就極見功力，陳平安實在無法將其跟吊兒郎當的鄭大風聯想在一起。

除了這本《劍術正經》之外，包袱中還有一只不起眼的棉布小錢袋。陳平安掂量了一下，錢幣數量不多，大約十數枚。陳平安誤以為這是小暑錢或是穀雨錢，結果打開一看，嚇得他趕緊摀住錢袋——竟是一袋子能讓穀雨錢喊大爺的金精銅錢！

金精銅錢何等珍貴，陳平安無比清楚，包括落魄山在內幾座山頭是怎麼到手的？就是將一枚枚金精銅錢輕飄飄地丟出去的結果！

陳平安甚至沒有清點數目，沒有辨認金精銅錢的種類，二話不說，直接將金精銅錢收入了方寸物十五之中。

最後只剩下一塊玉牌和一封信。

玉牌上沒有任何篆刻和雕飾，質地細膩，摸上去其質感如同世間最好的綢緞，一看就是很好的老東西。到底有多好，以陳平安目前的眼力，瞧不出。

陳平安打開信封，信上筆跡，果真與《劍術正經》書名相同，必然是鄭大風的親筆手書。信上將幾件事說得簡明扼要。這部《劍術正經》，道不高，但已是武學的頂點，所載劍術全是返璞歸真的招式，很適合陳平安這種一根筋的人研習苦修。十五枚金精銅錢是償還五文錢，至於那塊玉牌，鄭大風在信上只說了三個字「咫尺物」，除此之外，便再沒有任何介紹，淵源來歷，如何使用，隻字不提。哪怕只有這三個字，分量就已經足夠。

少年崔瀺當初遠遊大隋，這名大驪國師隨身攜帶的，也就是一件咫尺物。

信的末尾，鄭大風說馬致陪他試劍，只是三筆買賣的一點小彩頭，是為了讓陳平安更好適應劍氣長城對一名純粹武夫的無形「厭勝」。金丹境劍修馬致，到時候會祭出本命飛劍，既是指點劍術，也能教會陳平安如何對敵一個中五境劍修。

聊到這件事，鄭大風變得有些不吝筆墨，還加了幾句類似「吃得苦中苦，方為人上人」的話。陳平安拿著信，看著那些文字，就能想像鄭大風寫信之時滿臉賤兮兮的賊笑。

陳平安心知肚明，鄭大風聽說了自己的三境磨礪後，就沒打算讓自己在四境上舒服。估計這會兒鄭大風在灰塵藥鋪正偷著樂，一想到陳平安要在桂花島吃盡苦頭，那傢伙接下來一定喝涼水都像是在喝酒。

陳平安收好《劍術正經》以及玉牌，將咫尺物放入方寸物中。

陳平安沒來由地想起了神誥宗賀小涼，她的方寸物和咫尺物，那才叫多，可謂琳琅滿目。想起這個第一印象原本極好的仙子，陳平安現在心頭唯有濃重的陰霾。

陳平安吐出一口濁氣，出門遊歷桂花島。

從山頂望下去，渡船尚未起航，山腳還有諸多鍊氣士在陸續登船。收起視線，陳平安平視遠方，三面皆是海水無垠的壯麗景象，讓人心曠神怡，置身其中，倍感渺小。

陳平安記起一事。竹樓崔姓老人說他的三境，是天底下的最強三境，不是東寶瓶洲的最強三境，是這個天下的最強三境。

之後鄭大風在閒談之中提及此事，也說李二曾是底子最為雄厚的最強九境武夫，只不過他如今躋身第十境，陳平安猜測李二應該暫時失去了「最強」二字。

陳平安眺望遠方，他聽崔瀺說這個浩然天下極大，有五湖、四海、九大洲，寶瓶洲、俱蘆洲、皚皚洲、婆娑洲和金甲洲等，如眾星拱月圍住那座最大的中土神洲，而中土神洲又有數個大王朝，大驪唯有吞併半個寶瓶洲，版圖才能與它們媲美。

陳平安忍不住去想一個問題：傳說中的武道第十一境——武神境，天底下存在嗎？

少年崔瀺當時嘿嘿一笑，沒有給出答案。

金甲洲。

一處靈氣稀薄到了極點的古戰場廢墟，一尊「生前」高達數十丈甚至百餘丈的巨大神像全部坍塌倒地，無一倖免，綿延開去，如同一條支離破碎的山脈，此地就成了一洲錬氣士的天然禁地。

經常有一陣陣毫無徵兆的罡風席捲天地，對於金丹境之下的中五境錬氣士而言，置身於這種罡風之中無異於刀鋒削骨。

有一個巍峨雄壯的殘破佛像，似乎倒地前的形狀是一位拈花而笑的佛陀。佛像在轟然倒地之時，胳膊齊肩而斷，整條手臂橫在大地之上。佛陀手指所拈花朵，早已粉碎，五指也只剩下三指，其中蹺起一指，指向天空。僅是這一指就高達十數丈，可想而知，這尊神像在完好無損的情況下，是何等高大。

有一個赤腳的白衣少女站在手指上，雙眼緊閉，雙手掐訣，迎風而立。少女的面容普通，就像市井坊間隨處可見的一個小姑娘。

有罡風來襲，如潮水般撞向少女，少女沒有睜開眼睛，只是嘴唇微動，以金甲洲某地方言輕聲道：「開。」

罡風一分作二，如同被人當中劈開，從佛像手指兩側呼嘯而過，唯有絲絲縷縷的漏網之魚，成功拂過了少女臉頰，瞬間在她臉上割出一條條血槽，但是剎那之間，少女容顏就恢復如初。

風吹過少女，帶走蘭花香。

北俱蘆洲附近的海域，一座大山之巔，山勢如錐刺天，唯有山頂是一處碗口狀圓形窪地，窪地如一口水井，深不見底，卻依稀有火光映照「井壁」。在這座活火山的「井口」之中，有一個全身不著一縷的魁梧漢子，單手托住腮幫，盤腿坐在黝黑礁石上，沉思不語，四周全是滾動的岩漿。熱浪翻天，男子渾然不覺。

男子天生重瞳，他有些愁眉苦臉，喃喃道：「這七境門檻有點難破開啊，還得怪自己吃了太多靈丹妙藥。兩百斤，還是三百斤？看來等到躋身金身境，再不能傻乎乎地把那玩意兒當飯吃了。別的不說，需要天天拉屎就很麻煩，傳出去真是有損六境武夫的面子。」

一把凌厲飛劍無聲無息地從「井口」刺下，魁梧男子癱軟在地，頹然滑入火海之中。那把本命飛劍猶不甘休，在這座火山口的「井壁」四周迅猛飛掠，無數滾石墜入火海。

如果在北俱蘆洲的別處，以這把飛劍的主人修為，和本命飛劍的鋒銳程度，恐怕早就把一座山嶽都穿透了。可是在此地，飛劍切割「井壁」石塊，卻極為受阻。

有一名背負長劍的長袍老者站在火山口上，在一劍刺中重瞳男子後，老人嗓音如雷鳴般響徹「井底」：「終於找到你了，你這個挨千刀的王八蛋！別裝死了，我知道你命硬得很。你自己選擇這處逃無可逃的死地，葬身於此後，落得個屍骨無存，你一身罪孽說不定還能減輕幾分。」

老者伸出併攏的雙指，繞到肩後，輕輕在劍柄一抹。佩劍出鞘，沖入雲霄，然後急速下墜，從火山口直奔那座火海，長劍鑽入火海岩漿之中，發出轟然巨響，濺起數丈高的火焰浪花。火海之中，隱約有模糊身影迅猛游弋，那把長劍如同魚叉，次次迅猛刺去。

火山山腳四方，各有一人在緩緩登山。有老道人在一塊塊山石上張貼一張張符籙；有僧人雙手結印，然後輕輕拍向大地；有人手持一幅好似沒有盡頭的畫卷，從山腳一直向上拉，如地衣鋪地；更有青衫老者手持毛筆，在對著地面揮毫潑墨，寫下一句句儒家聖人的教誨。

山頂老人在試圖以雙劍斬殺凶人之餘，自嘲道：「我堂堂金丹境劍修，追殺一個未達七境的江湖武夫，竟然需要如此大費周章。」

老人想到那一樁樁慘事不單是他的宗門禍事，還有山上、山下無數枉死之人，這名金丹境劍修心中怒極，滿臉怒容：「你這種殺人只為取樂的傢伙，死不足惜！百死難贖！」

兩軍對峙，擂鼓震天。

大軍之中，有一座臨時搭建的高臺，高臺上竟然有一個慵懶斜躺在臥榻之上的錦衣男子，看著還不到三十歲。有兩名國色天香的妙齡女子坐在臥榻兩端，一名女子為年輕男子揉捏太陽穴，一名女子俯身彎腰輕輕敲打男子的小腿。更匪夷所思的是男子身後，豎立著一杆正在獵獵作響的主帥大纛。

小心翼翼地敲打錦衣男子小腿的美人瞥了眼另外那名女子，嫵媚笑道：「公子，聽說這次對方陣營，有一名八境劍修和一名九境兵家修士幫著壓陣哩。看來咱們擷秀的前夫，真的很愛擷秀，衝冠一怒為紅顏，真是可歌可泣。公子，不然你就把擷秀還給人家嘛，破鏡重圓，也是美談，反正……」說到這裡，媚態美人抬起一手，掩嘴嬌笑：「反正公子你也把咱們擷秀姑娘品嘗得差不多了，何況她又是小心眼的，從來不願跟姐妹們雨露均沾，豈不是害得公子掃興？天底下哪有這麼蠻橫的丫鬟。」

另外那名被稱為擷秀的絕色女子，置若罔聞，只是以雙手拇指輕輕抵住錦衣男子的太陽穴，動作輕柔地小心推揉。

錦衣男子眯眼笑道：「擷秀害羞，公子我心疼她，至於妳，是經得起折騰的，若是公子傻乎乎心疼妳，一味憐惜，不解風情，妳還不得造反？」

敲腿的女子滿臉春意，對著那個擷秀輕輕挑眉，後者渾然不理睬對方的挑釁。

錦衣男子輕輕抬了抬腳：「為公子脫靴！」

那女子的眼神瞬間炙熱起來，她跪倒在榻前，雙手顫顫巍巍地為錦衣男子摘下雙靴。

男人坐起身，伸了個懶腰：「咱們扶搖洲竟然只比那個寶瓶洲大一些，太沒勁了。」

他光著腳，伸手從女子擷秀領口探入，最後取出一枚帶著美人體溫的金色圓球，輕輕一捏，瞬間穿上一副經常會被誤認為兵家神人承露甲的銀色寶甲。這副寶甲的出奇之處在於布滿各種傷痕，心口處更是露出一個好似被長劍刺透的小窟窿。

穿上不知名寶甲的年輕男子，緩緩向前走出幾步，突然轉頭對名為擷秀的女子笑道：「妳前夫萬般事皆不如我，唯獨一件事，我這輩子都追不上他，那就是講笑話。」

他伸出一臂，伸手指向遙遠的對方大纛，嘴角翹起，對女子說道：「比如請了劍修還請了兵家修士，妳家公子差點就被他笑死了。」

那名為年輕男子脫靴的美人，坐在地上，背靠臥榻，捧腹大笑，風情萬種。

年輕男人轉向敵軍大陣，仰天大笑：「他人妻妾好，別家寡婦更好！」

身穿寶甲的男子拔地而起，破空而去，直接躍過己方大軍騎陣，在千軍萬馬的頭頂，如白虹掛空。

皚皚洲的最北方，無窮無盡的冰天雪地，風雪洶湧，不見天日。

有個女子身披一件雪白貂裘，貂裘偶爾被風雪吹得緊緊貼身，才可以發現這名女子的苗條身材。壓得很低的巨大貂帽之下，露出一雙明亮的眼睛。此人腰間懸佩著只露出一小截的烏鞘長刀，她時不時會從大裘中探出手，以拇指輕輕摩娑刀柄。

露出的一段玉藕似的白皙手腕，好似比白雪還要白，而且還會泛起晶瑩的色彩。

一名年輕女子膽敢獨自行走於這片寒冷刺骨的冰雪之地，她走在了九大洲最北端的皚洲的最北方。一名金丹境鍊氣士都未必敢如此托大，獨自北遊。

女子掏出一只堅硬似鐵的饅頭，輕輕撕咬咽下，視線始終凝視著前方。

皚皚洲這片極寒地帶，荒無人煙，但是經常會有大妖出沒，這些大妖占據天時地利，極其難纏。金丹境之中，除了劍修，其他人都不願意來此，跟那幫狡黠陰險的大妖糾纏不休。一日惹來眾怒，往往會陷入重重包圍，那就真是叫天天不應、叫地地不靈了。

女子停下腳步，剛好吃完那只饅頭。前方風雪迷霧之中，緩緩探出雪狼的一顆巨大頭顱。當牠出現後，方圓百丈之內，風雪驟然停歇。

女子提了提貂帽，揚起腦袋，與那頭高如小山的雪狼對峙。

她打了個飽嗝，然後只是一刀。片刻之後，天地之間始終毫無異樣，她就已經開始收刀歸鞘。

她繼續向前，微笑道：「借你頭顱一用，換點脂粉錢。」

當她走到那隻雪狼跟前時，那隻大妖才轟然倒地。

她看著那顆被一刀斬下的巨大狼頭，有些犯難。

這麼大一顆腦袋，難道要自己扛回去？

她轉頭望向遠處風雪之中，抬起手打招呼道：「你，過來，幫我將這顆腦袋帶回去，饒你不死。作為犒勞，雪狼剩下的屍體全部歸你。」

隨後，女子在風雪中返程，身後跟著一頭雙手捧住鮮血淋漓狼頭的搬山猿。

哪怕那具雪狼的無頭屍體附近數頭大妖蠢蠢欲動，暗中垂涎不已，但是始終沒有誰敢跨入雷池半步。

浩然天下有五湖四海，各自疆域廣袤。

在一座塌陷的「陸沉」版圖上，有一座大湖。湖底有一處古戰場遺址，有一名男子在狩獵那些魂魄不散的英靈，他將英靈捕獲之後，就放入腰間的小魚簍。

在一個大海上空極高處分出兩層滔滔雲海，兩者相隔百餘里。在高處雲海中，有一個完全可以忽略不計的雲海缺口，一個乾瘦長眉的老人，盤腿坐在雲井旁邊，手中持有一根翠色欲滴的魚竿，卻無魚線。

在下邊那層雲海上，距離老人大概七、八十里，有一大群雲霧鯨飛掠而過。

老人做了一個拋竿姿勢，青竹魚竿頂端在陽光映照下，隱約可見一條極細的銀白色絲線。魚線捆綁住一頭長達數里的巨大雲霧鯨，天生神力的雲霧鯨開始劇烈掙扎。

老人往後猛拽魚竿，同時站起身，魚竿被拉扯得彎出一個驚人的弧度。

老人哈哈大笑道：「好傢伙！力氣還挺大！」

雙方對峙了一炷香工夫，老人握住魚竿在雲海之上跑來跑去，罵罵咧咧，十分滑稽。

一名純粹武夫能夠御風遠遊，最少也是八境。哪怕只是八境武夫，也能輕鬆打死一頭雲霧鯨，便是與一群雲霧鯨對峙，也是穩操勝券。

老人垂釣的玄機，在於以一口真氣凝聚為細若髮絲的魚線，純粹以此對敵一頭雲霧鯨的神力，並讓魚線始終不斷，這才是最驚世駭俗的地方。

純粹武夫，本身就強大在「純粹」二字上。

中土神洲，一個曾是浩然天下九大王朝之一的龐然大物就此覆滅，國祚斷絕。

一般而言，能夠覆滅這麼大一個王朝的勢力，唯有九大王朝之中更大的某個存在，但是這一次，絕非如此。

亡國之城，硝煙四起的輝煌皇宮之中，有一騎緩緩前行，所過之處，武將士卒紛紛如潮水般退散。

這一騎，直接策馬去往那座享譽九洲的大殿。

戰馬沒有沿著龍壁兩側的臺階進入大殿，而是直接踩踏在龍壁之上，就像一匹野馬在沿著山野斜坡向上而已。

騎馬之人，身材高大，身披金黃色戰甲，遮覆有隱藏面容的面甲。

騎將手中所持的一杆符籙遍布、金光流動的長槍，比起尋常戰陣鐵槍，要長上許多。騎將的坐騎是一匹身為蛟龍後裔的龍駒，神駿非常，世所罕見；這名騎將腰間還懸掛著一把無鞘劍，長劍無鋒，鏽跡斑斑，兩個古篆小字，漫漶不可識。

在騎馬進入大殿之前，這名立下滅國之功的武將，突然高高舉起手臂，向高空伸出一根中指。騎將做完這個動作後，似乎在等待天上的回應，他勒馬停下片刻後，輕輕一夾馬腹，繼續前行。

馬蹄跨過大殿門檻後，這名騎將視線的盡頭，是那張被稱為天底下最珍稀的龍椅。

武將低下頭，看了一眼無鞘長劍。

聽說劍鞘遺留在了寶瓶洲那個小地方，是讓人去取回，還是自己跑一趟？

這名武將摘下面甲和頭盔，露出一頭青絲，傾瀉而下。

她，而不是他。

女子武神。

桂花島山頂，陳平安站在暑氣幾無的老桂樹樹蔭下，不由得想起家鄉的老槐樹。眼前桂樹葉茂如蓋，而老槐樹卻已不在，陳平安傷感之後，會心一笑，他猶然記得紅棉襖小姑娘扛著槐枝奔跑的畫面。

李寶瓶的活潑可愛，天不怕、地不怕，跟老龍城范二的無憂無慮，能夠把每一天都過得很美好，都讓陳平安羨慕不已。陳平安希望自己有一天能夠成為他們這樣的人，不知道這算不算聖賢書上所謂的見賢思齊？

除了陳平安，老桂樹下站著三三兩兩的渡船乘客，都是慕名而來的看客，對著這棵高齡老樹指指點點。還有一些女子挑選位置站定，讓幾名專門候在此地的桂花島畫師為她們提筆作畫，另有一家三口，讓那名身為丹青妙手的鍊氣士，幫他們畫了一幅全家福，留作紀念。

范二先前在馬車上提醒過陳平安，能夠從老龍城去往倒懸山做生意的客人，境界有高低，出身有好壞，但是有一點是共通的，那就是這些人都不好惹。七彎八拐，誰都能搬出一、兩個通天人物或是仙家豪閥。

陳平安本就不是喜歡惹是生非的人，所以范二這份提醒，屬於錦上添花。

陳平安安安靜靜站在遠處，等一名中年畫師停筆交付畫卷後，陳平安才走上前去，與那個興高采烈手捧畫卷的女子擦肩而過。他瞥了眼一名女子鍊氣士手中的畫卷，不是家鄉門上那種死板不動的彩繪門神，畫卷之上，女子衣衫和青絲緩緩飄拂，一樹桂葉亦是如漣漪般晃動。陳平安發現女子真容與畫卷上略有出入，好像那位畫師畫得增色幾分，陳平安嘆為觀止。這種畫工，比起之前鯤船上的拓碑手法，各有千秋。

中年畫師看到這個背劍少年，抖了抖手腕。

他身後有一個桂花小娘端著小案，小案上擺放著文房四寶。

畫師笑問道：「公子可是也要買畫？我們桂花島渡船此次跨洲遠遊，到達倒懸山前，一路上會有十景，每一處都是世間獨一份的美景，其中就有這株祖宗老桂樹。沾了仙桂的光，我們筆下所繪畫卷，會有淡淡的香氣縈繞，可以保存百年而不褪色，而且可避蟲蟻毀壞，絕不會讓公子失望。」

陳平安在動身之前，就已經收起那塊桂客木牌，他點頭笑道：「我想要三幅，敢問先生，需要多少錢？」

中年畫師愣了一下，不知道眼前的草鞋少年，是真人不露相的豪闊公孫，還是不諳世情的有錢子弟。一般人最多要一幅，哪裡會一口氣要三幅之多。畫師微笑道：「一幅畫十枚小雪錢，若是公子要三幅，可以便宜些，只收公子二十五枚。」

那個姿色遠遠不如金粟的桂花小娘嫣然而笑，柔聲補充了一句：「公子若是持有桂花島特殊木牌，還可以再打折。」

陳平安搖頭道：「沒有，我只是普通客人。」

一幅畫十枚小雪錢，對於買酒從來揀最便宜的陳平安而言，實在是一筆無法想像的開銷，但是今天陳平安沒有任何猶豫，直接掏出二十五枚小雪錢，按照桂花小娘的要求，放在她端著的小案上，范家畫師並不過手，然後中年畫師讓陳平安在桂樹下接連換了幾個位置，最後挑中一個景象最佳的地點。

陳平安獨自站在樹下，面對畫師的審視，明顯有些拘謹，在畫師和顏悅色地安慰了幾句之後，才略微放鬆一些，四肢不再那麼僵硬，但還是有些綳著臉。畫師不敢過多指手畫腳，想著大不了自己落筆之時，多花點心思。

桂花小娘忍不住有些笑意，這般靦腆的客人，在神仙彙集之地的桂花島可不多見。一些膽大的男女還問能不能站在祖宗桂樹上，讓畫師乾脆來一幅登高望遠圖；一些女子則問能否折桂一枝握在手中，這些當然不行。

中年畫師拿起筆，輕輕揮袖，那張產自青鸞國的珍稀宣紙從小案上滑落，緩緩飛掠到他身前，懸停不動，就像擱放在平整的畫案之上。畫師沒有急於在紙上落筆，而是開始醞釀情緒。畫師一手負後，一手持筆，凝望著那個樹下少年。

少年背負劍匣，雙拳緊握，垂放在身體兩側，眼神明亮，膚色微黑，穿著一雙不常見的草鞋，穿著樸素得有點寒酸，但是他收拾得乾乾淨淨，不會給人半點邋遢的觀感。少年身高比起南方青壯男子，只是稍矮些許。

畫技嫻熟的畫師驚訝地發現，自己竟然抓不住眼前少年的那股精氣神，不是說少年沒有，而是畫師無法確定，總覺得自己不管如何落筆，都很難畫到「十分神似」的境界。畫師不願露怯，以免煮熟的鴨子飛走。

二十五枚小雪錢，他能抽成五枚，可不是小數目，中年畫師只好硬著頭皮，假裝胸有成竹地開始作畫。第一幅少年畫像，只能說十分形似，莫說他這種鍊氣士，就是山下王朝的尋常宮廷畫師，都可以做到這種程度。畫師極其不滿意，但是有苦說不出。

畫完之後，畫師略作休息，那個少年也摘下了腰間的酒葫蘆，喝了口酒。喝酒之後，少年越發放鬆，他轉頭望了一眼北方陸地，臉上多了點會心笑意，大概是想到了什麼美好的人或事。少年收回視線後，雙臂抱胸，挺起胸膛，笑容燦爛。

畫師無意間瞥見這一幕，靈光乍現，有了。於是第二幅畫就明顯多出幾分靈氣，少年郎離鄉遠遊千萬里的那份複雜情感，在畫師筆端緩緩流瀉而出。

中年畫師休息的間隙，少年再次喝酒，然後便沒了笑意，不再雙手抱胸，而且好似不願腰間的酒葫蘆在畫中出現，將其懸掛在身後。少年無形中的氣勢更加穩重，更像一名離鄉再遠也能照顧好自己的大人。

第三幅畫，畫師比較滿意。

桂花小娘已經熟門熟路地將三幅畫卷加上白玉畫軸。陳平安一路小跑而來，看過了三幅畫後，看上去很高興，沒有半點異議。

中年畫師其實有點忐忑，他對陳平安說道：「希望公子能夠滿意。」

陳平安雙手捧住三幅畫卷，笑容燦爛道：「很好了！謝謝啊！」

中年畫師如釋重負，笑道：「以後公子若是還想買畫，可以跟我預約。之後的海上九景，我肯定都會準時作畫，價格一律給公子打九折。我叫蘇玉亭，公子只需跟渡船上任何一個桂花小娘問一下，到時候就可以找到我。」

陳平安點了點頭，告辭離去。其實陳平安沒好意思說，之後海上九景，他多半沒機會再買畫了。按照鄭大風不坑死他不甘休的架勢，以及陳平安喜歡自討苦吃的脾氣，陳平安此後不太可能離開圭脈小院半步。

回到圭脈小院的屋子，陳平安開始提筆寫信，還是一筆一畫都寫得認認真真，匠氣十足。之前在老龍城灰塵藥鋪，陳平安本想給山崖書院和家鄉龍泉郡各寄一封信，只是他生怕橫生枝節，不敢輕舉妄動，畢竟老龍城姓苻。知道范家桂花島上有飛劍傳信的仙家驛站之後，他就想著乘船後再說。剛好這次湊巧買了三幅畫像，一幅連同書信送給李寶瓶，一幅家書寄往龍泉郡，到時候讓青衣小童和粉裙女童兩個小傢伙，幫著他去爹娘墳頭上墳，將那幅畫燒掉，好讓爹娘知道如今自己過得很好，所以陳平安當時在桂樹下才會藏起養劍葫蘆，可不能讓爹娘知道他已經是一個小酒鬼了。

寫完了兩封信，帶著兩幅畫，陳平安離開院子，去往仙家驛站。陳平安在門外遇到了桂花小娘金粟，雖然陳平安堅持自己一個人去驛站寄信，可是金粟也堅持要帶路。金粟說她雖然現在不住在圭脈小院，但還是那間小院的婢女，如果陳平安連這種事情都要獨自處理，她一定會被桂姨和范家責罰。陳平安無可奈何，只好讓她跟隨。好在一路上金粟始終默不作聲，沒有插手任何事，哪怕陳平安收起了桂客木牌，以普通客人身分交付小雪錢，女子也只當沒有看見。

金粟將陳平安送回小院門口，就停步告辭。

她回到住處，在一間雅靜小院之中看到了桂姨，原來她們住在一處。哪怕是桂花島上的老人都並不清楚，金粟是這個婦人的唯一弟子。

金粟坐在婦人對面，婦人笑問道：「怎麼，有心事？跟那個少年有關？」

天生性情冷淡的金粟哪怕面對授業恩師，也沒有太多笑容：「有點怪。」

桂姨笑道：「妳如今還只是在桂花島這一隅之地，跟著渡船在海上來來回回，其實跟人打交道的機會很少。妳會覺得那個少年奇怪，很正常。」

金粟破天荒露出一抹少女的嬌憨神色，賭氣道：「我也下船去過幾趟內城，見識過很多老龍城年輕俊彥。」

婦人啞然失笑：「然後就對孫嘉樹一見鍾情？甚至毫不留情地拒絕了苻南華的好意？妳知不知道，范家更希望妳與苻南華走得近一些。只不過范家雖然是生意人，但是家風一向不錯，哪怕妳不懂事，還差點闖出禍事，依然不願強人所難。換一個老龍城的大姓試試看？妳這會兒早就要吃苦頭了。」

金粟眼神凌厲：「范家待我不薄，我將來自然會報恩，可若是敢在這種事情上，逼人太甚，我——」

不等女子說完，婦人身體前傾，伸手在弟子額頭上重重一拍，氣笑道：「少說些無用大話，一個跌跌撞撞躋身中五境的洞府境鍊氣士，真當自己是什麼了不得的修行天才了？只說天賦，妳跟范小子差不多，在老龍城算是驚豔，可在整個寶瓶洲，就算不得最拔尖的了，若是再擱在整個浩然天下……」

說到這裡，婦人嘆了口氣，收取一個合心合意的「得己意」弟子，何其艱難，想要弟子一路破境，步步登天，更是艱難。所以真正的山頂仙家，收取弟子一事從來都是重中之重，僅次於自身的證道長生。她認識兩個十境地仙和一個玉璞境修士，為了考驗未來弟子的心性，耗時最少的十年，最長的長達百年，萬事俱備之後，才會接受弟子的拜師禮。

反正這裡沒有外人，心性高傲的年輕女子一不做、二不休，起身挪了個位置，坐在婦人身邊，抱住桂姨的手臂，撒嬌道：「金粟不是還有一個好師父嘛。」

桂姨用一根手指點了一下女子，打趣道：「妳是有一個好師父，我卻有一個不讓人省心的蹩腳徒弟。」

金粟抱住婦人胳膊，腦袋靠著桂姨肩膀，呢喃道：「師父，妳說孫嘉樹喜歡我嗎？」

桂姨沒有回答問題，而是調侃了一句：「春天已去，春心還在。」

金粟滿臉嬌羞，埋怨道：「師父！」

婦人轉頭凝視著弟子的臉龐，和藹地笑道：「這麼俊俏的好姑娘，男人怎麼會不喜歡呢？」

金粟滿心歡喜。

婦人隨即嘆息道：「妳有沒有想過，孫嘉樹不僅是一個出類拔萃的男人，還是老龍城的孫家家主，是野心勃勃想要成為孫家中興之祖的男人，更是商家寄予厚望的門生弟子。就算你們倆最後排除萬難能夠走到一起，妳一旦嫁為商人婦，妳的修行之路，會很難的。」

年輕女子神色黯然。

桂姨摸著金粟的柔順青絲：「大道風光無限好，可是行走不易，一切取捨皆是修行，人生在世，本就是一場苦修。」

桂姨突然笑道：「師父就不明白了，妳為何偏偏看不上范家小子？多好一孩子，妳要是能夠真心喜歡他，師父哪怕拚了臉面不要，耗費掉與范家的千年香火情，也要促成你們兩個的一段姻緣。」

金粟「哎喲」一聲，連忙坐直身體：「師父，千萬別亂點鴛鴦譜，那范家小子傻乎乎的，沒有半點豪傑氣魄或梟雄之姿，整天瞎胡鬧。我要是看上他這麼個小屁孩，那才是真的鬼迷心竅。」

婦人笑著搖頭。

金粟輕聲道：「師父妳瞧瞧，范二結識的這個朋友，多無趣，榆木疙瘩似的，做什麼說什麼都一板一眼。這種人，哪怕家世再好，再讓范家隆重對待，以後的成就也一定高不到哪裡去。」

婦人略作思索，關於此事，既不認可，也不否定。

陳平安回到院子後，暫時便再無閒事掛心頭，開始在院子裡練習六步走樁。

金丹境老劍修其實不用離開屋子，就可以觀察少年的練拳，但是老人仍然推門走出，光明正大地觀看拳樁。陳平安對此不以為意，只是默默練拳。

在乘坐梳水國渡船之前，陳平安走樁練拳很慢。那條二十萬里路的走龍道，以及之後的羊脂堂渡船上，陳平安當時已經處於一腳跨入四境門檻的狀態，所以出拳極快，三十萬拳好像一個眨眼的工夫就完成了。如今澈底打破三境瓶頸，躋身第四境，陳平安再次放慢了出拳速度。

純粹武夫的鍊氣三境是鍊氣，而非修士的鍊氣，是要在魂、魄、膽三件事上，去下死功夫的。

落魄山竹樓的崔姓老人，曾經說過陳平安這個最強三境，只要成功破境，之後鍊氣三境就會走得一馬平川，暢通無阻。

對於如今第四境的打熬，陳平安總覺得有點飄忽空蕩，不像前三境，步步都落在結實的地面上，所以陳平安暫時還感觸不深，不知道自己的第四境算不算足夠紮實。

崔姓老人建議，武夫的四、五、六三層境界，最好是在古戰場遺址上尋覓機緣。諸多陰風煞氣，至陽至剛的罡風，各種來歷駁雜的紊亂氣機，全部都是武夫用來淬鍊魂、魄、膽的好東西。歸根結底，還是「吃苦」二字，這是與天地鬥。

退而求其次，是戰場殺伐，置身其中，越是血戰死戰，越能夠體悟「舉世皆敵」。

再其次，才是江湖上的捉對廝殺，將江湖宗師或是中五境鍊氣士作為磨刀石，砥礪武道修為。

那座劍氣長城，劍氣肆意縱橫於天地間，先天排斥劍修之外的所有鍊氣士，更別提純粹武夫。不知有多少武夫拿捏不好分寸，或是護道人的本事不夠大，貪圖境界攀升，暴斃於劍氣長城，所以老人才會要求陳平安必須躋身第四境才出發往倒懸山，登上那座城頭，然後再活著走下劍氣長城的城頭。

至於陳平安需要在城頭熬多久，如何拿捏分寸，盡量多爬幾趟城頭，老人沒有多說一個字，應該是覺得這些純屬廢話。

崔姓老人的眼光太高，在百年之前就已經躋身十境山巔境，所以他的眼光，一直望向了浩然天下的最高處。故而許多武道「明師」都要重複多次的言語，老人竟是一句也沒有跟陳平安說。比如三、四境，六、七境之間的破境機緣，隻字不提；武道每一境最強之人的玄機，也不去說。

老人說得越少，其實是期望越高。

我手把手教出來的弟子，九境算什麼？十境都不夠看！你陳平安就該直奔那傳說中的武神境！要我這個心比天高的崔老頭兒，也覺得你陳平安是蒼天在上！

世事就是如此奇妙，崔老頭兒說得很少，陳平安反而領會很多。

孫氏祖宅的接連兩次天大機緣，陳平安第一次是懵懵懂懂，只覺得那一拳不出不痛快，之後知道了真相，哪怕一次次守夜，好不容易等到了機緣降臨，陳平安驀然發現，自己這一拳還得再出！然後毫不猶豫就將那些金色氣流化成的雲海蛟龍，再次打回天上。

一老一小，都不講理。

金丹境劍修馬致，長久觀看少年打拳之後，終於看出了端倪。

老人搖頭苦笑，只覺得見鬼了。

陳平安的魂、魄、膽都已有雛形，只待打熬。這意味著他從第四境到第六境會很快，堪稱暢通無阻。如果一味追求武道攀登的速度，完全可以嚇破旁人膽。

若非事先得知少年只是剛剛躋身第四境，老人其實不會如此震驚。可明明鄭先生言之鑿鑿，少年就只是四境而已，天底下哪有如此蠻橫霸道的第四境？

這個范家清客發現自己氣府之中的本命飛劍，躍躍欲試，老人竟有了一絲向少年出劍切磋的念頭。錬氣士第九境的金丹境劍修，對一名第四境的純粹武夫認真出劍？老人滿心悵然，覺得自己真的是老了。不過老劍修很快就釋然了，天大地大，自己這隻躲在老龍城的井底之蛙又看得到九洲多少天才？眼前背劍練拳的少年，不過是其中之一罷了。

老人突發奇想，笑問道：「陳平安，你該不會是想成為天底下最強的四境武夫吧？」

陳平安剛好走完一次六步走樁，反身出拳不停，開口答道：「必須是。」

老人只當這個能夠動用關係、勞駕自己試劍的少年郎是出身寶瓶洲最頂尖的豪閥仙門，少年心性，心比天高。這種朝氣勃勃的年少輕狂，不討厭。

老人並不知道，眼前少年所練之拳，就這麼一個粗淺的拳樁，已經打了數十萬遍。

黃昏中，先前被巨大島嶼遮掩的桂花島渡船緩緩起航，若是有人在老龍城城頭登高望遠，就能夠看到這艘渡船的龐大身影。當然，如果就在孤懸海外的這座島嶼上，會看得一清二楚，比如孫氏家主孫嘉樹。

這次離開老龍城，孫嘉樹沒有讓家族供奉跟隨，因為他身邊多了一個風雷園的年輕劍修——劉灞橋。

風塵僕僕趕來老龍城的劉灞橋，此時蹲在島嶼觀景亭的欄杆上，遠望桂花島，略顯疲憊蕭索。疲憊是因為一路御劍南下，難免心力交瘁；臉上的落寞，則是百感交集，好似一股鬱氣從肚子裡爬到了嗓子眼，想要一口吐出，卻又怕傷到了朋友。

孫嘉樹輕聲道：「為何不去桂花島解釋一下？」

哪怕劉灞橋是天資卓絕的劍修，這一路火急火燎地離開風雷園，御劍如此之遠，仍是嘴唇乾裂。他伸手抹了抹嘴唇，搖頭道：「我哪有那臉面去見陳平安。」

孫嘉樹斜靠著亭柱，坐在劉灞橋旁邊，苦笑道：「這次是我對不住你。」

劉灞橋擺擺手：「氣歸氣，道理還是道理。陳平安是我劉灞橋的朋友，不等於就是你孫嘉樹的朋友。我也沒有想到陳平安藏著那麼多祕密，連你孫嘉樹都免不了財帛動人心。其實歸根結底，是我的錯，我還是低估了我這位朋友的本事。孫嘉樹，你也別因為我這麼說就越發愧疚難當，不需要，也不該如此。」

孫嘉樹將手臂擱在欄杆上，側身望去，清風拂面，本就英俊的男子越發飄逸出塵。

他輕聲道：「理是這個理，可是事情本不該變得這麼糟糕的，你既不罵我也不揍我，這會兒還跟我講道理。你劉灞橋是個多麼不喜歡嘴上講道理的人，我孫嘉樹比誰都清楚，怎麼覺得你這是要跟我絕交的意思？」

劉灞橋搖頭道：「不會。你想多了。」劉灞橋轉頭扯了扯嘴角：「真的。」

孫嘉樹微笑道：「你這次給我坑得這麼慘，算不算是我本將心向明月，奈何明月照溝渠？」

劉灞橋繼續望向遠方，咧咧嘴：「酸，比陳平安的鹹菜還酸。」

孫嘉樹笑了起來，只是在心中嘆息一聲。

兩人起身返回老龍城，孫嘉樹帶著劉灞橋去了孫氏祖宅。

那位定海神針一般的元嬰境孫氏老祖，對劉灞橋這個風雷園後起之秀，第一次見面就極其喜歡。作為地仙，老人如今已經難得動筷子了，今天仍是跟兩個年輕人坐在一桌，吃了頓宵夜，全是劉灞橋愛吃的飯菜。

劉灞橋跟孫氏老祖插科打諢，跟早年一個德行，吹捧起來從來不知肉麻是什麼，揭短也毫不含糊，把老人逗得哈哈大笑。

劉灞橋還要趕回風雷園，吃過飯就直接掛上那枚老龍翻雲玉佩，御劍離去。

孫嘉樹在夜幕中，獨自手持魚竿，在岸邊默默垂釣。

深夜時分，孫嘉樹突然抬起頭。

劉灞橋御劍折返，落在孫嘉樹身後，一腳將這個孫氏家主踹到河裡，之後風雷園劍修一言不發，繼續御劍北去。

孫嘉樹落湯雞似的走上岸，反而開心地笑了。

孫氏老祖憑空出現在孫嘉樹身旁，語重心長地道：「劉灞橋這種朋友，人這輩子，不管是一甲子還是百年、千年，能有一個都是福氣，一定要好好珍惜。」

孫嘉樹抹了一把臉，笑道：「今天才真正曉得了。老祖宗，以後能不能由著我任性一次，做一點孫嘉樹想做的事情，但是以孫氏家主的身分？」

老人毫不猶豫：「孫氏列祖列宗，樂見其成。」

孫嘉樹猛然間向老人一揖到底：「謝老祖宗開恩！」

老人爽朗笑道：「起來！不像話！臭小子，你如今才是一家之主。」

孫嘉樹提著魚竿和魚簍，快步走回孫氏祖宅，當晚就去往內城孫府處理事務。

孫氏祖宅的一名金丹境供奉，在孫嘉樹離開後沒多久，就找到孫氏老祖，開門見山地笑言道：「孫氏有此家主，我願與孫氏再續百年之約。」

老人大笑著答應下來，最後老人獨自來到祠堂，默默點燃三炷香。

灰塵藥鋪。

范二既然不用去家族祠堂受罰，就大大方方來找鄭先生閒聊。

少年登門的時候，漢子正趴在櫃檯上，調戲藥鋪裡一個體態豐腴的婦人，問她家那個當車夫的男人，一天勞碌，晚上回家的時候還有沒有力氣。婦人在灰塵藥鋪早就習慣了掌櫃的這點伎倆，滿臉媚笑地回了一句，我家床鋪都找木匠修了好幾回了。

范二剛好聽到這句話，便假裝什麼都沒聽懂。

婦人有些嬌羞，畢竟跟掌櫃的胡亂說話，針鋒相對，屬於解悶好玩，在一般外人的面前，她還真不敢如此豪放。鄭大風不願放過婦人，對范二笑著說道：「以後你家要是也需要找木匠修床，可以找這位姐姐幫你介紹熟人。」

范二「哦」了一聲。

店鋪裡頓時響起鋪天蓋地的討伐聲，有揚言要將掌櫃嘴巴用針線縫起來的，有威脅給錢也不再做飯的。鄭大風只當是撓癢癢，笑嘻嘻帶著少年去往後院。

兩人落座前，范二已經主動幫鄭大風搗鼓好老煙杆，後者吐出一口煙圈，一想到那小子總算滾出了老龍城，真是神清氣爽。

范二坐在小板凳上，問道：「鄭先生，苻家成親，你去不去？」

鄭大風沒好氣道：「如果洞房花燭夜的新郎官是我，就去。」

范二小聲道：「聽說苻南華尚未過門的媳婦，長得……不是特別好看。」

鄭大風嗤笑道：「雲林姜氏的嫡女，不好看？要是給我當媳婦，老子能每天不下床！」

范二無言以對，鄭大先生什麼都好，就是說話直來直往，讓他有點吃不消。只說跟人聊天一事，還是跟陳平安在一起更有意思。

鄭大風突然問道：「陳平安把你當成朋友了？」

范二使勁點頭道：「對啊，我們是很要好的朋友了！」

鄭大風仰起頭吞雲吐霧，玩味道：「傻人有傻福。」

范二難得反駁這位武道境界與天高的傳道恩師：「先生，可不許這麼說陳平安，他不傻，聰明得很，連我都要佩服他會那麼多事情。我就覺得能認識陳平安，是我的福氣。」

鄭大風瞥了眼這個缺根筋的傻小子：「難怪你們能成為朋友。」

鄭大風收斂神色，沉聲道：「我剛剛親自確定了兩件事情。范二，你聽好了。」

范二立即挺起胸膛，洗耳恭聽。

鄭大風伸出一根手指：「我的師兄，李二，曾經是天底下最強的九境，而我鄭大風，曾經是最強八境，所以李二生了一對很有出息的兒女，娶了個……這個就不提了，而我差一點，只差一點，就要完成一樁前無古人、後無來者的壯舉，由八境直入十境。再回頭來看陳平安的武夫三境，兩次引來天地異象，以及他現在的一身家當，所以有個說法，是對的，千真萬確！」

范二瞪大眼睛，滿是好奇。

鄭大風神色凝重：「只要成為整個浩然天下某個武道境界中的最強者，就可以得到一筆源源不斷的福緣。當然，如果想蹲著茅坑不拉屎，也不行，該破境還是得破境，否則有違武道宗旨，反而不妙。」

范二小心翼翼地問道：「先生，難道你是想說，我現在是天底下最強三境？可是我姐說我資質平平，很不咋的啊。難道她的眼光不如先生好？哈哈，剛才先生說難怪我和陳平安成為好朋友。難怪難怪，原來我們倆是天底下第一和第二的三境武夫……」

鄭大風氣不打一處來，指向竹簾門口，笑罵道：「滾，去那邊坐著。」

范二趕緊搬著小板凳去那邊乖乖坐著，看來是自己想岔了。

這才跟陳平安相處了幾天，原來挺聰明伶俐一孩子，就突然變得這麼缺心眼了？鄭大風狠狠抽了一口旱煙：「你三境馬上就可以順勢破開，到了第四境，我打算幫你爭一爭那一線機會，雖然很渺茫，但是我鄭大風好歹是九境武夫，不比李二和宋長鏡差太遠。我就不信老子破天荒認真一次，還有什麼絕對做不到的事情！」

范二怯生生道：「最強第四境？」

鄭大風點點頭：「總算沒把腦子一起送給姓陳的。」

鄭大風滿臉正色，心中其實偷著樂，你陳平安在桂花島和劍氣長城吃盡苦頭的同時，無形中還要渡過一個尋常武夫不用「奢望」、對你而言卻是凶險至極的大關隘。到最後，哪怕你陳平安歷經千辛萬苦，過了那一關，結果最強四境卻是你身邊的朋友范二，而不是你小子，這是不是很有意思？

話說回來，一個浩然天下，武道之上行走的天之驕子千千萬萬，假如一個天資並不出奇的范二都敵不過，陳平安根本不用爭什麼最強四境。

范二憋了半天，還是忍不住說道：「先生，按照你的說法，陳平安已經是第四境了，我如果偷偷摸摸當了這個第四境最強者，會不會有一天跟他撞在一起啊？先生，其實我當初習武，只是沒有鍊氣士的天賦，所以就想到達很高很高的那個武夫第八境，能夠像鍊氣士那樣御風遠遊就行了。什麼最強四境，我信心不大，而且也不那麼想要啊……」說到最後，少年低下頭，不敢正視鄭大風。

鄭大風滿腔熱血和雄心壯志，就這麼給當頭一盆冷水澆涼了。好在鄭大風心智堅韌遠超常人，否則也不會有今日的境界，他只當是自己的臨時起意，又是一件無聊事而已。

鄭大風笑了笑：「先別急著否定，等你躋身第四境再說，到時候你改變主意的話，可以告訴我。」

范二笑道：「好的。」

鄭大風揮揮手：「趕緊滾蛋，一點志氣也沒有，看著就煩。」

少年起身將板凳放回原位，走到竹簾門口的時候，轉頭嘿嘿笑道：「還不是隨先生，喜歡享福。」

鄭大風翻了個白眼。

少年路過前邊生意冷清的藥鋪，那些婦人少女向他道別，少年一一回應。跨出灰塵藥鋪門檻後，范二抬頭看了眼天色，不知道姐姐什麼時候回家，萬一這趟去往北方大驪，她不小心給他找了個不喜歡的姐夫，自己可要頭疼了。姐姐好，爹娘好，老祖宗們好，客卿供奉們好，鄭先生好，剛剛認識的朋友陳平安也好，唯獨姐夫不好？得多彆扭。

少年甩了甩腦袋，獨自走在小巷之中，趁著四下無人，打了一通他覺得最威風霸氣的王八拳。只可惜陳平安不在場，不然他一定會甘拜下風。

下一次見面，一定要學那江湖豪傑，跟陳平安斬雞頭、燒黃紙，稱兄道弟！

范二越想越開心，出拳越來越像王八拳，還不忘給自己輕輕呼喝助威。

打完後，他嘖嘖道：「這一套拳法，真是打得蕩氣迴腸！」

少年並不知道身後小巷灰塵藥鋪門口，站著一個身穿綠袍、滿臉倦容的年輕女子。

她喝著酒瞧著少年的背影，嘀咕道：「范二這名字，爹娘真沒取錯，二到不行了。」

泛海遠遊的桂花島渡船上，陳平安在夜色中的圭脈小院，一遍遍練習六步走樁，到達劍氣長城之前，當真有望出拳一百萬！

在走樁之後，陳平安開始練習劍爐立樁，到了後半夜，陳平安這才回到自己屋子。盛夏時分，少年躺在那張清涼如水的名貴竹席上，習慣性將木匣放在床裡邊，一伸手就能拿到。

少年閉上眼睛，緩緩入睡，臉上有些笑意。

他就要去那座劍氣長城，去那座城頭練習拳樁了。

在范二走出小巷的時候，那個年紀輕輕的綠袍女子已經步入灰塵藥鋪。

當她走入其中時，爭奇鬥豔的婦人少女頓時黯然失色。她們面面相覷，與這個女子同處一室，她們心中的自慚形穢感油然而生。

相比范二的客客氣氣，這個女子就沒那麼平易近人了，她大步走向竹簾，去往後院。從頭到尾，沒有哪個藥鋪女子敢出聲阻攔。

鄭大風坐在正屋臺階上，抽著旱煙。綠袍女子環顧四周，抬手一招，一條小板凳從廂房屋簷下瞬間出現在她身後，她坐著開始喝酒。

鄭大風當然認得此人，他此次南下進入老龍城，所見第一人，就是這個名聲不顯的范家大小姐——范峻茂。

老龍城五大姓，苻、孫、方、侯、丁，不提地仙苻畦以及手握四把仙兵的苻家，孫家是出了名的底蘊深厚，擁有一位元嬰境地仙坐鎮祖宅。

方家雖無元嬰境震懾群雄，卻有兩名七境武道宗師和一名九境金丹境劍修，在寶瓶洲南方的山下王朝，方家擁有極大的威勢。他們的銀莊、鏢局、當鋪、客棧星羅棋布，相比苻家和孫家，方家掙的是蠅頭小利，走的是積少成多的路數。

侯家的頂尖戰力——那撥中五境的供奉清客，不占任何優勢，但是他們有一個離家多年的庶子已是觀湖書院的賢人——雖然那位賢人離家之後，從未返鄉祭祖，但是侯家的的確確因此受益深遠，每年他們都會派人去往觀湖書院拜年。

侯家除了去往倒懸山的那艘跨洲渡船，還擁有老龍城去往北俱蘆洲最多的航線。這些航線路程大多不長，從數萬里到三十萬里，例如北段盡頭在梳水國的那條走龍道，侯家就占據了半壁江山。侯家的零零碎碎加在一起，不容小覷。侯家與北俱蘆洲南部仙家門派多有交集，經過最近兩百年的苦心經營，已經在那邊扶植起數個山上門派。

丁家原本差點就要從五大姓氏中除名，被一個虎視眈眈了將近百年的姓氏所頂替，尤其是丁家當初惹惱了老龍城金丹境第一人楚陽，也就是在登龍臺結茅修行的那位，元氣大傷，聲勢墜入谷底，但是在這個時候，一個來自東南大洲的年輕人改變了一切。

他初次進入老龍城，十分落魄，到最後也沒能在老龍城驚起半點漣漪，離開老龍城之前，他仍是落魄不堪。

可在丁家幾乎就要澈底衰敗之際，這個年輕人及時趕到老龍城，帶人帶錢，為丁家力挽狂瀾，到最後不過是帶走了一名女子而已。

老龍城的人直到那時候才得知，這個年輕人竟是東南桐葉洲最大「宗」字頭仙家的嫡傳弟子，輩分奇高。

在那之後，丁家就搭上了桐葉洲這條線，這些年發展勢頭迅猛，隱約間有了跟孫家掰掰手腕的跡象。

唯獨范家，始終不溫不火，不引人注意。家族內既無十境元嬰境老祖，也沒有真正拿得出手的強大金丹境修士，更沒有天資卓絕的後起之秀。范家從來都是步步緊跟苻家，大樹底下好乘涼，靠著這一層關係，勉強保住了五大姓氏的頭銜。與范家有嫌隙的侯家，就敢放言范家不過是城主苻畦的一條看門狗，年復一年吃著殘羹冷炙，吃不飽、餓不死，歷代家主都胸無大志，混吃等死。

鄭大風透過煙霧，凝視著不遠處一襲墨綠長袍的年輕女子優哉游哉地喝著酒。

關於此人，老頭子沒有細說她的根腳，只說到了老龍城，先找她，只需要打個照面即可，然後才去跟老龍城城主苻畦商議買賣。

鄭大風習慣了老頭子的雲遮霧繞，抽旱煙是如此，做事更是如此，所以他對名為范峻茂的女子懶得去刨根問底。當初他以八境武夫境界觀察范峻茂，發現她只是一個尚未躋身中五境的稚嫩修士。如今他躋身九境之後，再來打量一番，鄭大風發現自己當初看錯了，當下范峻茂分明是金丹境的鍊氣士。

女子只喝酒不說話。鄭大風就陪著她沉默不言，反正女子長得水靈，是他占便宜。

鄭大風突然發出一連串嘖嘖嘖：「厲害厲害，以前總覺得在老龍城見不到比小鎮更誇張的奇人怪事，今天真是長見識了。」

原來這個范峻茂在喝酒的時候，就躋身了第十境——元嬰境，一舉成為世俗眼中的地仙之流。雖然她已經盡量壓制破境流露出的那點蛛絲馬跡，可鄭大風還是抓到了一點端倪，心中驚嘆不已。

確認無誤了，老頭子對於此人，勢在必得，甚至說不定此人早就是老頭子心目中的勝負手之一。

范峻茂終於開口說了第一句話：「以後在老龍城，你聽命於我。」

鄭大風皺了皺眉頭。

綠袍女子站起身，冷笑不已，然後做出一個古怪至極的動作——她抬起手臂，做了一個拋擲動作，臉上笑意森嚴，雙手朝鄭大風心口輕輕一戳，緩緩道：「嗖，死啦。」

鄭大風站起身，這一刻，他不再是那個嬉皮笑臉的藥鋪掌櫃，而是與李二有過五次「求死」之戰的鄭大風，那個曾經在小鎮門外，打死過數十個來到驪珠洞天尋找機緣者的看門人。

女子微微一笑：「我現在打不過你。」她很快補充道，「暫時的。」

她整個人化為絲絲縷縷的墨綠色霧氣，然後瞬間衝向雲霄，與那片雲海融為一體。

下一刻，她坐在雲海邊緣，雙腳懸空，輕輕晃蕩起來，以至於整個雲海都隨之微微起伏，就像市井少女蕩著秋千，海上生明月。

觀景女子的明亮眼神之中，亦是此景。

拂曉時分，陳平安就已經在小院裡練習走樁，天地寂寥，唯有晨曦懶洋洋躺在少年的肩頭。等到金丹境劍修馬致推門而出時，陳平安已經走樁完畢，坐在石桌旁翻看那本《劍術正經》。陳平安在練拳間隙，其實沒有停止過讀書，他所讀的書，既有自己沿途購買的雜書，也有當初從彩衣國郡守府邸書房「偷來」的山水遊記，當然還有老秀才贈送的那本儒家入門典籍。他跟弟子崔東山那一路相伴遊歷，早已知道「正經」二字，不是俗語所謂「正兒八經」的「正經」，而是極大的一個說法，一本書能夠稱為「經」，已是世俗立言之巔，若是再加上一個「正」字，更是了不得。

鄭大風雖然看上去吊兒郎當，但是在某些事情上，其實並不含糊。

鄭大風不喜歡陳平安，陳平安何嘗就喜歡這個小鎮看門人了？但是兩看相厭，不等於只看對方惹人厭的地方；兩看歡喜，則一樣不等於只看到好的地方。

就像顧璨，小小年紀，性子陰沉，陳平安就很怕他在書簡湖跟截江真君劉志茂朝夕相處，最後變成自己年幼時最討厭的那種人。李槐剛離開家鄉的時候，是典型的窩裡橫，不知道如今變得如何了？敢不敢在朋友受人欺辱的時候挺身而出，而不是像之前遠遊大隋，次次只敢躲在他陳平安身後？林守一早熟沉穩，是修道的良材美玉，一路潛心問道。陳平安擔心他若只是一心問道，連患難與共的李寶瓶、李槐他們，在大道之前，都只是掛礙，從而不念舊情，雙方越行越遠，這如何是好？

還有他最好的朋友劉羨陽，很早就揚言要去看家鄉之外最高的山嶺、最大的江河，他這輩子絕不能死在小鎮這個小地方，那麼劉羨陽會不會在看慣了崇山峻嶺和山上風光後，乾脆就連家鄉也不願回了？

陳平安總會有這樣那樣的擔憂，所以他才會由衷地羨慕范二的無憂無慮。陳平安跟鄰居宋集薪和杏花巷馬苦玄不太一樣，兩個註定是要一飛沖天的天之驕子，若是看到求之不得的好東西，宋集薪多半會冷嘲熱諷，馬苦玄如果心情不好的話，可能就會乾脆一拳將其打碎——我得不到的，你也別想要了。

陳平安略微收起思緒，繼續翻看那本被鄭大風臨時取名為《劍術正經》的劍譜。

若說正經很大，劍術就很小了，因為劍術是武夫劍客所學技擊之法，往往只有鍊氣士當中的劍修，才能言說「劍道」二字。梳水國劍聖宋雨燒、古榆國劍尊林孤山、松溪國劍仙蘇琅以及被馬苦玄活活打死的彩衣國劍神，就都是山下武夫，大體上還是在混跡江湖，不被山上視為同道。那個頭戴斗笠、腰掛竹刀的傢伙，是一個例外，明明是天底下最牛氣的劍修，仍然喜歡自稱劍客，喜歡浪跡四方。

這部劍譜上只記載了六招劍術，攻守各二式，攻為雪崩式和鎮神頭，守為山嶽式和披甲式，此外兩招，是用來淬鍊劍客體魄、神魂的劍術，不在殺敵而在養身，一為鍊化，二為入神。鍊化有點類似《撼山拳譜》的六步走樁，入神類似劍爐立樁，一動一靜。

六招劍術之中，陳平安尤其喜歡雪崩式，劍勢極快，人隨劍走，就像一團亂雪，讓人眼花繚亂。六招劍術，有相對應的六幅圖。繪有圖畫的那一頁頗為神異，紙張異於相鄰的雪白書頁，呈淡銀色，所繪之人在不停練劍，從起手到收劍，反復循環，一絲不苟，而且圖畫上的劍客，體內有一股金色絲線沿著特定軌跡緩緩流轉。

天底下再煩瑣複雜的劍招，歸根結底還是死的，武道天才多看幾遍，總能學個八、九分形似。關鍵還是在出招時的真氣運轉路徑，這就是一門上乘武學往往成為一姓家學的關鍵所在。那一口武夫真氣，起始於何處氣府，路過哪幾個竅穴，最終停於何處，在這期間是一鼓作氣逛遍所有氣府，還是快慢有變，都是有講究的，都是大學問。為何有親傳弟子的說法？就因為這些東西往往不會記錄在祕笈之上，而是師徒之間代代承襲，口口相傳。

封面四字《劍術正經》，序言數十字大致講述劍譜來源，正文詳細講解六招劍術的運氣方式，注解則是鄭大風自己的感悟心得。

四塊內容，鄭大風竟然用上了四種書法風格：嫵媚秀氣、端莊文雅、雄邁奔放，以及病懨懨的纖細如柳條。有濃墨腴筆、有枯墨澀筆、有濃淡適中，毋庸置疑，這是鄭大風在炫耀他的書法功底。

鄭大風這一手，讓陳平安大為佩服。陳平安心想鄭大風不愧是整天遊手好閒的看門人，每天在地上用樹枝畫來畫去，都能練出這麼一手功底紮實的書法。

金丹境老人在陳平安合上劍譜之後，才緩緩坐在少年對面：「此處已經被山頂那株祖宗桂樹的樹蔭遮蔽氣象，只要動靜不要太大，外邊渡船的客人都不會察覺。陳平安，之前已經與你說過我的境界，今天是試劍第一天，在此之前，我多說一些，若是說到你已經聽過的地方，你可以直接告知於我，我跳過去便是。」

陳平安點點頭，端正坐姿。

老人緩緩道：「山上有個說法，甲子老鍊氣，百歲小劍修。說的就是六十歲才躋身中五境的鍊氣士，已經算不得什麼修道天才，但是第六境洞府境的劍修，哪怕破境之時已經百歲高齡，仍是一個年輕有為、前程似錦的鍊氣士。為何？」

不用陳平安開口說話，老人已經自問自答：「很簡單，我們劍修，殺力之大，冠絕天下。成為鍊氣士已屬不易，成為劍修更加需要天賦，最後能否溫養出一把本命飛劍，又是大門檻。好不容易養出飛劍之後，要養活這個吃金山、吞銀山的小祖宗，又是難上加難。我馬致，兩百七十歲，在八十年前就躋身金丹境，當時在老龍城還惹出不小動靜，五大姓氏有四個，同時重金邀請我擔任供奉……好漢不提當年勇，不說這些陳芝麻爛穀子了，只說我在破境之初，就明白一件事，我這輩子都不用去想什麼陸地神仙元嬰境了，為何？」

老人再次自問自答：「一是天資不夠，二是實在沒錢。」老人說到這裡，笑道：「如果范家願意傾盡家族半數的錢財，四處購買天材地寶，鑄造劍爐，幫助我淬鍊本命飛劍，說不定能夠讓我順勢突破九境瓶頸，但是范家再好也不可能如此作為，畢竟我不姓范。」

老人雖然十分理解，可仍是滿懷失落，滄桑臉龐上有些遮掩不住的落寞神色。范家如此，合情合理。

金丹境老人好像是在說服自己，好讓自己寬心，繼續自言自語道：「就像那與道家三教比肩而立的龍虎山，還要分出一個天師府黃紫貴人和外姓天師。歷代諸多外姓天師，不乏驚才絕豔的上五境神仙，甚至歷史上還有過外姓天師道法壓過大天師的情況，可是那一方天師印和一把仙劍，從來不會落入外姓天師之手。」

陳平安對此不難理解，點頭道：「兵者，國之凶器也。那些個大的仙家豪閥，其實勢力跟一個國家已經相差不大。單說一個家族或者國家，若無半點規矩，哪怕得到當下的一時興盛，也只會埋下禍根，後世子孫，恐怕就要花費數倍的力氣才能正本清源。」

「然也！」金丹境老人附和點頭。他一直將眼前少年誤認為高門子弟，所以對於陳平安這番見解，老人沒有感到任何意外。金丹境老人隨即喟嘆道：「話雖如此，可是這個仙師輩出、妖魔作祟的複雜世道，還是有很多只憑自己喜好、只想一拳、一劍打碎一切的人物。也不是說他們做得全然不對，說句心裡話，那等無法無天的痛快愜意，旁觀之人，內心難免都會有些豔羨。只是這種人可以有，但是絕不可以人人推崇。看久了熱鬧，真當那一拳、那一劍莫名其妙砸在自己頭上的那天，真心苦也。」顯而易見，老人肯定遭受過這類禍從天降的無妄之災。

老人嘆息一聲，金丹境修士，尤其是金丹境劍修，哪怕在中土神洲也會有一席之地，可到底還是做不得真正的逍遙神仙。

馬致壓下心境漣漪，微笑道：「陳公子是武道中人，既然要練劍，以我作為假想敵，就該知道鍊氣士的底細……」馬致突然停下言語：「想來這些，公子都已經清楚，我就不嘮叨了？」

陳平安搖頭道：「馬先生只管說，好話不嫌多。」

馬致微微一笑：「鍊氣士中五境——洞府境、觀海境、龍門境、金丹境、元嬰境。我所在的金丹境，能夠將整座氣海凝聚為一顆金色丹丸，至於金丹的品相、大小和意象，因人而異，一般來說，透過龍門境時期的丹室，就能大致推算出金丹的優劣。我正是當初丹室粗糙，僥倖結丹，金丹品相好不到哪裡去，便知道自己無望元嬰境了。若非如此，我馬致一個金丹境劍修，為何仍是敵不過在登龍臺結茅的楚陽？這些年老龍城，背地裡不知道多少金丹境同輩，和那些個中五境的小傢伙，以此取笑我馬致。久而久之，便流傳起了一句話，小時了了，大未必佳，馬致是也……」馬致說起這樁糗事，哈哈大笑起來，顯然全無心結。

陳平安突然問道：「馬先生，能不能問幾個關於你的修為境界的問題？」

馬致點頭道：「自無不可。」

陳平安小心問道：「馬先生是什麼歲數躋身龍門境，丹室有幾幅圖畫、幾種場景？」

馬致心中恍然，果然是山上第一等的仙家子弟，否則絕對問不出如此問題。那些個撞大運躋身中五境的山澤散修，可能一輩子都不知道龍門境的丹室可以有不止一幅畫卷。真正的修道天才，可以有兩幅丹室「壁畫」。馬致這一生接觸過的前輩修士，有數名元嬰境地仙就是兩幅，而一個玉璞境神仙，則是三幅之多，驚世駭俗。

馬致撫鬚而笑，並不藏掖，坦誠相告：「先前提過一嘴，我馬致是在一百九十歲的時候躋身九境金丹境，龍門境嘛，那就是很早之前的事情了，應該是一百二十多歲的時候。我修道較晚，否則百歲之前鯉魚躍龍門，問題不大。」

陳平安一臉震驚，咽了咽唾沫。馬致以為是少年驚訝於自己的修道天資，老人笑意多了幾分。

殊不知陳平安之所以有此疑問，是記起了當初在泥瓶巷祖宅，一個姑娘充滿懊惱和不滿的自言自語，被當時豎起耳朵的陳平安給一字不差聽了去：「我只達到龍門境……丹室之內六幅圖案……尚未畫龍點睛，尚未天女飛天……」

陳平安默默摘下養劍葫蘆，喝了口香醇的桂花小釀壓壓驚。

馬致被蒙在鼓裡，反而笑著安慰少年：「陳公子，以你的出眾資質，哪怕走的是武道一途，未來成就比我只高不低，只要腳踏實地，大道可期！不妨就從今日適應我的劍氣做起。」

陳平安臉色尷尬，點點頭：「好！」

馬致站起身，正色道：「武道錬氣三境——魂、魄、膽，其中三魂七魄，三魂為胎光、爽靈、幽精，我就以三種不同的劍氣，先後幫你洗涮、沖蕩和砥礪體內三魂。我自會拿捏好分寸，不會傷及你的元氣。在此期間，你大可以同時練習那本劍譜上的攻守四招，前提是你做得到的話……」

老人笑容充滿玩味，雖然不知少年為何早早具備魂、魄、膽的雛形，可是被一名金丹境劍修的劍氣侵入氣府，掃蕩三魂，其中滋味，別說是咬牙練習劍術，能不能站穩腳跟還兩說。話說回來，如果陳平安真能做到，哪怕只是支撐一時半刻，劍譜記載的那四招劍術必定會進步神速。

「陳公子，小心了，我先以一分劍道真意，試探你三魂的厚薄程度。」馬致笑了笑，一柄本命飛劍從老人心口處飛掠而出，懸停在兩人之間，「此劍被我取名為『涼蔭』。此劍是誕生在一棵參天大樹的樹蔭之下，已經與我相伴兩百多年光陰，算不得如何鋒利，可是它與人對敵，卻能悄無聲息傷人神魂，還算不俗。」

陳平安別好養劍葫蘆，使勁拍了兩下養劍葫蘆，讓裡頭的初一、十五兩把飛劍安靜一點，不用出來跟同行抖摟威風，然後陳平安微微皺眉，紋絲不動，就連氣息吐納都與往常一模一樣。

老人心中倍感震撼。

鄭大風抬頭看了眼老龍城上空的那座雲海，突然說道：「怎麼不穿裙子？」

那尊來自小廟的陰神在院中緩緩浮現，哭笑不得。

鄭大風收回視線，笑問道：「老趙，是不是我問什麼，你都不會說？」

陰神搖頭道：「關於范峻茂此人，我並不比你知道得更多。不過當初在小廟內，我聽一名隕落的外鄉劍仙，說起過一個未必屬實的小道傳聞。」

鄭大風來了興致：「說說看，反正咱哥倆整天遊手好閒……」

陰神冷笑道：「是你無所事事，我忙得很，穿針引線的活，不比打打殺殺容易。也不對，你每天其實也挺忙，忙著跟著一幫市井女子說葷話，君子動口不動手，你其實該去觀湖書院的。」

鄭大風笑道：「老趙啊，傷感情的話要少說，咱倆能夠共事一場，多大的緣分。」

陰神頂了一句：「孽緣罷了。」

鄭大風搖搖頭，伸手指了指雲海：「她跟我才是孽緣，咱哥倆是善緣。」

之前范峻茂進入灰塵藥鋪後，陰神就自動退散，這既是禮數，也是規矩，所以陰魂並未聽到兩人之間的對話，但是他看得出來，鄭大風和范峻茂有點不歡而散。那個范家嫡長女，從范鄭二人第一次見面時的洞府境，到一趟大驪往返，重回老龍城，站在小巷藥鋪門口的時候，就已經是金丹境。這種境界攀升的速度，已經不可以用什麼不世出的修道天才來解釋，太過駭人聽聞，難免讓趙姓陰神想到了驪珠洞天內長大的某個少女。山上修行，所有惹人豔羨驚嘆的天賦，可能都敵不過輕飄飄的四個字——「生而知之」。

『驚為天人？』這尊陰神心中微微嘆息。好在這種人，放眼五湖四海、九大洲，也是屈指可數。

鄭大風提醒道：「喂喂，老趙，醒醒，別發呆了，繼續說那淒淒慘慘死在驪珠洞天裡的外鄉劍仙，關於苻家這件半仙兵的雲海，到底講了啥內幕？」

陰神說道：「不想說了，我還有事情要忙。」陰神就此消失。

鄭大風一臉呆滯，突然怒道：「你大爺啊！」

竹簾被掀起，露出一張稚嫩漂亮的少女容顏，正是那個喜歡坐在鄭大風身邊嗑瓜子的小丫頭，她笑咪咪道：「掌櫃的，你是要認我做長輩呀？」

鄭大風收起老煙杆，起身搓手，屁顛屁顛跑向少女：「做啥長輩，顯得多生分。」

少女眨眨眼：「做了親戚還生分，那得做啥才不生分？」

鄭大風作勢要摟過少女的肩頭，少女一彎腰，後退兩步，巧笑倩兮：「咋的，要娶我啊？」

鄭大風悻悻然縮回手：「做兄妹，做兄妹。夫妻之間，要相敬如賓，也生分的。」漢子趴在櫃檯上，看著一鋪子的婀娜多姿，「春色滿園關得住啊。」

漢子突然笑道：「賜子千金，不如教子一藝。教子一藝，不如賜子好名。這句老話，姐姐、妹妹們，妳們聽過嗎？」

只有那個被鄭大風偷走那本書的少女，認得字、能看書，可是她不愛搭理鄭大風。那本書之後又被掌櫃死皮賴臉地借走，借走之後竟然就不打算還了。一個藥鋪掌櫃的，坑店夥計這幾十文錢，也不害臊，後來漢子乾脆就說書丟了，氣得她拿起掃帚就是一頓打。漢子只好說那本書的錢，回頭一起算在下個月薪水當中，按照一百文錢算，少女這才甘休。反正書也看過了，在家裡放著也是放著，若是給從小就偏心弟弟的爹娘發現，指不定還要罵她敗家呢。

漢子見沒人回應，只好祭出殺手鐧：「那個經常來咱們藥鋪的范家小子，妳們想不想知道叫啥名字？」

所有女子都望向漢子。

鄭大風幸災樂禍道：「叫范二，一二三的二。這個好名字是不是跟少年模樣很搭？」沒一個人願意相信，只當是掌櫃故意捉弄她們。

鄭大風不再多說范二，自言自語道：「范小子學武，以後還要以庶子身分繼承家業。至於他姐姐，這小娘們的名字取得不錯，根柢盤深，枝葉峻茂。范家……有點講究啊。」

鄭大風把一側臉頰貼在桌面上，望向藥鋪外邊的小巷，風雨將至啊。

雲林姜氏嫡女嫁入老龍城苻家，嫁妝之厚，絕對會超乎想像，就是不知道，苻家會以什麼名頭掀起這場腥風血雨，最終一家獨霸老龍城，也有可能是兩家。

鄭大風笑了笑，這些烏煙瘴氣，關老子屁事。他瞄了眼一位婦人，想著不然自己掏腰包花點錢，購買一些既昂貴又貼身的衣裙，送給她們穿上？大夏天的，稍稍出點汗什麼的，就會越發曲線畢露，玲瓏有致。

鄭大風呵呵笑了起來，抹了一把口水。這才是神仙日子嘛。

什麼被一劍釘死在柱子上的天門神將，什麼寶光熠熠的霜雪甲冑，什麼看破天機的范峻茂……事到臨頭再說不遲。

金丹境劍修蘊含劍道真意的一縷劍氣，在對方毫無徵兆的前提下，以迅雷不及掩耳之勢攻伐一個四境武夫的魂魄。

馬致哪怕知道陳平安的三境底子打得極好仍是覺得匪夷所思，至少也該有個踉蹌吧？

陳平安誤以為這位將近三百歲高齡的老神仙，此次「偷襲」太過手下留情，便笑道：「馬先生，沒事，我之前在三境淬鍊神魂，吃過不少苦頭，還算熬得住痛。只要劍氣不傷及武道根本，馬先生只管出手。」

「小心了。」馬致點點頭，略作思量，伸出一手，雙指從本命飛劍涼蔭中拈出三縷劍氣，先後搓成三粒珍珠大小的小圓球，小圓球泛起幽綠寒光，如同採擷清涼樹蔭而成。老劍修彎曲手指，飛快輕彈三下，三粒劍氣凝聚而成的涼蔭劍氣珠子，在掠入陳平安身軀的時候，發出細微的叮咚之聲，分別針對胎光、爽靈和幽精三魂。

陳平安這次早有準備，擺出一個劍爐立樁立定，心扉門外，如同有訪客三次敲門後，以尖銳利器刺向心扉門戶，冰涼刺骨，釘入神魂，讓人不由自主就想要打寒戰。陳平安臉色仍是不變，他自有應對之法，那條猶如火龍的武夫純粹真氣，從別處迅猛遊蕩而來，瞬間撫平三處寒冷劍意凝聚的坑窪。

陳平安說道：「馬先生，再來便是。」

老劍修神色自若，心中已是犯起了嘀咕。他沒有說話，雙指併攏，在本命飛劍上輕輕一抹。這次不再是劍氣凝珠的神仙手筆，而是從涼蔭上直接剝落了一整條劍氣。劍氣沒有急於掠向陳平安，而是微微飄蕩，寒意流溢，讓本就涼爽的圭脈小院一下子從盛夏倒轉回到春寒時節。

那條劍氣在兩人之間蓄勢待發。

馬致緩緩道：「胎光為人之本命元神孕育而出，世間劍修的本命飛劍，多以此作為一座先天劍爐，劍成之後，便將此處作為劍鞘，也是養劍之所。三魂在人體內飄忽不定，蛇有蛇路、鼠有鼠道，三魂也不例外，各有一條大致魂路。先前我以劍氣珠粒叩響你的心扉不過是三碟開胃小菜，現在才是正餐。我會稍微加重力道，其中蘊含的劍意分量，要比方才重上不少。陳平安，接好了！」

陳平安點了點頭。

就在陳平安做出這個細微動作的瞬間，老人嘴角一扯，劍氣化虛，已經勢如破竹地躥入陳平安體魄。

老人微笑道：「將來與一名劍修對峙，生死之戰，可莫要如此一心兩用……」

純粹武夫，本就是天地間最走極端的一撥人，先後三鍊總計九境，鍊體、鍊氣、鍊神由外而內，層層遞進，而且能夠不斷反哺肉身，故而體魄之強健，自然比起鍊氣士要更加出眾。歸根結底，在山上修士眼中，武夫追的不是大道，而是自身，事實上武夫壽命到三百歲就可謂登峰造極，遠遠比不得鍊氣士。

相比鍊氣士的內外兼修，純粹武夫的肉身「氣量太重」，反而會成為一種累贅，而武學的道太低，武夫又太過執拗，對於魂魄的打熬，竟然就是以一己之力，用那一口純粹真氣，自食其力。美其名曰，不向天地借力。

而鍊氣士是架起一座長生橋，溝通內外兩座洞天，以天地大洞天的充沛靈氣，澆灌磨鍊人身小洞天的神魂。天地同力，自然更容易長壽不朽。

此時此刻，陳平安神魂之中出現一陣抽筋之痛，自己動手的那種。只可惜陳平安還是劍爐立樁依舊，不動如山。

馬致一挑眉毛。他雖然出手留力極多，可是金丹境的眼光擺在那裡，四境武夫的頂點瑕疵，落在馬致眼中，便會大如簸箕，四處漏水，皆是漏洞。陳平安的那一次點頭，就是機會。馬致雖然高估眼前背劍少年的體魄底子，可還不夠，遠遠不夠。

當年陳平安在落魄山竹樓遭受捶打，一副皮囊身軀，「享受」的是十境武夫崔姓老人的神人擂鼓式，三魂七魄遭受的是雲蒸大澤式和鐵騎鑿陣式。這些俱是老人畢生所學的武道精髓，是他走到十境巔峰後仍引以為傲的招式。

陳平安當時為了承受更多的神人擂鼓式，每一次呼吸吐納，以及十八停劍氣，早已渾然天成，之後又有抽筋剝皮之苦，無數次刺眼錐心之痛。雖然陳平安的神魂還遠遠算不得武夫第七境巔峰的無漏金身，可是馬致的那條細微劍氣，還真無法抓住陳平安的破綻，除非一力降十會，強行破開。

天下最強三境，含金量之重，只是傳授拳法的光腳老人不屑說而已。

馬致生出一點爭勝之心，再從本命飛劍上撥出三縷劍氣，化虛入體。

這一次三劍齊下，他就不信陳平安的三魂路線當真無懈可擊。

陳平安只是巋然不動，欲言又止。這一次他不敢再主動要求馬老劍仙增加力道，總覺得會讓老人臉上掛不住，不太妥當。那三縷劍氣雖然凌厲陰沉，好像犁牛翻田，在體內那虛無縹緲的三條驛路上，以劍氣強行犁出三條溝壑，就像心坎上流淌著三條冬日溪澗，透心涼，可是這種苦頭，陳平安當初在竹樓時還是屬於「開胃小菜」。

馬致察覺到不對勁，不得不再次拔高陳平安的四境高度。他瞥了眼在身前微微顫動的飛劍涼蔭，深呼吸一口氣：「陳平安，我接下來要以涼蔭強行化虛擠入你神魂之中。這份剖心之痛，你要有心理準備，若是堅持不住，一定要主動開口。涼蔭雖是我的本命飛劍，與我心意相通，但畢竟就像是闖入別家的洞天福地，被你的神魂遮蔽，大抵上會影響我與涼蔭的聯繫。尋常殺敵，大可以不管不顧，只要它天翻地覆就行，但是你我之間，另當別論，你千萬別逞強。」

陳平安撤掉劍爐立樁，後撤一步，擺出一個古老拳架，一手握拳貼在心口，一拳高過頭頂。若是他再抬起一腿，其實有點形似佛教寺廟的一尊天王相，只不過真意大不相同。此拳，正是陳平安在孫氏祖宅兩次打退金色雲海蛟龍的雲蒸大澤式。

當陳平安由撼山拳劍爐變為這一拳架後，氣勢渾然一變。再不是馬致眼中，那個與少年范二有說有笑的陽光少年，不再是走樁立樁時神氣內斂的沉穩少年，而像是一位已經站在群山之巔的武道宗師。

這一拳將出未出，拳架而已。

真是好大的氣魄！若是老龍城的那幾位七境武道宗師，或是那位隱世多年的八境大宗師，有此驚人架勢，也就罷了，可眼前少年才多大？馬致都不知道今天自己第幾次感到震驚了。

陳平安的心神已經完全沉浸其中，眼前不再有什麼飛劍涼蔭，不再有金丹境劍修。只有光腳老人在竹樓內的暴虐大笑，豪氣縱橫，一次次打得他生不如死，一句句罵他是個孬種小娘們，其中夾雜著一些老人根本不是對他陳平安，而是對整個天地放聲的肺腑之言。

此拳一出，要將降下天威的神人打回天庭！

要打得天地有別，由我這一拳來頂天立地！

陳平安脫口而出道：「請出劍！」

聽到一個晚輩少年如此略帶挑釁意味的言語，老劍修沒有絲毫不悅神色，心意一動，飛劍涼蔭由實化虛，如鐵騎衝殺，為君主開疆拓土。

陳平安臉色微白，雙拳緊握，拳架微動，重重一跺腳。

小院地面微微震動，一身巍峨山嶽拳意向地底下蔓延開去。

馬致微微皺眉，雙指對著眼前少年，往下一劃，如同武夫以長劍要將敵人開膛破肚。

陳平安瞪大眼睛，使勁咬牙，腮幫鼓起，拳架再變，還是雲蒸大澤式。他始收縮，雙拳距離拉近些許。與此同時，所有流瀉在身外的拳意迅速歸攏體內，如雙掌猛然合十，拍打一隻蒼蠅。

「如此托大，可不明智。」馬致冷笑一聲，併攏雙指再向上一提，暗中增加了本命飛劍的劍意重量。

陳平安肩頭微晃，一拳驟然遞出，拳意洶湧，直沖天空，打得那道遮蔽小院氣象的祖宗桂樹蔭，在這一刻露出了真相。它原來如同水簾覆蓋在圭脈上空，被一拳罡氣轟然砸中，泛起陣陣漣漪，以至小院外方的景象都開始模糊起來。

老人在心中憤憤道：『我就不信了，堂堂金丹境劍修教不了一個小小的四境武夫！』

老人鄭重其事地後撤一步，一手負後，一手掐劍訣，厲聲道：「陳平安，真正的試劍正式開始！飛劍涼蔭，將會虛實相間，對你的體魄、神魂一併錘鍊，用心對敵！」

少年眼神堅毅，根本不說話，只是收起那古老拳架，向後緩緩以寸步倒滑出去，真是行雲流水，賞心悅目。

世間劍修，劍意萬千，大不相同。金丹境劍修馬致悟出的劍道真意，是本命涼蔭一劍出世，願人間再無炎炎酷暑，飛劍過處即是清涼勝地。

距離圭脈小院不遠的那間尋常院子，桂花小娘金粟正在吃著一片甜瓜。島上有一口天然的泉水，冰鎮瓜果最是美味。金粟的傳道恩師桂姨，對於人間美食早已沒有興趣，在一旁看著得意弟子的冷豔容顏，金粟對尋常的東西，也流露出一份天然的清麗氣度，心想難怪當年孫嘉樹和苻南華這兩個老龍城最出類拔萃的年輕俊彥，都對同一個女子心動不已。

孫嘉樹是否喜歡金粟？當然是喜歡的，只是婦人不願道破天機，因為她並不覺得金粟和孫嘉樹，能夠成為一對神仙眷侶。關於金粟的夫君人選，在婦人心中，才華橫溢、已經走到臺前的孫嘉樹最次，苻南華稍好，最好還是范二。

只可惜世間男女情愛，從來不以男子好壞、雙方合不合適而論。

這要怪誰呢？桂姨有些自嘲，她還真的知道最早應該怪誰，只是如今就不好說了。

她微微訝異出聲，忍不住轉頭望向圭脈小院那邊。

金粟疑惑道：「師父，怎麼了？」

桂姨笑道：「妳好像看低了那個姓陳的少年郎。」

金粟又拿起一片甘冽去暑的甜瓜，無所謂道：「就算他比天還高，跟我也沒關係。」

桂姨好似聽到了一些心聲，點了點頭，然後對金粟說道：「妳有事情做了。先去山腳鋪子拿回藥材，妳馬爺爺在那邊留了口信，應該是早就準備妥當了。妳回來後，等到馬爺爺開口，再給圭脈小院準備一只大水桶。」

金粟茫然道：「怎麼那個少年客人要浸泡藥水、打熬體魄？這不是鍊體境武夫才需要經常做的事情嗎？」她有些不情願，「給一個少年做這些事情，師父，我有些彆扭。這可真不是我是什麼小姐身子、丫鬟命。平時我給客人煮茶撫琴、清掃院落，與他們對弈、詩詞唱和，我也勤快的，但是給人準備洗浴之事，我……」

婦人笑道：「那麼師父親自去做？」

金粟嘆了口氣，仔細擦拭了手指：「我去還不行嗎？」

金粟離開小院後沒多久，很快就返回小院，帶了一撥氣勢驚人的別洲客人。她原本還有些忐忑，不知為何這些人執意要拜訪桂姨，但是當她看到師父已經站在小院門口時，便有些定下心來。在金粟內心深處，師父無所不能，絕非尋常的范家客卿。雖然師父對於自身師承以及修道歷程，從來諱莫如深，但是金粟可以確定一件事，以師父的眼光和口氣，哪怕師父不是一名元嬰境地仙，最少也是一名金丹境鍊氣士，金粟還真不信天能塌下來。

那一行人，總計六人，老少男女皆有，全部來自東南桐葉洲。他們是此次航程范家最大的合作夥伴，桂花島將近半數祕庫地窖，都給他們大包大攬拿下。至於那些貨物是桐葉洲哪些獨有物產，金粟一個桂花小娘當然無法知道，她只聽說他們是桐葉洲一個宗字頭仙家的大人物。

不管如何，既然師父親自出面了，金粟也就安心去往桂花島山腳取藥材。她離去前，忍不住回望一眼，六人中有一個身材極其高瘦的老人，比起大多數老龍城男子要高出大半個頭，鶴髮童顏，最為令人矚目。老人所穿的一襲濃黑如墨的長袍纖塵不染，必然是一件上乘法袍。

老人貼身護衛著一個年輕男子，年輕男子相貌普通，眉毛很淡，但有一雙極為狹長的眼眸。他眯起眼看人的時候，哪怕是洞府境的金粟，都要泛起雞皮疙瘩，不敢與其對視。

桂姨微笑問道：「不知諸位點名找我，是有何事？」

年輕男人眯起眼睛，凝視著眼前婦人，言語不算客氣：「妳就是桂夫人？」

桂姨神色淡然：「正是。」

男人眼神炙熱起來：「自我介紹一下，我叫姜北海，來自玉圭宗。如今我們宗門剛好欠缺一艘跨洲渡船，不知道桂夫人有沒有興趣加入玉圭宗？」

桂姨默不作聲。

男人哈哈笑道：「范家一切損失，桂花島所有收入，以百年計算，我自會一枚銅錢不少，全部補償給范家！相信范家不敢、不願也不會拒絕我的提議。桂夫人，妳覺得呢？」

東寶瓶洲是九大洲中最小的一個，與其相鄰的東南方的桐葉洲卻是不小，比起那個扶搖洲都要大上不少。而且桐葉洲的洞天福地，在九大洲當中數量算是多的，其中有兩座福地的品秩極高。許多婆娑洲、俱蘆洲的修士，都會萬里迢迢趕往桐葉洲，各有所求。

在桐葉洲的版圖上，桐葉宗和玉圭宗，一北一南，雙峰並峙。幫助丁家逃過一劫的那個桐葉洲年輕人，正是出自桐葉宗。一座宗門，能夠以一洲稱號命名，屹立數千年不倒，本身就是一種實力的最佳展露。

一個宮裝婦人笑道：「姜少爺，你在宗門一向深居簡出，咱們玉圭宗一向與人為善，不像那喜歡顯擺的桐葉宗，想必是桂夫人聽說得少了。」

桂姨搖頭道：「玉圭宗，我如雷貫耳。玉圭宗內掌握雲窟福地的姜家，以及姜氏最近十數代皆是一脈單傳，我都有所耳聞。」

姜氏男子笑了笑：「既然這些桂夫人都知道，卻還是這般不冷不熱的態度，想必是覺得玉圭宗與老龍城范家不在一洲，又隔著一個桐葉宗，所以鞭長莫及？」

姜氏男子彎腰賠罪，臉上卻是笑容陰冷，道：「失禮了失禮了，措辭不當，桂夫人莫要怪罪。」

桂姨還是那雲淡風輕的模樣，輕聲道：「有關大道誓約，涉及修道本心，不可輕易違背。姜公子的美意，我心領了。」

男子直起身：「哦？」

桂姨突然笑道：「那椿誓約還有甲子期限，姜公子如果真有誠意，不妨等等？」

年輕男子驀然大笑：「邀請桂夫人加入玉圭宗，算不得我姜北海的誠意，只要桂夫人願意，嫁入姜家都可以。」

然後他自顧自擺擺手，哈哈笑道：「玩笑話，當不得真。桂夫人且放心，咱們玉圭宗宗主和我姜氏家主，都對夫人仰慕已久，由不得我姜北海隨心所欲地冒犯夫人。」

桂姨還是笑臉以對，挑不出半點毛病。女子姿色的高低，面容是否長得傾國傾城，未必決定一切。

那名瘦高老者目露激賞之意，只是他天生語氣淡然，緩緩道：「桂夫人好氣度。如我家公子所言，玉圭宗確實極有誠意相邀，懇請夫人認真考慮。希望六十年後，能夠在玉圭宗山門內，喝上一杯桂夫人親手釀造的桂子酒。」

桂姨輕輕點頭，雙方就此別過。

她緩緩走回小院，抬頭看了眼老龍城方向，有些無奈，似乎還有一點小小的委屈。

老龍城雲海之上，一個綠袍女子向後倒去，躺在雲海之中打了個哈欠，懶洋洋道：

「找死之人，何其多也。無趣無趣，喝酒喝酒……」

她拿起那只普通的酒壺，抬臂舉起，結果發現滴酒不剩。這讓女子沒來由地想起在那條地下河走龍道，自己取笑那個手握養劍葫蘆仰頭喝酒的小酒鬼，怎的，這麼快就遭了報應？女子一想到這個，便有些憤懣，一個鯉魚打挺站起身，隨手從雲海中拈起一把蘊含雨水真意的小雲朵，丟進嘴裡，將就著當作酒水咽下。

她狠狠嚼著寡淡無味的「雲酒」，心情糟糕至極。

她眼神陰冷地望向大海上的桂花島，倒退著蹦蹦跳跳，從最南端的雲海，就這麼好似市井巷弄的稚童跳著方格子，一直跳到了雲海的最北端。

她站定後，開始迅猛前衝，高高揚起腦袋，擺出一個手持槍矛即將丟擲而出的姿勢，驟然停下身形，暴喝道：「去！」

雲海翻湧如沸水。隨著女子做出這個拋擲動作，一道被她從雲海中撕扯而出，那長達十數丈的雪白長劍，在老龍城上空一閃而逝。

大海上，距離老龍城已經十分遙遠的桂花島渡船。

那名玉圭宗的高瘦老人，突然一掌拍飛身邊的姜氏嫡子。

老人站在原地，雙臂格擋在頭頂，那件法袍劇烈鼓蕩，雙袖之中有電閃雷鳴。

整座桂花島轟然劇震，晃動不已，掀起巨大海浪。

姜北海轉頭怔怔望去，元嬰境老人那件法袍已經損毀大半，幸好還有修復的可能，他的雙臂血肉皆無，白骨裸露。

老人嘔出一口鮮血，死死盯住老龍城上空，伸出一隻慘不忍睹的手臂，沉聲道：「少爺，待在原地別動，不要靠近我，但也不要隨意走動。」

陳平安懸掛腰間的養劍葫蘆內，飛劍初一嗡嗡作響，如遇故友，雀躍不已。

那個原本已經打算收手的女子，看到老人那個伸出一臂的動作後說道：「喲呵，這是再討要一劍的意思嘍？」

這個名叫范峻茂的綠袍女子，身體後仰，腳尖一點，向後暴掠而去，然後她重複了一遍先前的動作，大笑道：「走你！」

她雙臂抱胸，笑望向桂花島，嘖嘖道：「哪怕再過一千年，我還是最喜歡這種硬氣的英雄好漢，好像成天伸長脖子嚷嚷著『來砍死我啊、來砍死我啊』……」

桂花島上，陳平安悄然按住養劍葫蘆，先前那次根本來不及，這次總算及時抬頭，抓到了一點點蛛絲馬跡。

在一個金丹境老劍修都只有心神搖曳的時候，陳平安已經閉上眼睛，用心感受那一劍的精彩。

第三章　大道之上

洶洶一劍從陸地來到大海中央的桂花島，再有一劍緊隨其後，仍是從老龍城雲海之巔破空而至。

兩劍之威，驚天動地。老龍城和桂花島之間的海面，先後兩次被天上劍氣斬出溝壑。

在陳平安閉眼體悟劍意的同時，金丹境老劍修已經回過神來了，之所以他沒有像陳平安這樣去抓住一閃而逝的劍意，試圖以他山之石攻玉，不是老劍修的閱歷還不如一個四境武夫，而是老人深知，當自己的劍意塑造成形後，其他劍仙一劍之中蘊含的意氣精神，若是胡亂借鑑和汲取，反而容易自相矛盾，使得自身的純粹劍意變得駁雜。不過如果兩者劍意大致相近，當然是好事。

馬致那把本命飛劍涼蔭的劍意根柢為樹蔭乘涼，故而劍意近春寒、大雪、清泉等，而遠大火、酷暑、熔爐等，與那雲海兩劍取自沙場真意的絞殺、攻伐大不相同，因此老劍修不會循著蛛絲馬跡，去採擷兩劍劍意，化為己用。反倒是一些初入中五境的晚輩劍修，劍意尚未穩固，哪怕兩種劍意截然相反，一樣會有所裨益。

陳平安站在原地，下意識擺出了劍爐立樁。馬致何等老辣，當然不會去打攪少年的這份小機緣。他甚至抬手一拂袖，不但打散了一些祖宗桂樹涼蔭的遮蔽，還主動抓取了一些稍縱即逝的絲絲縷縷劍氣，讓其滲入圭脈小院，讓陳平安感受的劍意更深。

馬致在這個過程中，對那名老龍城劍修的敬畏更濃。地仙一劍，威力大到摧山倒海，是一種震懾，算不得如何出奇。真正決定地仙劍修距離上五境到底有多遠，其實已經不在表面威勢，而是劍意的凝聚程度。若是劍氣渙散，精神紊亂，一劍遞出，威力大，劍意卻是四處流溢，說明劍修對劍意的掌控還稱不上盡善盡美。

那位從老龍城悍然出手的劍修，哪怕一劍遞出，跨海如此遙遠，劍意之凝聚，幾乎等同於馬致的百丈出劍，這讓馬致如何不驚嘆佩服？

十境劍修，只差一步就可以破開瓶頸，躋身上五境。由於劍修殺力太大，在整個中五境生涯中往往鋒芒畢露，所以比起尋常十境的陸地神仙，十境劍修反而要更加「出世」。就像風雪廟魏晉，在成為玉璞境劍仙之前，就澈底離開江湖，一直在閉生死關。

看來這位老龍城的老劍修，一定是被范家桂花島上的某人惹惱得厲害，否則絕不會冒著惹來天劫的風險，如此凌厲出劍。

馬致以心聲相問於桂姨：『桂夫人，是何方神聖出手了？是針對我們范家的手段，還是跟外鄉客人起了糾紛？』

桂姨猶豫了一下，含糊回答：『應該是一位老龍城的世外高人，跟桐葉洲玉圭宗的姜氏子弟，出現了一些衝突。咱們范家和桂花島不用理會，保持中立即可。』

馬致感慨道：『既然是山頂兩撥神仙打架，咱們看戲就成。』

桂姨微微一笑：『理該如此。』

馬致突然驚訝道：『玉圭宗姜氏？可是那個手握雲窟福地的姜氏？』

桂姨卻已經早早關閉心扉，掐斷心聲，不再理睬老劍修的詢問。

馬致對此不以為意，只當是那位身分特殊的桂夫人，擔心桂花島本體會被殃及池魚，要專心應對。

馬致眼見著少年還在立樁，便乾脆收起了涼蔭飛劍，坐在石桌旁。世間的洞天福地，總計十大洞天、三十六小洞天、七十二福地，為幾個天下所共有，分三、六、九等，品秩高低有別。寶瓶洲神誥宗掌握的那塊清潭福地，品秩就很低，而桐葉洲姜氏手中那塊雲窟福地，就極其不俗。

在陳平安睜眼後，老人笑問道：「如何？」

陳平安笑道：「只知道這一劍很厲害，到底怎麼個厲害，說不上來。琢磨了半天，只模模糊糊抓到丁點兒意思，太可惜了。若是這一劍能夠再慢一點，就好了。」

馬致打趣道：「一位元嬰境地仙劍修出劍前，還要跟你陳平安打聲招呼？」

陳平安撓撓頭：「這哪敢？」

陳平安突然憂心忡忡問道：「難道是有劍修想對桂花島不利？」

馬致擺擺手，神態閒適，笑著解釋道：「不是，只是跟島上的桐葉洲客人有過節，便出了兩劍示威。這兩劍很有講究，不曾傷及桂花島半點根本，這其實無異於在對桂花島表達善意。否則地仙之間的過招，除非是在人跡罕至的偏遠地帶，否則一個收不住手，多多少少會有些氣機流散，很正常。」

馬致說得比較淺淡，想得更加深遠，這個不知名的地仙劍修，要麼是一個極其講規矩的存在，要麼就是跟老龍城范家有舊，後者的可能性顯然更大。

在桂花島別處，可就沒有圭脈小院這麼融洽和氣的氛圍了。

姜北海的臉色陰沉得能夠滴出水來，家族十境元嬰境供奉老人倒在血泊之中，那件價值連城的法袍墨竹林，已經算是損毀殆盡，想要完全修復的開銷之巨，恐怕還不如直接買一件新的上乘法袍。老人受傷不重，很快就搖搖晃晃站起身，只是瞧著淒涼瘆人。第二劍的威勢，大多被他身上這件姜氏老祖賜下的珍貴法袍所抵消。

高瘦老人死死盯住陸地上的那座老龍城，咬牙切齒道：「賊子先後兩劍暗算偷襲，欺人太甚！」

「蘇老，到底怎麼回事？」姜北海輕聲詢問，身體則一動不動，雙腳扎根站在原地。其餘家族扈從和玉圭宗嫡系如出一轍，個個紋絲不動，大氣都不敢喘。

老供奉氣急敗壞，語氣卻頗為無奈：「只知道那兩劍出自同一人之手，出劍之地，在老龍城上空的那片雲海。難道是某位苻家老祖手持一件半仙兵，向我們示威？」

姜北海思量片刻：「苻家向來不喜歡丁家，而丁家跟桐葉宗關係不錯，丁家之前正是靠著那個傢伙才能在老龍城屹立不倒。我們玉圭宗跟桐葉宗那是千年之久的死對頭了，照理來說，敵人的敵人就是朋友，哪怕我們這次選擇范家的桂花島渡船去往倒懸山，沒有選擇苻家的吞寶鯨渡船，也不該對我們有這麼大的怨氣。苻家不蠢，不會不知道玉圭宗的實力，也不會不清楚我們姜氏在玉圭宗的地位。而且苻家一向跟范家關係很好……」

那名宮裝婦人小心翼翼地道：「會不會是桂夫人的緣故？有可能是某位苻家老祖心儀於她？」

姜北海壓低嗓音，氣笑道：「咱們又不是明著搶奪桂夫人？只是開誠布公談買賣而已。若說桂花島渡船是苻畦的產業，桂夫人是那苻畦的姘頭，那麼有此風波，還勉強說得過去。這座桂花島渡船，是范家先祖當年憑藉運氣得來的，苻家為此出頭？真當我們玉圭宗是吃素的？妳信不信，我只要稍稍添油加醋一番，咱們玉圭宗那兩個脾氣火暴的老祖，馬上就會殺到老龍城興師問罪？」

女子總愛在情愛一事上動腦筋，男子喜好在江山一事上花心思。

高瘦老人以心聲告誡姜北海：『少爺，我們此次去往倒懸山，不可稟告宗門！』

姜北海在心中點頭苦笑道：『蘇老，我知道輕重利害。』

老人深呼吸一口氣：「我馬上去趟老龍城，親自去見一見那位劍仙，總得把這件事情了結了，咱們才能安心去往倒懸山。我盡量早點返回桂花島渡船。」

姜北海輕聲道：「蘇老小心行事。」

「放心，絕不會辱沒玉圭宗和雲窟姜氏的名頭。」

老人撂下這句話後，拔地而起，御風去往老龍城。在此之前，老人已經收起那件價值連城的法袍墨竹林，血肉模糊的傷口則以肉眼可見的速度痊癒，真正是白骨生肉的神仙手段，不愧是桐葉洲成名已久的元嬰境大佬。

風雲跌宕的兩劍過後，桂花島上，無論是范家人還是乘客都議論紛紛。好在幾乎人人都是走南闖北的山上人氏，見多識廣，雖然震驚，卻也談不上驚嚇恐慌，加上桂花島很快就出面安撫，風波很快就被平息下去。

金粟給圭脈小院送去了從山腳取回的藥材，飛快返回師父桂姨身邊。雲淡風輕的婦人難得有好心情煮了一壺茶水，見到弟子歸來，遞給金粟一杯熱茶。

金粟落座後，尚未品嘗師父的手藝，心境就已經跟著沉靜了下來。

婦人知道金粟一肚子疑問，卻不想多說什麼，只是微笑道：「對於那位姜氏大少爺，這無疑是飛來橫禍；對於妳我師徒二人，則是喜從天降。金粟，妳不用多問，此次出海，從倒懸山返回後，我會盡量爭取讓妳與出劍之人，見一次面。」桂姨輕聲笑道：「天外有天，人上有人，可不是什麼廢話，以後妳獨自行走四方，還是收斂一點為妙。」對於最後一句老成之見的金玉良言，金粟並未如何上心，她早已轉頭眺望老龍城方向充滿了期待。

一座與世無爭的圭脈小院，根本無須計較這些山頂風雲。

陳平安之後每天就是與金丹境老劍修練劍。後者做三件事，一是祭出本命飛劍，化虛入體，幫助陳平安淬鍊三魂，夯實胎光、爽靈和幽精三條魂路的路基；再就是馬致會壓境，以劍修手段駕馭飛劍涼蔭，跟陳平安對敵；最後則是旁觀陳平安練習《劍術正經》的劍招，指點一二，矯正陳平安出劍姿勢上的瑕疵。

陳平安練劍很有意思，他並沒有抽出背後木匣裡任何一把劍，每次只是做握劍式，假想自己單手持劍。馬致對此有所疑問，結果陳平安給出的答案比較荒誕不經，說是背後雙劍被他取名為「降妖」的那一把是別人的劍，不能使用；名為「除魔」的槐木劍，曾經在沙場戰陣上拔出劍鞘一次，但是事後發現木劍實在太輕了。他覺得自己開始練劍後用的劍最好去找一把分量足夠的鐵劍，否則手上輕飄飄的，拿劍跟沒拿差不多，總覺得不對勁。

馬致身為一名世俗眼中的天上神仙，對於劍術本就興致平平，對於陳平安這種江湖劍客的執拗追求，其實談不上有何感觸，甚至內心深處還有一絲不屑。莊稼地裡刨食吃，能刨出什麼天材地寶？可若說陳平安是在劍意大道上下功夫，鑽牛角尖，馬致恐怕就要情不自禁，滔滔不絕地給陳平安說上三天三夜。

桂花小娘金粟會定時送來一日三餐。讓這名女子如釋重負的是陳平安沒有得寸進尺，真將她當作了端茶送水的丫鬟。哪怕是更換水桶中的藥水，還是陳平安自力更生，這讓金粟對這個年紀輕輕的范氏桂客，總算生出一絲好感。

再就是圭脈小院儲藏的桂花小釀，需要隔三岔五就補充一次。以金粟的身分，不是不可以一口氣給小院搬來數十壺醇酒，但是她最後還是放棄了這種一勞永逸的打算。這未嘗不是希望和陳平安多見一面，看出那個外鄉少年的深淺。畢竟一次跨海遠遊，對於她們這些早已熟悉航線的桂花小娘而言，略顯枯燥乏味。

所謂的桂花島十景，例如明月共潮生，依稀可見月中生桂樹，幻化出古代宮闕奇景的那座海市蜃樓，海上飛魚群環繞桂花島等等，初看會倍覺驚豔，甚至會讓人主動掏錢聘請畫師畫下一幅幅美景，可真正看多了，也就很難引人入勝。一些發生在桂花島身邊的奇人怪事，反而更能讓她們這些桂花小娘覺得有趣。

陳平安現在每天卯時之初起床，天未亮，先練習六步走樁約莫一個時辰。老劍修馬致會在辰時左右露面，優哉游哉喝上一壺桂花小釀，等到陳平安練完那個平淡無奇的拳樁，金粟剛好送來早餐食盒，兩人用飯，耗時兩刻鐘左右，其間馬致會大致說一下今天出劍的力道輕重、劍意側重的緣由，和一些有關天下劍修的奇聞趣事。之後陳平安將食盒交還給等在院門口的金粟，大多數時候只是道一聲謝而已，若是圭脈小院需要添酒，陳平安也不會難為情，跟那個年輕女子直說便是。

在馬致的提議下，陳平安一天的修行由易到難，上午兩個時辰陳平安先練習那本《劍術正經》的劍招，其間馬致會毫無徵兆地出劍，故意破壞陳平安一氣呵成的劍招，所以陳平安既需要打磨雪崩式、鎮神頭等四種劍招，更需要時刻留心一名金丹境劍修的襲擾。

偶爾，馬致會乾脆就將下午的陪同試劍提前到上午。

午時末尾之前，兩人一定會解決午餐，然後開始下午的切磋試劍。如今馬致已經默默將境界從洞府境提升到觀海境。他坐在石桌旁，自飲自酌，出劍不斷，駕馭本命飛劍涼蔭刺殺陳平安，導致不管陳平安以什麼手段迎敵，是那些氣勢嚇人的古樸拳架，還是從《劍術正經》新學來的攻守四招，或是一通亂拳打死老師傅的王八拳，只要你陳平安躲得掉滿院子迅猛飛掠的涼蔭，或是能一拳打退那把本命飛劍，都成。

往往一個下午不等練劍完畢，陳平安就已經皮開肉綻，衣衫襤褸。

有時候馬致會放緩出劍速度，放過狼狽不堪的陳平安一馬，多喝幾口酒。桌上那些小菜碟裡的酒鬼花生、蒜香花甲、椒鹽小雜魚乾、涼拌豬耳朵，足夠老人下酒了，但是每次陳平安難得喘口氣之後，老人下一次驟然出劍必然雷霆萬鈞。可能當時老人嘴裡還咀嚼著清脆的雜魚乾，陳平安卻要被迅猛一劍刺入心臟，飛劍畫弧返回，又從後背刺穿陳平安後心，然後老人就會嗤笑道：「若非飛劍化虛，你已經死了兩次，就再也嘗不到這份椒鹽小雜魚乾了。陳平安，哪怕只是為了這份佐酒美食，你也該多努力啊。」

為了保證練劍的延續性，圭脈小院沒有晚餐一說，只有宵夜，金粟只需將食盒放在院門口就行。

一般在酉時過後，陳平安就要站著挨打，借助飛劍涼蔭在神魂之中的「穿廊過棟」、「馳騁驛路」，打熬三魂的厚度和韌性。

老劍修最近已經不再詳細解釋他的出劍法門，只是小心拿捏分寸，讓陳平安細細咀嚼那份苦楚便是。

陳平安對這段時光既喜歡，又不喜歡。喜歡是知道這份磨礪對自身的武道修行裨益極大，不喜歡是這總會讓他記起在落魄山竹樓中的磨難。好在老劍修出手比較含蓄，比起光腳老人好似天庭神人捶殺凡夫俗子的狠辣手段，要輕鬆許多。陳平安不但熬得住，而且還能趁此機會，練習六步走樁和《劍術正經》的兩個劍招守勢——山嶽式和披甲式。比起自己修行的文火慢燉，有了老劍修的幫忙，無異於武火大煮，事半功倍。

久而久之，苦中作樂的陳平安琢磨出一件趣事，只要咬牙堅持練習出劍迅猛且繁雜的雪崩式，配合老劍修飛劍淬鍊帶來的開膛破肚、錐心剜肝之痛，他的出劍就會更快。對於這一劍術攻招的領會，陳平安進展神速，到後來，陳平安每次「握劍」遞出雪崩式，連他自己都覺得只要手中真有一把神兵利器，當真就會有幾分劍氣寒光沖天的氣象。

一天練劍完畢，多在戌時和亥時之交。陳平安先去燒水，將藥材放入水桶。在水燒開之前，陳平安去院門口拿食盒，一老一少將石桌當作餐桌，吃過宵夜。有時候陳平安傷得比較重，或是一身血跡太過淒慘，就會先去水桶浸泡，沐浴更衣後再吃宵夜。老劍修馬致哪怕先行吃過，也會坐在石桌旁等著陳平安，在後者進餐期間，為陳平安講解今日練劍的得失，如同複盤棋局。馬致到底是一名金丹境劍修，眼光獨到，而且比起落魄山竹樓的崔姓老人，馬致更願意仔仔細細說清楚一件事情。陳平安所有疑問，大多能夠在馬致的講解中得到答案。

收拾完食盒，陳平安就會繼續練習撼山拳譜的走樁。哪怕再過十年、百年，不管到時候自己的境界到了何種高度，陳平安可能都不會落下這個堪稱武道最入門的粗陋拳架。

子時過半，陳平安就會回到屋子睡覺。

幾乎每天就是這樣循環往復，不知不覺之中，桂花島渡船已經日出日落三十多次，海上九景也已悄然過去三景。

又過一旬，桂花島渡船到了航線上的海上第四景，老劍修建議陳平安可以停下修行，去祖宗桂樹那邊賞景。

既然老人都這麼講了，陳平安就照做。拂曉時分，陳平安來到人頭攢動的桂花島山頂舉目遠眺，看到一處巨大的豁口，豁口兩側是山勢由高到低、依次下降的兩座島嶼上的山脈，山峰之上，一座座建築鱗次櫛比，依山而建，雲霧繚繞。

這處景象之奇，不在島上那座孤懸海外、與世隔絕的仙家門派，而在於桂花島渡船途經的兩座對峙的懸崖峭壁。

兩側峭壁之巔，各有一尊高達百丈的金身神像聳立，巍峨非凡，而且神像經歷過無數年的光陰和流水沖刷，依然金光燦爛，哪怕是鍊氣士都要望之生畏。

傳聞那兩尊神像雕塑的金身正神，一位曾是鎮守南天門的神將，一位曾是掌管天下大瀆水運的神祇，是天上諸多雨師的正神第一尊，名義上掌管著世間所有真龍的行雲布雨。

天門神將拄劍於身前，雙手疊放抵住劍柄，好似正在俯瞰人間。

那尊雨師神祇，面容模糊，雲遮霧繞，分不出性別，其身上有不知由何種材質鑄造的五彩飄帶，縈繞身軀四周，緩緩飄蕩，活靈活現，襯托得那尊金身消散不知多少萬年的神祇，彷彿猶在人間施展神威，掌管著整個南方水運的流轉。

陳平安挑了山頂一處欄杆內的長凳，盤腿而坐，面朝兩尊神像，緩緩喝酒。

身邊鍊氣士交談時所用言語，多是俱蘆洲和桐葉洲的雅言，偶爾夾雜一些老龍城方言，陳平安自然都聽不懂。好在不遠處有一個桂花島范家鍊氣士，少女模樣，卻不是桂花小娘的裝束，她嗓音清脆，應該是專門為乘客講解此處海景的奇異所在。她以寶瓶洲雅言闡述「兩神對峙」景象，說了兩尊神像的淵源，還順帶說了那個仙家門派的悠久歷史。

有人詢問為何桂花島渡船不在島嶼靠岸，那名范家鍊氣士便笑著解釋，雖然渡船能夠從中穿過，但是這個門派卻從不接納任何一艘渡船登陸，若有人膽敢擅自登陸，輕則被當場驅逐出境，重則被囚禁在島上，歷史上甚至還有過擅自登陸者被那個仙門直接斬殺的慘劇。最後少女鍊氣士跟山頂眾人笑著說，半旬之後的下一處景象尤為壯觀，不可錯過。

在桂花島渡船緩緩駛過峭壁之間時，突然有一只繡球模樣的物件急墜直下，掠向山頂賞景的某個年輕人。

那人下意識伸手握住那只繡球，癡癡抬頭，不知為何那個仙門要如此行事。

那個范氏少女鍊氣士一臉震驚，然後火急火燎地喊道：「公子，聽我們桂花島的老前輩說，這是那個仙門中的女子在招婿，獨獨相中了你。這可是百年難遇的天大機遇！公子你若是尚未娶妻，一定要答應下來，哪怕已經……總之，只有這個仙門的嫡傳仙子，才能夠向途經的渡船拋下繡球。這等福緣，實在是不容錯過，公子一定要謹慎對待……」

年輕鍊氣士手握繡球，抬頭望向峭壁某處，他正在經歷一場心湖之間的問答。

年輕男人好像通過了考驗，以一根彩帶裹成的繡球驀然舒展開來，彩帶一頭繫住了男子手腕，另外一頭飛掠向山巔，就這樣帶著男子飄向了山頂一座位於神像腳下的彩樓。

彩樓之中，有名國色天香的女子，臉頰緋紅，手中攥緊那根彩帶的一頭，身邊有數名氣度不凡、仙師之姿的婦人，面帶微笑，似乎在祝福這對天作之合的神仙美眷。

陳平安望著那個年輕男子的一步登天，既沒有羨慕嫉妒，也沒有感慨唏噓這份世間奇遇，只是有點恍惚。

那個年輕男子方才就站在十數步開外，當范家鍊氣士說到「公子你若是尚未娶妻」的時候，男子明顯神色微變，多半是福緣臨頭，便果斷捨棄了家中糟糠之妻。

陳平安仰頭瞥了眼彩樓方向，覺得那個拋出繡球的神仙女子修為可能很高，可眼神真的不太好。

回到圭脈小院，老劍修哈哈大笑，喝著酒就著小菜：「沒想到還真有繡球拋下，只可惜不是你小子。可惜，太可惜了！要知道山頂彩樓拋下繡球的光景，說是百年一遇，半點也不過分，只可惜你小子沒這份豔遇福分……」

陳平安嗤之以鼻，老人收斂神色，輕聲道：「桂花島十景，其實都蘊藏著大大小小的機緣。當然，這些機緣可遇不可求，只能看命。就像這海外仙島的彩樓繡球，誰能想到一個洞府境的山澤野修，修道資質平平，反而成了最終的幸運兒？」

老人正色道：「若說其餘九景，哪怕是去碰碰運氣的念頭都沒有，也沒關係，唯獨接下來這一景象，必須親身去桂花島山腳走一趟，距離渡船外的海水越近越好。因為這份機緣，萬一真給誰碰上了，那就是金丹境、元嬰境也要豔羨不已的一份洪福。」

陳平安無奈道：「碰運氣這種事情，我就不去了，還是在院子裡練劍比較實在。」

老劍修瞪眼道：「去，必須去，哪怕是萬中無一的渺茫機會，你小子也要去湊熱鬧。修行路上，是不該奢望事事順遂，可總該有點念想才行。你跑一趟，既能欣賞奇景，還能碰碰運氣，便是沒有撞上大運，又少了你什麼？你這小子！切記，『萬一』二字，既是鍊氣士最怕的，也是鍊氣士最夢寐以求的。」

陳平安小心翼翼地道：「馬先生，我不是鍊氣士，是純粹武夫。」

老劍修一拍額頭，起身道：「氣煞老夫！這兩天你自個兒練劍，我需要四處走走，散散心，成天對著你這麼個悶葫蘆，忒沒意思。」

之後兩天，老劍修果然沒有露面，陳平安便自己練劍。再之後，老人只是風塵僕僕地返回主脈小院，見了陳平安一面，說陳平安練得不錯，繼續努力便是，然後又消失不見。

陳平安只當老人自己有應酬，並不奇怪。

然後就到了桂花島渡船跨洲航線的海上第五景——蛟龍溝。

因為老人又提醒了陳平安一次，陳平安就先跟金粟打了一聲招呼。當天正午時分，金粟來到小院門口，提醒陳平安可以下山觀景了。因為是范氏桂客，桂宮有專門的僻靜道路下山，路上客人稀少。

陳平安和金粟並肩走在路上，桂花小娘為陳平安解釋那條蛟龍溝的由來。

那條海溝之中，棲息著數目眾多的蛟龍之屬，多是血統雜亂的蛟龍後裔，而它們當中一部分名副其實的水蛟，會憑藉本能，去往大洲的上空翻雲覆雨。水蛟一次往返，不知道要御風多少萬里，等到返回巢穴，已是筋疲力盡，而且經常有蛟龍沒有接到上邊神祇的旨意就擅自施展神通，降下雨露，往往容易氾濫成災，所以它們經常會淪為世人眼中的「惡蛟」，被當地鍊氣士瘋狂追殺。鍊氣士之所以捕殺蛟龍，既是替天行道、為民伸張正義，也為蛟龍那一身價值連城的先天至寶。

陳平安聽得一驚一乍，趕緊加快腳步，去往桂花島山腳。他出身於世間最後一條真龍隕落的驪珠洞天，當然一定要親眼看看蛟龍之屬的真正模樣，看看蛟龍溝裡的那些靈物，算不算是真龍的徒子徒孫？

陳平安很快就來到山腳。渡口處停泊著一艘艘小舟，舟子皆是經常在蛟龍溝上擺渡的范家鍊氣士。桂花島渡船保證乘客泛舟遊歷海溝時，只要不大聲喧嘩，不擅自運用神通驚擾水底蛟龍，絕不會有任何意外，即便有危險發生，桂花島渡船上的金丹境修士也會第一時間出手相救。

桂客登船，無須掏錢。其實哪怕需要支付小雪錢，陳平安也會掏這個腰包。他和金粟一起登上了一艘小舟，撐船的舟子是一名老者。陳平安發現老人手中丈餘長度的竹篙，篆刻有一連串的符籙，其中四個好似蚯蚓的古體字，有點類似《丹書真跡》上記載的「作甚務甚」。符籙名為「斬鎖符」，品秩極高，而且此符末尾文字顯示一旦成符，符紙自會滲出斑斑血跡，畫符之人無須擔心，此乃符籙大成之彰顯。

陳平安詢問金粟，竹篙上的符籙名稱。她一臉茫然，似乎從未想過這個問題，便去問舟子。老人笑道：「這可真說不明白嘍。自范家航線通航第一天起，竹篙上好像就有這些丹字符文了。我師父將小舟和竹篙一併傳到我手裡的時候，也說不出個所以然來。咱們桂花島只說這是打龍篙，能夠嚇退水底蛟龍。其實我們這些舟子自己都不信，咱們啊，還是更信這個……」

老人從腳邊口袋抓起一堆由雪白銀箔折疊而成的紙人、紙馬，「若是遇上蛟龍在船底下游弋，只要抓起一把這些東西丟入水底，它們就會很快散去，百試百靈。沒辦法，若是繞過蛟龍溝，咱們這條航線就要多出二十多萬里。不過好在蛟龍溝瞧著嚇人，可其實數百年來，咱們桂花島渡船跟那些蛟龍一直相安無事，所以公子無須擔心。」

舟子哈哈大笑，明顯是個耿直老漢：「話說回來，真要出了事，那就真是滅頂之災，別說是咱們這艘小船，恐怕整個桂花島渡船也不用奢望逃出生天。那麼多蛟龍之屬，若是一起興風作浪，何等可怕？要我說啊，哪怕是元嬰境的劍仙，如果真敢在此出劍，惹來蛟龍反撲，一樣難逃一劫。」

金粟臉色不悅，埋怨道：「客人就在船上，你說這晦氣話作甚？」

撐船老漢汗顏道：「不說了不說了，公子坐好，咱們這就去欣賞蛟龍溝的水中奇景，保證平平安安的……」

蛟龍溝是一處海水清澈見底的古怪深壑，寬達十餘里，長達數千里，下邊盤踞潛伏著一條條海中蛟龍之屬。這些蛟龍之屬色彩不一，身軀蜿蜒，大小不一，有細如水盆，有粗如井口，水底之下，鱗甲熠熠，讓人悚然不敢言語，唯恐驚擾那些蛟龍，惹來殺身之禍。

舟子突然伸手指向空中某處：「公子你瞧，那就是一條布雨歸來的疲龍。喲，好像還受了不輕的傷，多半是給婆娑洲的鍊氣士當作了箭靶子，追剿了很長一段路程。可不是每條水蛟都有這般運氣活著回來的，一些個死於歸途的蛟龍屍體，往往成為跨洲渡船的意外收穫。只是咱們桂花島厚道，遇上漂浮海面的水蛟屍體，不會打撈上岸，反而拖曳在桂花島礁石上，一路送到這蛟龍溝……」

陳平安和金粟順著老漢手指方向，看到一條龐然大物從雲海之中墜下，摔入遠處大海之中，濺起巨大水花。所幸疲龍墜落之地距離桂花島渡船有十數里遠，對於泛海小舟沒有什麼影響，只是小舟左右搖晃的幅度稍大些而已。

小舟就在桂花島渡船兩側緩緩向前航行，不會離桂花島太遠，最多兩、三里。海水清澈，一艘艘小舟如同御風懸停於空中的一把把飛劍，而水底深處，許多正在酣眠或是嬉戲的蛟龍之屬，如同蜿蜒盤踞在起伏的山脈之上，讓人渾然忘卻當下是航行於海面之上。

陳平安突然眉頭緊皺，伸手握住身後劍匣中的一把劍，沉聲問道：「這蛟龍之屬，算不算山澤精怪之一？」

舟子只當是少年見識不多，此刻小舟離開桂花島已經有兩里路之遠，即將到達蛟龍溝的最深處，低頭望去深不見底，少年便有了幾分懼意。

舟子笑道：「若是遠古時代，這蛟龍之屬還算天地之間的天潢貴胄呢，不過如今嘛，時過境遷，公子所說不差，這些傢伙，就只能算是精怪之一嘍。公子莫怕，桂花島是此地的熟客，根據咱們范家的家譜記載，先祖還曾親眼見到兩名元嬰境鍊氣士大戰於此，兩位神仙腳下的蛟龍溝雖蛟龍蠢蠢欲動，可到最後都沒有一條水蛟躍出水面。所以說那些不可大聲喧嘩的規矩，其實是咱們故意嚇唬尋常客人的，公子既然懸掛桂客木牌，老漢我也就不故弄玄虛了……」

金粟沒好氣地瞪了眼舟子，這些范氏家族內幕，豈能輕易道破天機。

老漢縮了縮脖子，繼續撐起竹篙，老實划船。他時不時往水底拋下一把雪白的銀箔折紙，除了紙人、紙馬，其中還有折疊精妙的紙質的高樓和車輛。

老人突然瞪大眼睛，望向前方一處：「不好！有人故意陷害我桂花島！」

桂姨幾乎同時從山巔桂宮一掠來到這艘小舟，與舟子一起望向最前邊的一艘小船，怒道：「有人拿出了一只龍王簍，私自捕捉一條在淺水嬉鬧的小水蛟！」

老人站起身：「可是姜北海故意報復？他們當初選擇中途下船，我們讓馬致暗中跟隨了差不多一旬時光，並無異樣。還是丁家有人暗中使壞？可是丁家不該有龍王簍才對。苻家？苻家是有一只，可是沒有理由坑害我們才對……」

桂姨搖頭道：「暫時還不好說。當務之急，是安撫這條蛟龍溝，一旦引發眾怒，便是上五境修士願意相助，也會束手無策，有心無力！整座桂花島，數千條性命……唉，這可如何是好？糟糕，所有人都已經被盯上了！此時誰敢御風升空……」

舟子神色凜然，立即放聲道：「所有小舟立即靠岸，桂花島渡船上所有鍊氣士，不可擅自升空離去，否則就會被蛟龍溝視為挑釁。馬致，勞煩你展示一手，免得客人以為我們在危言聳聽！」

金丹境劍修馬致，取出一柄長劍，迅猛丟向高空，去勢快若奔雷，肯定要比一名金丹境修士的御風速度還要快。這把飛劍在呼嘯遠去的途中，才剛剛離開桂花島幾里路，就被一隻雲海之中的虛幻爪子重重按下，飛劍瞬間在高空爆裂。之後又是一劍被丟擲而出，還是如出一轍的下場。

桂姨轉頭對金粟和陳平安柔聲道：「你們倆先回圭脈小院，不管發生什麼，一定要死死抓牢桂樹樹根，如此才有一線生機。」

金粟腳尖一點，已經離開小舟，身形飄落在岸邊渡口。她回頭一看，那背劍少年好像竟然還站在小舟之中，片刻後少年返回岸上，手中多了一根竹篙。

金粟問道：「你這是做什麼？」

陳平安回答道：「打龍篙，說不定真有用。」

金粟用白癡的眼神瞥了眼少年，轉身掠向山頂。

剎那之間，好似山崩地裂，整艘桂花島驟然隨著海面下沉百餘丈，以桂花島為圓心的方圓數里，所有海面都莫名其妙同時下降。

如此一來，原本在桂花島和小舟之下的蛟龍溝，一下由海底景象，變成了隱沒在水中的高大山脈。所有蛟龍之屬的靈物，紛紛凝視著那座桂花島，這才叫作真正的暗流湧動。

桂姨飄掠向前，最終懸停空中，以一種所有人都晦暗難明的古老言語，在跟遠處一條金色鱗甲的水蛟交流著什麼，後者眼神冷漠。

陳平安背後那把聖人阮邛所鑄之劍降妖，已經在劍鞘中顫鳴不已。如果按照之前阮邛的提醒，遇上這等大妖，陳平安就該能跑多遠跑多遠，可這會兒陳平安能跑到哪裡去？

陳平安既沒有跑向山頂圭脈小院躲起來，也沒有站在原地束手待斃。陳平安看了眼手中那根依舊保持翠綠的竹篙，想了想，盤腿而坐，將竹篙橫放在腿上，以手指使勁抹去上邊那些不合《丹書真跡》的符籙文字，然後憑藉記憶，掏出那支李希聖贈送的毛筆小雪錐呵了一口氣，潤筆之後，小雪錐毫尖朱紅，如染濃墨。

陳平安笑了笑，將竹篙放在左側地上，左撇子少年屏氣凝神，懸臂空中，手持筆管刻有「下筆有神」的毛筆，開始在竹篙上一筆一畫地摹寫斬鎖符。

這叫死馬當活馬醫。實在不行，就只能抽出背後那把聖人鑄造的名劍，來一場古書記載的壯舉，學那上古劍仙斬蛟龍了。

符成之後，那根翠綠竹篙之上，果真浮現出血跡斑斑的景象。陳平安心中微定，手持竹篙，腳尖一點，躍向一艘來不及繫在渡口的漂泊孤舟上，獨自站在其中，深呼吸一口氣，伸出手掌往小舟兩側各自一拍，小舟如箭矢般迅猛向前激射而去。

陳平安一肩挑著竹篙，一手摘下養劍葫蘆，仰頭喝著酒，在心中默念道：『斬鎖符，斬什麼鎖什麼，最好是上古劍仙斬龍，咱們家鄉鐵鎖井的鎖龍。成與不成，在此一舉。』

大海之中，蛟龍環伺，分明已是大難臨頭，神仙難逃。

駕舟而行的少年，落在桂花島渡船上所有人的視野當中，則是極其瀟灑的一幕。

一葉扁舟，悠哉前行。

肩挑竹篙，少年飲酒。

桂花島就像位於一只大碗的碗底，海水就是碗壁，所有乘客極有可能成為那些蛟龍後裔的盤中餐。

這將是一場久違的盛宴。

桂花島與下邊的海水已經懸停靜止，四周全是蛟龍溝投來的陰冷視線。當下的形勢極其微妙，桂花島上寂靜無聲，既有對桂花島的憤懣埋怨，也有對天降橫禍的茫然失措，更有人在心中默默打著小算盤，掂量著自己的護身符，試圖火中取栗。一旦成功活到最後，不說桂花島的庫藏，便是隨手撈取幾具鍊氣士的屍體，就已是一筆天大的財富。

最前方，一直深藏不露的管事桂姨，懸停在海水峭壁之前，與那條金色老蛟對峙。雙方言語晦澀，絕不是任何一洲的雅言，極有可能是上古時代蛟龍的特有言語，在當時被諸子百家雅稱為「水聲」。至於桂姨為何精通此言，為何膽敢孤軍深入，獨自與眾多蛟龍對峙，桂花島渡船上的乘客已經懶得深思，他們恨不得這個姿色平平的婦人搖身一變，成了上五境修士，力挽狂瀾，然後帶領桂花島駛出這片該死的蛟龍溝。

婦人與金色蛟龍的溝通似乎並不順利，她有些壓抑怒意，盡量讓自己語氣保持平穩，緩緩道：「難道就沒有半點迴旋的餘地？根據記載，范家僅是幫你們拖回布雨之蛟的屍體，就多達十二條。這麼多年來，只要經過你們蛟龍溝，范家的擺渡舟子，必然會撒下大量的銀箔折紙，作為禮敬於你們行雲布雨的貢品，一次都不曾錯過……」

這條渾身金色鱗甲的老蛟，眼神充滿了冷漠：「規矩就是規矩。如果可以不講規矩，世上又豈會有這條蛟龍溝？」

桂姨還想辯駁解釋什麼，金色老蛟抬起一爪，重重按在水中，一時間水流洶湧，狂風大作。御風而立的桂姨，臉頰被迎面而來的風浪拍打得一陣火辣辣的疼，但是她從頭到尾沒有伸手阻擋，更沒有憑藉地仙境的神通進行躲避，只是硬生生扛下了老蛟這次的怒火。

老蛟冷笑道：「有人故意陷害妳桂花島，我又不是瞎子，自然一眼看穿。但規矩就是規矩，你們桂花島自己識人不明，才使得渡船客人擅自使用龍王簍捕捉幼蛟，壞了我們雙方的規矩。桂夫人妳可以獨自離去，渡船上其餘活人，必須死在此地。」

桂姨搖頭道：「我不會拋下他們。」

老蛟那雙眼睛充滿了冰冷意味的譏諷，還有一種類似老饕看中美食的炙熱眼神，一冷一熱，交替浮現：「我知道，所以才會有此一說。桂夫人，每次妳路過我頭頂，我必須老老實實恪守規矩，尊奉那幾條破爛鐵律忍著不吃掉妳。妳知不知道這需要多大的毅力？」

桂姨問道：「沒得談？」

金色老蛟緩緩挪動長如山脊的身軀，兩縷龍鬚緩緩拖曳在清澈海水之中，寶光流轉。它瞥了眼婦人身後不遠處的一艘小舟，上邊的舟子早已慘遭斃命。那名船客是個賊眉鼠眼的漢子，看似畏畏縮縮，左右張望，手中拎了一隻好似蛐蛐籠的小簍，小簍為象牙材質，袖珍可愛。一條原本長達六、七丈的年幼小蛟，在被捕獲後，在那只龍王簍內體形縮小如泥鰍，它在簍中撲騰掙扎，不斷發出哀鳴聲。

當時為金粟和陳平安撐船的舟子老漢，此刻就站在提簍漢子那艘小舟旁邊的水面上，嚴防死守，絕不能讓這個罪魁禍首逃離。至於為何真實身分是桂花島常駐金丹境修士的舟子老漢，沒有果斷出手搶奪龍王簍，原因有二，一是看似獐頭鼠目的猥瑣漢子，其四周有一把本命飛劍緩緩環繞，劍長一尺，通體如墨，不斷有濃稠黑煙湧出，他至少也是一名龍門境劍修。二就是舟子老漢害怕這歹人一不做、二不休，直接將龍王簍和幼蛟一起毀掉，那就真要一整座桂花島都給這傢伙陪葬了。

老舟子質問那漢子為何要做此等損人不利己的勾當，釀下大禍的漢子咧嘴一笑，只是打量四周景象，並不回答。老舟子幾次試探，試圖透過漢子的三言兩語，推算出此人的幕後主使，是那中途下船的姜氏公子，還是與范家勢同水火的老龍城丁家？可惜漢子始終置若罔聞，惜字如金，一個字也不願多說。

老舟子對此無可奈何，他還需要等待桂夫人與那條老蛟的談判結果，才能知道接下來如何行動。若確定真是死結無疑，那就只能先將眼前漢子打殺，竭力搶奪龍王簍。

桂花島能少死一人是一人！范家千年家業，絕不能毀在今天，毀在這幫上古時代的刑徒餘孽嘴中！

老舟子平穩心境，不再奢望那個來歷古怪的漢子開口說話，淡然問道：「你以為自己還能跑？在那條老蛟的眼皮子底下，從這條蛟龍溝逃脫？」

其貌不揚的漢子終於咧嘴笑道：「那我就試試看？」

「這只小簍可值好些穀雨錢，送你了！接住嘍！」漢子突然高高拋出那只品相不高的龍王簍。這只龍王簍多半是上古蜀國某個山上割據勢力大量製造的低劣次品。只不過隨著時間推移，在漫長的歲月裡，龍王簍經過一次次搜刮、收集和銷毀，變得越來越罕見，幾乎成為媲美養劍葫蘆的珍稀存在。

老舟子沒有立即伸手去接住龍王簍，以免中了歹毒算計，而是駕馭靈氣將其懸停在身前。舟子凝神一看，勃然大怒，原來那漢子不知暗中使了什麼手段，簍中幼蛟竟然已經瀕死，血肉模糊，筋骨暴露，奄奄一息。

那漢子大笑一聲，本命飛劍化作滾滾黑煙護住全身，雙指拈出一張金色材質的符籙：「回頭給你們上墳敬酒，哈哈，只可惜世間再無桂花小釀……」符籙金光一閃，漢子瞬間消失不見。

鱗甲熠熠的金色老蛟一晃頭顱，一根龍鬚如長鞭般迅猛拍打海水。明明龍鬚擊打在身軀附近的空處，但是下一刻，兩截身影從蛟龍溝上空的雲霄之中頹然墜落，正是先前那個祭出符籙逃離蛟龍溝的劍修。

哪怕那張符籙是價值連城且有價無市的第二等方寸符，能夠一瞬遠遁百里，即便贈送此符的人言之鑿鑿，蛟龍溝那幫畜生，絕對不會有誰能夠阻擋此符，他也難逃身死道消命運。這名劍修男子生前自認算無遺策，拋出龍王簍，幼蛟將死未死，桂花島與蛟龍溝如同兩軍對峙，桂夫人正在牽扯那條老蛟的注意力，加上這張號稱能夠躲避陸地劍仙一劍的金色方寸符，他藉機逃離戰場，有何不可？

老蛟又是以一根龍鬚凌空拍打一記，海水中響起一串好似春雷的沉悶炸響。那名被攔腰斬斷的金丹境劍修，一顆本命金丹在空中化作齏粉，一大捧金色碎屑紛紛撒入蛟龍溝的清澈海水之中。粉碎的金丹連同兩截身軀，一起緩緩下沉，引來無數條蛟龍之屬洶湧躍向水面，如豺狼爭搶食物。

劍修死不瞑目。一個沒有根基的山澤散修，修出一個金丹境何其艱難？此人生前還想著做成這單大買賣之後，有了一份雄厚家底，便去找一處山清水秀、靈氣充沛的好地方做那仙家門派的開山鼻祖，開枝散葉，百年千年，世代安穩，再也不用次次劍走偏鋒了……

老舟子確認龍王簍並沒有被動手腳後，輕輕將其握在手中，他轉頭望去，嘆息一聲：「小傢伙，你來這做什麼？這場禍事，不是你可以摻和的，速速退往桂花島。運氣好的話，還能見著倒懸山，運氣不好的話……」

老舟子不再繼續說下去，這些個喪氣話，哪怕是天大的實話，大戰在即，多說無益。

陳平安喝過了一大口酒後，已經將養劍葫蘆重新別在腰間。

老舟子沒有看出異樣，一直面對老蛟、背對桂花島的婦人同樣如此，可是金色老蛟那雙瞳孔豎立的銀色眼睛之中，卻泛起一絲令人玩味的神情，老蛟並未當場揭穿那少年的小把戲。

陳平安問道：「老前輩，咱們桂花島當下的形勢，是不是已經不能再壞了？」

「壞到了極點。」老舟子點點頭，不願在此事上說謊，輕聲道，「傳聞那條老蛟當初跟范家先祖簽訂契約的時候，境界就相當於元嬰境鍊氣士。老蛟這類天生異種，修行往往極為緩慢，可一旦給它們爬到高處，真實戰力，往往要高出所處境界一大截。更別提一條海溝的千百條蛟龍之屬，其實力不弱於寶瓶洲的一個宗字頭仙家。」

陳平安有點無奈：「老蛟最低也是元嬰境地仙？」

老舟子點點頭，不知道眼前肩挑竹篙的背劍少年為何有此疑問。

陳平安抬頭望向遠處那條金色老蛟，後者也隨之與他對視，銀色眼睛之中充滿了濃郁的嘲諷意味。它還故意瞥了一眼陳平安腰間的養劍葫蘆，陳平安便知道老蛟已經看穿了自己那點小伎倆。

親手遞交這只姜壺的山神魏檗曾言，十境鍊氣士之下，無法看破他施展在養劍葫蘆上的障眼法，可眼前老蛟分明就是一名十境地仙。既然如此，那麼陳平安假借喝酒默默牽引初一、十五化虛入體的手段，一定早就落入了老蛟的視野，陳平安壓箱底的殺手鐗之一，已經暴露在光天化日之下。

老舟子勸說道：「小傢伙，走吧。你這份少年俠氣，很不錯，可是註定於事無補，又何必逞英雄？還不如返回桂花島，乖乖等著那一線生機。你留在這裡，我肯定顧不上你的生死。你雖談不上幫倒忙，但是以你現在的修為，跟送死沒區別。」

老舟子本想說就算返回桂花島，無非等死，可總好過在海中被蛟龍分屍吞食，但這些話到了嘴邊，還是被他咽回了肚子。

陳平安拿下那根打龍篙，將竹篙遞向老舟子，解釋道：「前輩，這是我做了修改的斬鎖符，其上的符籙出自一本《丹書真跡》。根據記載，完整符籙應該有八個古篆，之前竹篙上只有『作甚務甚』四字，漏掉了『雨師敕令』，而且符籙的雲紋也偏差不小。」

老漢定睛一看，愣在當場，隨後二話不說，伸手奪過那根世代相傳的打龍篙，細細打量一番，以手心摩娑竹篙的符籙紋理：「本名是叫斬鎖符？缺了『雨師敕令』四個字？此符丹書字體、雲篆紋路以及厭勝真意，確實品秩都很高。少年，你難道是符籙派道人？師從某位宗門大家？」

陳平安輕輕搖頭。他並沒有說自己是個武夫，只是以體內一口純粹真氣，學那福祿街的讀書人李希聖，提筆劃符，一氣呵成。

老舟子喟然長嘆道：「可惜了，咱們只有這一根恢復原貌的打龍篙。若是數十根竹篙皆畫有這道斬鎖符，再配合一名精通奇門遁甲的陣法宗師，說不定還真可以震懾這條蛟龍溝。可惜了，太可惜了！」

桂姨已經飄掠退回，她看到這根竹篙後有些訝異，她淡然搖頭道：「沒有用的。雖然此符淵源頗深，往往篆刻在鎖龍柱或是刀劍之上，是上古神人捉拿、鞭笞獲罪蛟龍的工具之一，確實能夠厭勝蛟龍之屬，可是那條老蛟道行高深，已經不太忌憚這個。」

陳平安遞出竹篙之後，就在竭盡目力，偷偷觀察那條老蛟。老蛟的銀色眼睛中，似乎流露出一絲深沉的緬懷，很快就恢復如常，兩根龍鬚緩緩飄蕩，在海水中流光溢彩。傳聞以千年老蛟之金鬚製成的捆妖索，堪稱法寶中的法寶。

陳平安收回視線，突然說道：「桂姨、老前輩，你們能不能幫我拖住一時半刻，我要重新畫一道符。如果兩位前輩另有打算，就當我沒說，放心，我會盡量靠自己畫完這道符。」陳平安的聲音很輕，他眼神中的堅韌不拔令人動容：「很重要的一道符！」

桂花島上，山頂桂宮中，一名少年桂客正站在屋頂，抬頭眺望四方，身邊有一名憂心忡忡的老嫗。少年身上所穿的一襲明黃色長衫，粗看並不起眼，它和陳平安的養劍葫蘆一樣被高人施展了上乘障眼法。若是有人能夠破開那道術法一再端詳，就會發現其中門道，長衫不是什麼綾羅綢緞，而是由不計其數的泛黃竹片精巧編製而成。竹片雖纖薄，卻異常堅韌。身披此衣，冬暖夏涼，而且能夠讓主人時時刻刻如同置身於一座小巧的洞天福地，大補修行，這才是真正的仙家大手筆。

此衣名為「清涼」，是一件出自竹海洞天青神山的著名法袍，曾經是中土神洲一個大王朝君主的心頭所好。隨著王朝覆滅，寶衣便失傳已久，不承想穿在了這名少年身上。

少年用生澀的寶瓶洲雅言說道：「柳婆婆，金丹境劍修那張百里方寸符都不管用，是不是我的千里方寸符也很懸了？」

老嫗嘆息道：「那條老蛟自身修為，其實不嚇人，元嬰境巔峰而已。不過他有高人相助，已經將這條海溝營造得如同一方小天地。它便化身聖人，坐鎮其中，戰力相當於一個玉璞境修士，同時占盡天時地利人和。」

少年皺眉道：「那咱們咋辦？」

老嫗笑道：「少主不用太過擔憂，我便是拚了性命，也會將少主送出這條蛟龍溝。事後少主記得原路返回，去往那座拋下繡球的峭壁彩樓，自報名號，他們一定不敢怠慢，然後少主就可以順順當當返回皚皚洲，將此事說與老祖聽。到時候自有天罰降落，將此地夷為平地，為我這個老婆子報仇。」

少年埋怨道：「柳婆婆，生死是多大的事情啊，妳怎麼說得如此輕巧。我可不希望妳死在這裡，咱們還要一起回家呢。」

老嫗臉色依舊雲淡風輕，她慈祥地望向少年，微笑道：「這也是無奈之舉，總不能當著少主的面滿腹愁腸，哭哭啼啼。這麼大把歲數了，委實做不出來。」

老嫗記起一事，看了眼少年手上的一枚玉扳指，輕聲道：「少主，這件祖傳的咫尺物千萬記得藏好，不要輕易當著外人的面取出裡頭的寶貝。出門在外，不要輕易試探人心，人心一物，是最經不起推敲的。」說到這裡，老嫗那張乾枯的滄桑臉龐上有些恍惚，畢竟天底下所有的老婦人，也都是從少女一路走來的。

竹衣少年伸手指向那一葉扁舟：「柳婆婆，妳瞧瞧那個扛著竹篙的少年，他跟我差不多歲數吧？真的好厲害，有膽識，帥氣！比我強多了，回頭我一定要找位丹青聖手，將這幅場景畫下來。」

老嫗搖頭笑道：「莫要學那少年意氣用事。少主你可不是什麼簡簡單單的千金之子、萬金之子，你若是在這寶瓶洲和婆娑洲之間的地帶，真出了點什麼意外，可就是天大的麻煩了。」

少年無奈道：「柳婆婆，我已經經歷過好多次歷練了，別總把我當孩子啊！」

老嫗笑而不語。那些看似險象環生的歷練，哪次不是某位老祖親自盯著。

其實這次出門遠遊，一路無風無雨。他們從皚皚洲先去了一趟俱蘆洲，再南下東寶瓶洲，途經神誥宗、觀湖書院、雲林姜氏，最後到達老龍城，之後繼續南下，登陸桐葉洲，北方桐葉宗和南邊玉圭宗都去拜訪過，少主還差點進入那座雲窟福地。

老嫗始終想不明白，為何是自己單獨一人擔任少主的扈從，是不是太過草率了？一個元嬰境鍊氣士，境界是不算低，可少主身分是何等金貴？

就像這次蛟龍溝遇險，如果換成一個玉璞境劍修在少主身邊護衛，少主都不用皺一下眉頭，更不用擔驚受怕，只需要隔岸觀火就行了。

在桂花島半山腰一棟普通屋舍外有座小涼亭，一個花容月貌的年輕女子坐在其中。她身穿短衫長裙，腰間繫有彩帶。面對這場莫名其妙的劫難，她雖然滿臉怒容，對那個老龍城范家生出一肚子火氣，可仍是耐著性子煮完茶，飲過茶，一件件收拾好茶具，這才開始思量對策。可是當她看到那名金丹境劍修身死道消的慘烈畫面後，就有些灰心喪氣，多半是死局了。

女子愁容滿面，手指輕輕敲擊桌面，喃喃自語：「沒理由運氣這麼差啊。在老龍城還給自己算了一卦，這才推掉山海龜渡船，選擇的桂花島渡船。照理說不會有錯，應該順路撈取一、兩筆機緣才對。怎麼可能在此夭折？」

年輕女子站起身，腳尖一點，來到涼亭頂部，居高臨下，頓時視野開闊。她咽了咽口水，由站姿緩緩變成蹲姿，開始掐指推演：「難道有高人隱藏其中，還是破局之人尚未出現？總之，絕對不會是死局才對，絕對不會……容我來算一算，能夠跟金色老蛟對峙的婦人，喲，原來妳就是桂花島……奇怪了，破局之人，仍然不是妳……

再來瞧瞧這個深藏不露的擺渡船夫，咦？竟然是從元嬰境跌回金丹境的鍊氣士？至今傷勢還未痊癒，不愧是個有故事的舟子老漢，但是你也破不了局……

至於這個初生牛犢不怕虎的少年，還是算了吧。扛著竹篙也就罷了，嘖嘖，還喝酒？太喜歡顯擺了，真當自己是上五境的劍仙哪，傻了吧唧的……這樣的話，破局關鍵，難道是山上有神仙正在袖手旁觀？只等那條老蛟鬆懈，就會出手給予致命一擊？容我算一算，還真有一個有意遮蔽氣機的世外高人，只可惜……還不是！」

女子雙手撓頭，兩頰通紅，她顯然有些焦躁不安，一時間髮髻間的珠釵歪斜，青絲紊亂：「莫慌莫慌，師父親口說過，天下任何大勢，其中始終藏著一個衍化萬物的『一』，便是那位道祖，也一直在追求這個字。那條真龍是如此，驪珠洞天的真正玄機亦是如此，劍氣長城仍是如此，皆是如此……」

在這名年輕女子心神失守的時候，圭脈小院的桂花小娘金粟正好一步三回頭，回首望去，看到了她師父跟金色老蛟的凶險對峙，看到了那個多半就是桂花島金丹境修士的舟子老漢，當然還看到了那個泛舟前行、跑去添亂的背劍少年。

金粟知道自己不該怨懟那名挺身而出的少年，可不知為何，她對這名少年的惱火越演越烈，以致好像今日遭受的所有劫難都要歸咎於這個傢伙，才能讓她內心稍稍好受一點。

金粟不願多想，更不願承認，她之所以這般惱羞成怒，不是那個名叫陳平安的外鄉客人做得不好不對，而是他的「一意孤行」，無形中襯托出了她的怯弱畏縮。她甚至連站在師父身邊，與師父並肩而立的勇氣都沒有。

生死一線之間，有人貪生怕死，審時度勢，避難而退；有人捨生取義，迎難而上，死中求活。對於腳下那條長生道路才剛剛起步的年輕人而言，一個未必錯，一個未必對。

桂花島外的海面上，兩艘小舟比鄰而泊。老舟子幾次勸說無果，加上內心深處實在不願眼睜睜看著這個少年喪命於此，便有些惱火，氣道：「既然桂夫人都說了老蛟的厲害，你還留在這裡做什麼，胡鬧！」

婦人苦笑道：「身陷重重包圍，除了魚死網破，其實沒有什麼機會了。」

老漢突然低聲道：「桂夫人，妳必須活下去，范家……」

婦人搖搖頭：「我意已決。」

她轉頭望向少年，柔聲問道：「陳平安，那道符，真的很重要？」

陳平安使勁點頭。

婦人深呼吸一口氣：「那條老蛟鐵了心不念情分，處處以『規矩』二字來壓我，事出反常必有妖。既然陳平安你願意做點什麼，那就做吧，我們兩人幫你拖延一點時間，還是不難的。」

陳平安立即坐在小舟之中，背對金色蛟龍，與身為方寸物的飛劍十五心意相連，很快從袖中滑出一張青色材質的符紙，符紙好似從某部聖賢書籍上撕下來的書頁。陳平安左手持小雪錐，輕輕呵了口氣，但是當那支「下筆有神」的毛筆伸向那張符紙的時候，陳平安內心震撼不已，筆尖好像大雪時節深陷積雪的行人雙腳，寸步難行！陳平安那一口純粹武夫真氣，竟是直接就此斷掉！

之前數次書寫金色材質符紙的寶塔鎮妖符以及陽氣挑燈符，陳平安從未遭遇過這種情況，讓陳平安反而生出驚喜。

陳平安寧願身受內傷，神魂震盪，依然強行提起一口新氣，手臂下沉，小雪錐的筆尖不斷移向那張符紙。

你可以做點什麼，但是必須保證不會將局勢變得更壞。

在黃庭國破敗寺廟前，那些鮮衣怒馬的年輕江湖兒女，為了他們心目中的古道熱腸、行俠仗義，差點壞了那幫正道鍊氣士的大事，讓那頭作祟多年的狐妖趁機逃脫，這是好心辦壞事的前車之鑑。

在彩衣國胭脂郡的城隍廟，那個手腳繫著銀質鈴鐺的郡守之女，每次出手相助，既是她的力所能及，又能夠幫助陳平安適當分擔壓力，這就很好。

陳平安不斷加重五指和手臂力道，呼吸吐納和劍氣十八停迅猛流轉，這一口在體內勢如破竹的純粹真氣，必須既快且穩。

氣穩則神定，神定則符靈。歸根結底，遙想當年，燒瓷拉坏也在於一個「穩」字，心穩才能手穩。

小雪錐的毫尖終於緩緩觸及青色符紙，一小粒光點瞬間炸裂開來，恰似海上生明月。

陳平安對此無動於衷，他的心神完全沉浸於那道斬鎖符中，他要在青色符紙上寫足八個字——作甚務甚，雨師敕令。

此時此刻的少年，盤腿坐於小舟之中，渾然忘我。對著一張古老書頁，陳平安手持毛筆，不像是什麼純粹武夫，也不像是什麼劍客，倒像是個在山水間抄書寫字的讀書郎。

這道符，成與不成，畫完之後再說。就像那撼山拳，拳法到底高不高，先練完一百萬遍再看。

今天如果不做點什麼，陳平安覺得對不起自己練的拳，學的劍，喝的酒，認識的那麼多人。

在陳平安提筆劃符的那一刻，在金色老蛟的示意下，蛟龍溝就已經有所行動，獅子搏兔亦用全力，潛伏在這道溝壑的成百上千條蛟龍之屬，與原本高聳空中的海水一起湧向桂花島。唯獨金色老蛟盤踞的那個方向，顯得格外平靜。

老舟子將手中龍王簍丟在腳邊，一條幼蛟的生死已經無關大局。老舟子瞥了眼背對自己的背劍少年，陳平安整個人好似籠罩在素潔月輝之中，一人一筆一符紙渾然一體，就像一座方丈之間的小天地。老舟子心中讚嘆一聲，小傢伙倒是有點大氣象，老舟子自認自己年輕時候，可沒有這份氣度。

老舟子收回視線，輕聲道：「桂夫人，桂花島危在旦夕，陳平安和這道符，暫時就交由我來保護，桂夫人只管坐鎮渡船，再讓馬致和幾個管事趕緊對山上所有客人曉以利害，莫要再藏掖修為了。所有私人恩怨，以及報酬和賠償，等桂花島渡過此劫再談。

老蛟這次出手很是古怪，而且看它擊殺那名金丹境劍修的手段，要麼已經破境，躋身上五境，要麼就是有人在蛟龍溝暗中布陣，將此地變成類似儒家學宮書院的存在。說不定某個旁門左道的高人，看中了這塊飛地，才讓老蛟有了與婆娑洲儒家聖人叫板的底氣。它一旦全力出手，沒有我在，妳一個人很難應付。」

三面海水如決堤般砸向「碗底」的渡船。

桂花島上，除去山頂的那株祖宗桂樹，其餘一千多棵桂樹，同時落葉紛紛，一片片落葉不等墜地就一起整齊地飛向空中。桂葉陸續懸停後，形成一個半圓形，籠罩住桂花島。之後桂葉瞬間被燒成灰燼，煙消雲散，只留下一團碧綠靈氣在原地，靈氣凝聚成一粒粒大小圓球。這些大如野栗的桂葉靈球，向四周衍生出絲絲縷縷的幽綠絲線，相互牽引銜接。

海水洶湧，渡船如一葉扁舟，桂葉蘊含的靈氣相互連結，如同舟子使勁拋撒出去的一張大網，只是這次「撒網」不為捕魚，只為遮雨。

海水砸在大網之上，浪花激盪，但是沒有一滴水滲透大網落在桂花島，渡船僅是微微搖晃。當那棵祖宗桂樹呈現出枝葉急速生長的玄妙姿態後，山頂地面開裂，出現眾多的溝壑，露出老桂樹盤曲的樹根。整座桂花島隨即開始緩緩上升，竟像是要頂住海水的衝擊，懸空御風，強行脫離蛟龍溝。

許多額頭生角的水虯衝殺勢頭最凶，一條條落在那張大網上，以利爪撕扯或是以頭顱撞擊那座桂葉大陣。

這類水虯，算是蛟龍之屬裡的勳貴成員，與最早掌管五湖四海的真龍關係相對親近，和蛇鯉之流有著天壤之別。只不過多了一個「水」字，就要比單個字稱呼的虯——這種名副其實的皇親國戚，還是差上一截。

水虯是上古大虯與海中青蛇交媾的產物，故而又被稱為青虯，與喜好藏身於崇山峻嶺的白螭，一在深海、一在陸地，經常出現在文人騷客的文章之中，更是遊仙詩的常客。

諸多蛟龍後裔尾隨其後，凶悍地撞擊大網，它們還施展天賦異稟的水術神通，裹挾萬鈞海水，一起衝擊大網。

老舟子看到這一幕後，心疼不已，這可是桂夫人拚著一身來之不易的地仙道行，任由其真身的根本元氣急劇損耗，為所有人謀取一線生機。

待在島上的馬致應該已經在跟客人交涉，就是不知道能否眾志成城，一起合力渡過難關。

在陳平安竭力書寫那張斬鎖符的同時，金色老蛟一直在發號施令，讓蛟龍溝一鼓作氣攻破桂花島，可是它自己卻沒有出手的意思，只是略作思量，搖晃百丈金鱗身軀，緩緩游向清澈海水的邊緣，最後從漣漪之中走出一個身穿金色長袍的威嚴老人。

老人雙眉極長，垂掛到胸前，凌空前行。這條化為人形的老蛟，沒有理睬需要分心駕馭桂花島渡船的桂夫人，就連那條幼蛟的生死，金袍老蛟一樣漠不關心，他像是一個緩緩走下山坡的登山遊客，居高臨下，俯瞰山腳的那兩條小舟和舟上三人。

老蛟望向少年的背影，腳步不停，微笑道：「小傢伙，在那根打龍篙上動手腳，擅自書寫斬鎖符，我當你年少無知，由著你偷偷摸摸藏好兩把飛劍，可若是再得寸進尺……」

老舟子駕馭腳下小船，擋在陳平安的小舟身前，仰頭望向那條性情大變的老畜生，嗤笑道：「得寸進尺又如何，難道引頸就戮，討一個舒服一點的死法？求你們這幫孽畜囫圇吞下，別細嚼慢嚥？」

老蛟斜瞥一眼老舟子，笑道：「你們壞了規矩，都是要死的，至於怎麼個死法，其實不重要。難道你忘了，你們死後的魂魄，若是一點一點被我手下抽絲剝繭，做成幾十支燭火明燈，點燃後，放在蛟龍溝最深處，承受那陰冷之苦。這份罪，可比人間刑場上的五馬分屍、千刀萬剮更加難熬，尤其是你這種金丹境老修士。道行越高，香燭品相越高……」

說到這裡，金袍老蛟嘆了口氣，停下身形，一手負後，一手雙指撚動垂掛胸前的金色長眉，無奈道：「小傢伙，我和這范家舟子都幫你拖延了這麼久，一張雨師敕令的斬鎖符而已，還沒有畫好？是不是道家的符籙派弟子，如今越來越不濟事了？還是你自己學藝不精，畫符本事不濟？還是這張符籙威力太大，符紙太過珍貴，害得你下筆有些……澀？無妨，我已經好多年沒有領教過斬鎖符了，很是懷念，所以這點時間還等得起，少年郎慢慢來，莫要急。」

桂夫人哀嘆一聲，老舟子亦是差不多的心境。這就是聖人管轄一方天地的恐怖之處，如同儒聖坐鎮學宮書院、真君身處道觀、羅漢坐鎮寺廟、武聖統轄沙場。

臉色蒼白的桂夫人厲聲道：「如此暴虐行凶，你就不怕婆娑洲儒家聖人問責於你？」

老蛟眼神憐憫道：「桂夫人啊桂夫人，妳不該待在老龍城這麼一個爛泥塘的，作繭自縛這麼多年碌碌無為，兩耳不聞窗外事，哪裡曉得大勢之下，順之者昌、逆之者亡。桂夫人，我雖然覬覦妳的真身多年，但是念在妳出身不俗，我可以最後給妳一次機會，歸順於我，與蛟龍溝共襄盛舉，如何？」

桂夫人冷笑道：「若是儒家聖人在此，你還敢大放厥詞？別說聖人，恐怕只是一個君子，就足夠讓你戰戰兢兢了吧？」

金袍老蛟笑著搖頭：「今時不同往日了，所以我才說妳桂夫人眼界太窄。罷了，道不同、不相為謀，吃掉妳之後，我便可以順利躋身玉璞境。到時候就算潁陰陳氏的儒家聖人離開書院，來此問責，又能奈我何？」

老蛟咧嘴一笑，笑意森森：「知道妳還心存僥倖，讓那個少年畫出那道斬鎖符，好嚇住除我之外的所有蛟龍之屬。妳瞧瞧，我仍是遂了妳的心願，現在還覺得我是在虛張聲勢嗎？」

老人一步踏出，瞬間來到陳平安乘坐小舟一側十數丈外。

陳平安好似不問世事的入定老僧，只是緩緩畫符。

桂夫人和老舟子同時有所行動。桂夫人丟出一截桂枝，桂枝落在小舟船頭，婦人默念一句「結根依青天」，桂枝瞬間生長成一棵一丈的小桂樹，枝葉婆娑，開出了一叢叢金黃桂花，芬香撲鼻，樹蔭覆蓋住陳平安。

老舟子則雙手快速掐訣，默誦咒語，一腳重重踩在他所立小舟，雙手手心相抵，十指交錯，從指縫間綻放出絢爛光彩。

老舟子一手大拇指抵住心口，一手小拇指指向金色老蛟，鮮紅火光縈繞全身，如同一位身披紅袍的天官，額頭布滿猩紅篆文，怒喝道：「金烏振翅，火神煮水！」從老舟子腳下小舟到金袍老人之間的海面如同熱鍋沸水，霧氣騰騰，然後從中飛出一隻隻金色烏鴉，牠們拖著一道道火焰飛快撲向老蛟。

金袍老蛟只是隨手一揮袖，從身側兩處海水中扯出兩條碧水蒼龍，與金色烏鴉碰撞在一起，數十隻金烏瞬間被兩條蒼龍吞噬殆盡。雖然碧水蒼龍飽餐一頓，腹中時不時閃爍火光，最終和金烏同歸於盡，身軀崩碎，重歸大海，可是老舟子手掐法訣，出手迅猛，可謂聲勢浩大，相較金袍老人的輕描淡寫，高下立判，懸殊極大。

金袍老蛟嗤笑道：「火神？這類上古神祇太雜了，而且因為一樁天大禍事，繼承這份大統的神靈，往往名不正、言不順，比起歷來傳承有序、深受天帝倚重的水部正神，實在不值一提。你這小小金丹境，恐怕根本不知道『火神煮水』四字，本身就是在露怯吧？最早的那位火神，那可是放話要煮乾四海、燒光五湖作天上雲霧的。後世火部神靈，就只敢說煮水了，什麼水，大江大河是水，小小溪澗是水，煮開了水，泡茶喝不成？」

老舟子這一道法訣被金袍老蛟輕鬆破去，並不氣餒，在後者絮絮叨叨的話語期間，又換一訣，雙手握拳，重重撞在一起，雙腳踩出獨門罡步，怒目相視，有護法力士之容，老舟子四周有一顆顆縈繞電光的雷珠環繞飛旋。

老舟子最終雙拳分離，一拳接連三下重捶心口至腹部，三處氣府的靈氣激盪不已，另外一拳恢復掌形，手心朝向天空：「驚蟄鼓腹，雷澤洞開，聽我敕令，代天施罰！」

萬里無雲的蔚藍天空，憑空出現一個電閃雷鳴的巨大漩渦，一道雪白雷電突現，在空中幾次轉折，劈向那個金袍老蛟的頭頂。

金袍老蛟身形在原地消失不見，但是那道劈空的雷電並未就此消散，直接穿透海水，落入蛟龍溝深處後，彈射而返，映照得這一處海底白茫茫一片。諸多隱藏在海底的蛟龍之屬並沒有參與此次圍剿，它們被這道雷法驚擾之後，全部下意識閉上眼睛，不敢正視。

雷電掠出海面，飛向一處，金袍老蛟現出真身。面對這道不合常理的雷電，老蛟終於有些惱火，沒了先前閒適神態，沒有繼續躲閃，站在原地，微微皺眉，雙指併攏，分別夾住一條金色長眉，迅速抹過，從手指尖滑出兩抹金色劍芒，劍芒約莫三尺，與世間利劍等長，一劍迎向那道雷電，一劍直刺頭頂那個與某座小雷澤相通的漩渦。金袍老蛟的兩劍與雷電和漩渦再次玉石俱焚，在海面和高空兩處，炸裂出絢爛光彩。

老舟子不愧是曾經親身領略過地仙風光的稀少金丹客，手段層出不窮，他拔地而起，探出一臂，伸手一握，握住了一杆銀光刺眼的丈八蛇矛，直刺金袍老蛟：「孽畜受死！」

金袍老蛟扯了扯嘴角，再次消失。

老舟子這一矛去勢並未絲毫減弱，反而力道加重，矛尖處竟是出現了一陣黑色漣漪，雪白矛尖沒有任何凝滯，長矛勢如破竹，如筷入水，出現了視覺上的偏移歪斜。

之後出現古怪一幕，老舟子周圍站立著數十個金袍老蛟的身影，而且各自身前的頭頂或者長達一丈，或者短不過一尺，都有一截矛尖刺向金袍老蛟的眉心。

所有金袍老蛟異口同聲笑道：「真是拚了老命的地仙一擊，難為你這個金丹境了。」

所有老蛟伸出一手，攥住了那矛尖，電光四濺，天地雪白。

唯獨一個金袍老蛟並未開口說話，他站在陳平安那條小舟的正後方，剛好能夠看清楚坐在桂樹樹蔭中的陳平安，看不出具體根腳的青色符紙充滿了浩然正氣，那支毛筆也是好物件，便是老蛟都要垂涎。

看那張斬鎖符的符紙空白，只完成了十之七八，少年手臂、手指和毛筆毫尖雖然尚未顫抖，可是心神已經不穩。由此可見，陳平安書寫此符還是太過牽強。斬鎖符雖然品秩不低，可是少年先前在竹篙上已經成功畫符，說明這道符籙本身沒有問題，而是那張青色材質的符紙，讓那個少年難以下筆，恰如稚童負重登山，說是嘔心瀝血，都不算誇張了。

一張書寫有雨師敕令的上品斬鎖符，若是在自己成為一方聖人之前，金袍老蛟還會有所忌憚，畢竟這屬於天生相剋。在雨師、河伯、水君之流還屬於正統神靈的那段歲月中，蛟龍都會禮敬這類好似衙門上司的存在。只是如今哪怕這張符籙再「硬氣」，金袍老蛟都不放在眼中，他甚至有些渴望再次見到斬鎖符。

畢竟在某段遙遙無期的屈辱歲月中，老蛟雖然年幼，但是所見所聞無比刻骨銘心。老蛟就是要蛟龍溝深處，某些不願跟隨自己的同齡老傢伙，再次親眼見識到這張意義深遠的符籙。如此說不定可以讓這些萎靡不振的老傢伙，再次生出一股血勇之氣。

完完整整的蛟龍溝，只要擰成一股繩，絕不是一、兩個宗字頭仙家府邸可以媲美的。

數十個金袍老蛟同時捏爆了那根長矛的矛尖。長矛是老舟子的本命之物，老舟子頓時跌坐在小船上，嘔血不已。

除了一言不發凝視著陳平安畫符的那個金袍老蛟，其餘被激起濃重凶性的老蛟們哈哈大笑，幾乎同時狠狠踩下一腳。他們腳下並無太大動靜，但是庇護桂花島的那座桂葉陣法卻像是一道脆弱城門被無數輛攻城車重重捶擊，震盪不已，岌岌可危。

一旦大陣破損，那些蛟龍之屬瞬間就會衝入島嶼。與這些天生體魄渾厚的孽畜近身肉搏，別說尋常鍊氣士不願意，就是殺力最大的劍修和橫鍊最強的兵家修士一樣不願意。

許多原本馬致說得口乾舌燥也不願拿出壓箱底法寶的中五境鍊氣士頓時臉色劇變，再不敢藏私，紛紛祭出法寶靈器。一時間，桂花島上流光溢彩，眾多法寶靈器紛紛向高空掠去，幫助桂夫人和那棵祖宗桂樹一起抵禦金袍老蛟的踩踏陣勢。

當島上鍊氣士傾力出手之後，一些個之前始終袖手遠觀的蛟龍溝大物也終於運用水術神通，水術如一陣箭雨般撒向桂花島。

桂花島哪怕有了鍊氣士助陣，竟是依然處於下風。

這個危急時刻，竟然還有一名高瘦老者從蛟龍溝之外的海面飛掠而來，只是他顯然在猶豫要不要涉險深入。

正是那個玉圭宗姜氏公子身邊的元嬰境扈從，他最終選擇靜觀其變。

桂夫人不得不去桂花島，她實在沒有想到大陣如此脆弱不堪。已經顧不上陳平安的那道符，一旦她的本身和魂魄始終相離，桂花島大陣經不起下一次衝擊，到時候就算畫符成功，桂花島已經被攻破，肆無忌憚的蛟龍之屬如入無人之境，桂花島只會是兵敗如山倒的淒慘局面。

桂夫人一掠而去，轉頭對老舟子無奈道：「照顧好陳平安！」

老舟子苦笑著點頭，掙扎著站起身。只能盡人事、聽天命了。

四面八方的所有金袍老蛟，緩緩走向兩條小舟。

只有那個始終站在原地的金袍老蛟，從頭到尾凝視著陳平安，以心聲告知陳平安道：『小傢伙，你再不畫完這道符，趕緊扭轉戰局，你們所有人就都要死了，桂夫人要死，老舟子要死，你也要死，都要死啊。』

「作甚務甚，雨師敕令」總計八字的一張斬鎖符，陳平安到最後只寫了六個字，而且極其不講規矩，這道符不出意外，就已經算是作廢了。

陳平安寫完前面四個字已耗時很久，比起以前畫符要漫長許多。在那個「雨」字上，陳平安不管如何運轉氣機，就連那一橫都寫不出，青色材質的符紙，好像根本就不願意接納這個字眼。兩軍對峙，陳平安孤軍奮戰，面對一座巍峨高城，能做什麼？人力終有窮盡時，不因什麼雄心壯志和堅韌毅力而改變。

陳平安死撐半天，仍是無法落筆。當陳平安手臂第一次出現顫抖時，一大口心頭血湧至喉嚨口，被他強行咽下。迫於無奈，陳平安直接跳過了「雨」、「師」字關隘，又是一道天塹，陳平安再次繞過，好在「敕令」二字可勉強為之，在那口純粹真氣的強弩之末，終於寫完了。

陳平安用完這一口氣後，已經筋疲力盡，持有小雪錐的那條手臂頹然垂下。本就是強提一口氣，這次畫符不成，無異於雪上加霜，陳平安這會兒體內氣血翻湧，除了那口已經傷及本元的心頭血，還有無數從內而外滲出極其細微的血珠子，從神魂、氣府、筋骨、皮肉中一點一點往外流淌、凝聚。

金袍老蛟第一次如此動怒，憤然罵道：「沒用的廢物！等了你這麼久，你竟然連『雨師』二字都寫不出來？」金袍老蛟一步步向前，「我再給你一次機會，重新動筆！重新再畫一道符！」

陳平安怔怔看著那張青色符紙，局勢沒有變得更壞，但是也沒有變得更好。

好像跟神誥宗的那個道姑在大道上分道揚鑣後，離開驪珠洞天後一路好運的陳平安，其運氣就開始走下坡路，彷彿再一次回到了破碎下墜之前的驪珠洞天。這一次，更是直接身陷死地。

陳平安抬起頭道：「你這麼想我寫完這道斬鎖符，是在圖謀什麼吧？」

金袍老蛟仔細打量了一番少年，笑著點頭道：「自然，只不過現在說這些已經沒有意義了。浪費我這麼多時間，你稍後的三魂七魄會被製成一支支蠟燭的燈芯，在蛟龍溝水底燃燒上百年。」

陳平安滿身鮮血從七竅和肌膚滲出，潺潺而流。陳平安瞥了眼握有小雪錐的左臂，深呼吸一口氣，緩緩提起：「死之前，我一定要寫完這兩個字。」

金袍老蛟眼神陰沉，笑道：「少年郎有志氣，我拭目以待，而且我會親自為你護法，可莫要再讓我失望了啊。」

陳平安咧咧嘴，抬起右手手臂，胡亂抹了抹眼睛，擦去模糊視線的血汙，大致看清楚本應書寫「雨師」二字的符紙空白處，閉上眼睛，在心中默念道：『作甚務甚……作甚務甚……』

一瞬間，陳平安落筆於符紙。

金袍老蛟嗤笑道：「少年，這可不是什麼『雨』字啊，是不是受傷太重，腦子也拎不清了？」

又一瞬間，金袍老蛟再無半點笑意。

符紙之上，不再是所謂的符籙的一點靈光，而是一縷神光在迅猛凝聚。

陳平安只是保持那個姿勢，不是不想動，而是實在無法動彈了。

這張斬鎖符已經不再是真正意義上的斬鎖符，因為書寫其上的符籙不是「作甚務甚，雨師敕令」，而是「作甚務甚，陸沉敕令」。

陸沉敕令！

那個金袍老蛟同樣是紋絲不動，亦是心有餘而力不足。

陳平安嘴唇微動，默默感受著筆下紙上的那些溫暖神意，福至心靈，嗓音顫抖，輕聲道：「書上說過，聖人有云……」陳平安咳嗽不止，總算說出後半句話：「潛龍在淵。」

這口頭上的八個字，彷彿比起符紙上的八個字，絲毫不遜色。

總計十六個字，落在蛟龍溝當中，簡直就是一陣晴天霹靂。

「諾！」

「謹遵法旨！」

一個個聲音從蛟龍溝深處響起，此起彼伏，連綿不絕。

天地寂靜。

數十個金袍老蛟融入一個身形當中。金袍老蛟低下頭，拱手抱拳，但是滿臉獰笑：

「領旨之前，少年死吧。」

蛟龍溝上空，一道粗如山峰的金色劍芒從天而降，直直落向少年頭頂。

有人能救一救，但是不願意，例如那個竹衣少年身邊的元嬰境老嫗。

有人想要救，但是為了范家大業，只能選擇退縮不前，比如桂夫人。

有人是無可奈何，不惜換命給少年，比如那個近在咫尺的老舟子。

更多人是看熱鬧而已，大局已定，還需要緊張什麼？

陳平安在這一刻，好似已洞悉一切人心世情，可是神色不悲不喜。

他的袖中滑出一對印章——山浮水印，停在頭頂上空。

那道金色劍光崩碎之後，一對山浮水印，只剩浮水印，山印已無。

大道之上，一人直行。

第四章　大師兄姓左

陳平安寫錯了一道斬鎖符。若說之前小雪錐觸及符紙的瞬間，是海上生明月的景象，那麼當這道符畫成之後，就如一輪紅日。紅日與水井口子差不多大小，只是並無灼燒之感，反而溫暖和煦。這張符在陳平安說出那八個字後，好像失去了真氣牽引，晃晃悠悠地飄落在海面上，然後緩緩沉入蛟龍溝，再沒有在海上引起異象。

那些在蛟龍溝底蜿蜒盤踞的大物，無一例外化為人形，或老翁、或老婦，離開各自巢穴，站在海溝石壁，對那張符籙作揖行禮。許多年幼懵懂的蛟龍之屬戰力孱弱，此次沒有機會參與桂花島大戰，或是被祖輩強行拘押在海底，這些小傢伙哪怕尚未凝聚人身，一樣依葫蘆畫瓢，隨著這些與金袍老蛟輩分相當的老傢伙們，向那張符籙使勁點頭致敬。

這些不知活了多少年的大物，紛紛施展祕術神通，以遠古水聲訓斥那些攻擊桂花島的蛟龍後裔，措辭極其嚴厲。

各家老祖揚言如果有人膽敢不在半炷香內回到蛟龍溝，一律先逐出本族，然後受剝皮之苦，最後丟在海面漂泊，曝曬三年，活下來才有機會認祖歸宗。那些「青壯」水虯、蛇蟒面面相覷，眼神中皆是疑惑、震驚和不甘。

它們這次跟隨金袍老蛟大戰桂花島，老祖之前都是默認許可的，這些大多在南海和婆娑洲吃過苦頭的年輕蛟龍後裔，之所以跟隨那條金袍老蛟，就是希望有朝一日，能夠去婆娑洲大殺四方，將那些醇儒陳氏的子弟和沿海布防的錬氣士殺個精光。但是現在老祖發號施令，而那名金袍老蛟又無異議，它們只得紛紛縱身一躍，離開桂花島上空，撲向海面，入水之後，各自打道回府，去跟老祖討要一個說法。在那之後，就是金袍老蛟在領取法旨之前，對著那壞了他百年謀劃的少年，一劍斬下。

陸沉敕令？陸沉是誰，老蛟當然聽說過。聽他的祖輩說，這位道家掌教之一的至人在飛升之前，最喜歡駕一葉扁舟遊歷四海，好像不太喜歡待在陸地上。傳言還說有一名專門為陸沉駕馭小船的舟子，出海之時還是而立之年，等到陸沉在北海飛升，他才獨自駕舟回到陸地。他回到家中，發現熟悉的家國山河皆已不在，他的名字，被留在了三百年前的族譜上。在那之後，這名舟子便重新出海，尋訪陸沉，從此杳無音信。

金袍老蛟怕不怕掌教陸沉？當然怕，但是絕對不會怕到一聽名字就打戰的地步，因為他在這座浩然天下，陸沉卻是在那座青冥天下。

越是陸沉這種尊貴無比的人，想要蒞臨另外一座天下，越是不易，而且規矩繁複，一舉一動，都會被儒家聖人盯著。

一旦陸沉親自出手，就會壞了規矩，到時候金袍老蛟深惡痛絕的儒家聖人，反而成了金袍老蛟和蛟龍溝的護身符，甚至出手相助之人，很有可能就是那個肩挑日月的醇儒陳氏老祖。雖然並不如何畏懼，但也不能太不當回事，挑釁聖人，哪怕隔著一座天下，也絕不是什麼好事情。

金袍老蛟心中冷笑不已，這位出身浩然天下，卻在別處天下執掌一脈道統的掌教，真是取了個好名字啊。

至於眼前這個祭出一對山浮水印擋下劍氣的礙事少年，金袍老蛟扯了扯嘴角，這種事情可一不可再，他雖然恨透了這個少年，但也不得不收手。今日之事，超乎預期太多，說不定已經惹來婆娑洲南海之濱的巡狩視線，還是小心為妙，若是給抓住把柄，會壞了大事。

老蛟嘖嘖笑道：「可惜了這方印章，能夠擋下玉璞境劍仙的全力一劍，這可不是一只破魚簍能比的。小傢伙，這會兒心疼不心疼？」

陳平安答非所問：「如果我家中有好些驪珠洞天的上等蛇膽石，需要多少顆才能換回一座桂花島的安穩通行？」

金袍老蛟愣了一下：「你是說寶瓶洲北部上空的那座驪珠洞天？靈氣充溢的頭等蛇膽石對於我們而言，不亞於一塊斬龍臺對一名劍修的重要性。元嬰之下的蛟龍之屬，一顆頭等蛇膽石就能換取穩穩當當的一境提升。容我算一下，一座桂花島，一個桂夫人，兩千個鍊氣士的性命……小子，除非你有一大堆蛇膽石才行啊。」

金袍老蛟伸出一雙手掌，翻了一下：「最少二十顆。你有嗎？」

陳平安搖搖頭：「這些年送出去一些，已經沒有這麼多了。」

陳平安掙扎著站起身，那一截桂枝生成的桂樹，已經在老蛟劍氣的衝擊下毀於一旦。他收起小雪錐和孤零零的一方浮水印，將其放入方寸物之中。飛劍初一和十五快速掠出神魂動盪的陳平安，重歸養劍葫蘆，這次陳平安沒有遮遮掩掩，反正老蛟早已看穿。

金袍老蛟眯起眼，他感到少年背後木匣中的一把劍，有不小的威脅。

一張顛倒乾坤的陸沉敕令、一堆驪珠洞天蛇膽石、一對山浮水印、一支「下筆有神」的毛筆、一枚品相不錯的養劍葫蘆，而且還姓陳——金袍老蛟心中越發確定自己適時收手是明智之舉。

可惜可惜，這種傢伙，若是方才一劍打殺了，才是最無後患的。至於之後引發的種種波折，他完全不怕。比拚修為境界，他這個偽聖，尚且不敢有任何托大，可若是比拚靠山，他真不覺得自己會輸給任何人。

老蛟看到那個傷了本命元神的舟子老漢滿臉戒備地站在少年身後，笑道：「放心，那張斬鎖符面子很大，我的膽子，只能支撐我出手一次。」

老蛟收回視線，重新望向陳平安：「你既然有蛇膽石，為何不一開始就說？否則何須有此一戰，傷了雙方和氣？」

陳平安反問道：「你是在開玩笑，還是認真的？」

金袍老蛟臉色陰沉。

舟子老漢冷笑道：「當時情景，你勝券在握，殺人奪寶還來不及，會跟一個少年坐下來好好談生意？」

金袍老蛟不理會金丹老漢的冷嘲熱諷，死死盯住少年：「太聰明了，活不長久。」

陳平安轉頭對老舟子道：「老前輩，你先回桂花島，我有些話要單獨跟這畜……跟老蛟前輩說。」

老舟子搖搖頭，沉聲道：「留得青山在，不怕沒柴燒。陳平安，你還年輕，大道修行，經歷這些挫折，福禍難言，不用難以釋懷……」

不知是否錯覺，老漢總覺得眼前少年，好像一直沉浸在那道符籙的神意之中，遲遲沒有從中脫出。

陳平安笑了笑：「老前輩，我心裡有數。」

陳平安想要拱手抱拳，以示謝意，可是只抬起了右手，寫字的左手整條胳膊都彎不起來了。陳平安便以右手握拳，輕輕敲打心口：「我稍後回到桂花島，請老前輩喝酒。」

老人猶豫了一下，點點頭，返回相鄰那條小舟，緩緩駛向桂花島。

在老舟子遠離後，陳平安一拍養劍葫蘆，初一、十五懸停在少年兩肩，然後他再次祭出那枚浮水印。

金袍老蛟笑道：「怎麼，要跟我拚命？」

陳平安咧咧嘴：「跟某些傢伙講話，拳頭不硬，再好的道理都聽不進去。先前那道斬鎖符，就是明證。由此可見，我自己琢磨出來的這個道理，對你們是管用的。我問一個問題，范家和桂夫人跟你訂立了什麼規矩，讓你可以理直氣壯地殺掉兩千多人？」

老蛟有些不耐煩，陰沉道：「覺得這個規矩不合理？」

他輕輕跺腳，隔絕了此地與外邊的聯繫。

老蛟笑道：「那你有沒有想過，我們蛟龍之屬，蛟龍溝這一脈，從流徙之初，到扎根此地，中途死了多少條性命嗎？這麼多年來，又因儒家聖人訂立的那些狗屁規矩，枉死多少條性命嗎？」

陳平安反問道：「你覺得儒家規矩不對，跟范家和你訂立的規矩對不對，有關係嗎？退一步說，即便真是聖人做得不對，你就可以跟著犯錯？再說了，你要真有本事，可以去跟儒家聖人吵架或者打架，遷怒於桂花島渡船，算什麼？」

老蛟哈哈笑道：「算什麼？吐出一口怨氣而已，這還遠遠不夠。」

陳平安說道：「如此看來，儒家聖人沒把你一巴掌拍死，才是錯。」

老蛟不怒反笑，「小子，你跟我在這裡繞來繞去，到底想做什麼？是想要跟我抖摟你的靠山威脅我，以後總有一天，你家老祖或是你的授業恩師，會來找我和蛟龍溝的麻煩？」

陳平安搖頭道：「我家裡沒親戚，也沒有……一個師父。」

老蛟突然覺得有點迷糊：「你這是在找死？」老蛟點點頭，「很奇怪，你說的話，我竟然信了。好吧，既然你沒有長輩和師父撐腰，那我又有膽子殺你了。」

老蛟行事果然雷厲風行，一襲金袍無風而鼓蕩，他伸手一招，天空中出現一粒金光，金光緩緩向下，拉扯出一條金色絲線。

陳平安對此渾然不覺，向前一步，走到小舟前方，低頭望向海水深處，似乎在尋找那張斬鎖符，他輕聲道：「陸沉，我知道你正在旁觀此地，你的用心，我也猜到一些。我借你的名字退敵，你反過來以此算計我，在這件事上，咱倆就算扯平了。不過麻煩你告訴天上的阿良一聲，殺陳平安者，南海蛟龍溝。」

說完這句話後，陳平安右手一拳重重砸在心口。

先前與舟子老漢交談時一拳敲打心口，是為了平穩心境，好與陸沉說出這番話。現在一拳下去，則是打得心湖波濤洶湧，興風作浪，甚至連自己一身符籙神意都給澈底打散，重新轉為撼山拳意。

歸根結底，陳平安完全不給陸沉施展無上道法的機會，他不想與陸沉對話。

陳平安的左手依舊抬不起來，他那隻握拳的右手鬆開五指，繞過肩頭，握住那把本該送給某個姑娘的劍。陳平安突然鬆開手，摘下腰間的那只姜壺。這一次喝酒，就只是喝酒了，不再是為了沙場軍陣之上的武夫換氣，不再是為了遮掩初一和十五的蹤影。

陳平安喝過酒後，將養劍葫蘆隨手丟在腳邊的小舟中，在心中默念道：『阿良、齊先生、寧姑娘，都對不起了。』

他一開始想著書寫一道斬鎖符，讓自己有資格跟金袍老蛟講一講條件，用所有蛇膽石換取桂花島駛出蛟龍溝。

他之前想著到了倒懸山，一定要多給金丹境劍修馬致幾枚穀雨錢。還想著下船之前，一定要跟范家討要一張桂花島堪輿圖。到時候下了船，去了倒懸山，再偷偷摸摸拿出齊先生贈予的山浮水印，輕輕一蓋。

不知何時，天空中那縷細如髮絲的金色劍氣，已經消散一空。金袍老蛟臉色微白，雖然他心中狐疑不定，極其不願相信少年所說的那些言語，可是萬一呢？

萬一呢？他不由得轉頭望向倒懸山方向，欲言又止。

下一刻，金袍老蛟滿臉驚喜，微微點頭之後，放聲大笑，空中金色劍氣再度浮現。

只是這一次金色劍氣不再是一縷而已，而是絲絲縷縷，如同懸浮雲海之中的一株株纖細水荷，搖曳生姿。

一座倒懸之山嶽，有個身穿道袍的高大男子，正站在崖畔舉目遠眺，其視線所及，不是那條他隨手布下的蛟龍溝，不是那座雙神對峙的峭壁之巔，不是那個身穿綠袍、坐在雨師肩頭喝酒的年輕女子，而是雲海之中，一個身穿青衫、腰佩長劍的儒雅男子。

儒雅男子先前從老龍城附近的海域動身，很快就會趕到蛟龍溝。

儒衫劍客已經遠離人間太多年，其中原因很是有趣——一身劍氣太濃，濃郁到不論他如何壓制，都無法阻止劍氣傾瀉四方，所有近身之物皆化為齏粉。所以此人只會遊歷世間種種人跡罕至的地方，雲霄之中、五湖四海、深山峻嶺、蠻荒之地……

高大道士眼神炙熱，此人值得一戰！只是他很快皺了皺眉，在那名儒衫劍客腳下的海面上，有個木訥漢子正以竹篙撐船，一瞬千百丈，快若奔雷，竟是絲毫不輸給頭頂那名享譽天下的劍仙。

木訥漢子悶悶道：「我家先生說了，這次算計陳平安是為他好。若是拿著齊靜春的山字印去往倒懸山，以那位二師伯得意弟子的臭脾氣，陳平安是要吃大苦頭的。再說了，我家先生是誠心希望陳平安能夠另闢蹊徑去往青冥天下，他願意收取陳平安作為閉門弟子。」

那名氣度儒雅、容貌俊美的天上劍修，眼皮子都不抬一下，只是俯瞰遠方的蛟龍溝，說了一句話：「你一個陸沉的記名弟子，就想跟我家小齊搶小師弟。行啊，不如你接我一劍？」

漢子倒也不惱，還是那股好似天生的沉悶神色和語氣：「不打架，我只會划船。」

劍修所過之處，若有雲海，便會被一斬而開。

片刻之後，他有些不悅：「那你跟著我做什麼？」

那名舟子老實說道：「去當面跟陳平安說清楚，免得他誤會我家先生。」

劍修突然很認真地說道：「可我覺得你很礙眼，怎麼辦？」

舟子想了想：「那我不去了。」那一葉扁舟驟然停下。

劍修點點頭：「你倒是不傻。」

他御風揚長而去，滿臉怨氣，喃喃自語，自問自答：「小齊要我做你的護道人，我豈會答應？小齊是讀書讀傻了的，我又不是……所以我不會答應的。」

劍修似乎心情更加糟糕，開始加速前掠，以至於身後氣機震盪，轟隆隆作響，就像一連串雷鳴響徹雲海。

劍修即將路過雨師和神將神像的時候，有人朗聲訓斥，不許這名劍修擅自掠過宗門上空，必須繞道而行。劍修低頭隨意瞥了眼，拇指抵住劍柄，輕輕一推，長劍墜向海面，距離海面只有數丈時，剎那間拔地而起，一劍如虹而去，直接將那尊神將神像劈成兩半，金光炸裂，如旭日東昇。

長劍一閃而逝，跟上主人，悄然歸鞘。

劍修繼續前行。

講道理？他從來不喜歡。要與人講道理，還練劍做什麼？

劍修猛然間舉目望去：「當著我的面抖摟劍氣，你真當自己是阿良啊？」

距離蛟龍溝尚且有七、八百里之遙的雲上劍修，手腕一翻，然後一巴掌甩出去。一座桂花島，整個在空中翻滾了一圈，重重砸在十數里外的海面上，劇烈搖晃不已，然後桂花島好似被大風吹拂，迎風破浪，迅猛前行，瞬間就遠離了蛟龍溝。

劍修輕輕一彈指，蛟龍溝上方，如打開了一座座天門，不斷有大如瀑布的雪白劍氣，一道道傾瀉而下。

蛟龍溝中距離海面較近的那些蛟龍之屬，一開始還不知道那些倒入大海的「雪白洪水」到底為何物，等到它們回過神的時候，已成了一副副保持原有姿勢的骸骨。那些被金袍老蛟招出的金色劍氣，如幾根枯枝面對決堤的洪水，早就被一沖而散，點滴不剩。一道道劍氣形成的雪白洪水不斷流入蛟龍溝，可金袍老蛟和孤舟上的陳平安，始終安然無恙。

蛟龍溝內，劍氣壓頂，可謂屍橫遍野。金袍老蛟呆呆站在原地，面如死灰。

這不是萬一，這算不算一萬？

一名儒衫劍修來到蛟龍溝邊緣，踩在海面緩緩前行，海水被劍氣侵襲，瞬間沸騰，化作雲霧，所以劍修依舊是御風凌空。

他瞥了眼陳平安，面無表情道：「小齊要我做你的護道人，我沒答應。就像先生當初要我保護小齊，我沒答應一樣。自己挑選的腳下大道，要什麼護道人。」他的神色有些無奈，可眼中又有些笑意，「但你是我的半個小師弟，這個我沒辦法否認，而且你這次敢於生死自負，說死則死，我覺得挺好，反正對我的胃口，所以就來見你了。先生和小齊一個那麼老了，一個年紀也不小了，被人欺負，只能怪他們兩個死腦筋。可你嘛，年紀還小，給人這麼欺負，說不過去。」

在劍修雲淡風輕地說話時，從那個金袍老蛟身體三百多座氣府內，一點點滲出雪白光芒。金袍老蛟臉色猙獰，滿臉痛苦，這個戰力相當於玉璞境修士的老蛟，竟然從頭到尾發不出半點聲音。

「我的劍意不如阿良，但是劍術比他高一點。」劍修望向那個名叫陳平安的少年，伸出拇指，先指了指天上，然後指向自己，笑道，「哦、對了，我叫左右，是你和小齊的大師兄。」

蛟龍溝海面之上，陳平安愣愣地看著那個自稱大師兄的儒衫劍修。

少年皺著臉，嘴唇顫抖，然後低下頭去。

名字古怪的左右沒好氣道：「要哭鼻子了？怎麼跟小齊當年一個德行？難怪小齊會挑中你，講道理行不通，又打不過別人，次次都躲起來哭鼻子，眼淚吧嗒吧嗒往下掉。」

左右驀然厲聲道：「抬起頭！」

陳平安呆呆抬起頭。

左右質問道：「為何事到臨頭還要改變主意，不選擇出劍而是出拳？大聲回答，別扭扭捏捏！」

陳平安下意識脫口而出：「劍術太差，不丟那個人！拳法尚可，不出不痛快！」

「我呸！就你這點武道拳意，也敢說尚可？」

左右一臉怒容，轉頭狠狠吐了口唾沫。他既沒有齊靜春的儒雅氣度，也沒有阿良的和氣，這個名叫左右的劍仙，昔年文聖門下最離經叛道的弟子，真是一點也不像個讀書人。

左右隱藏在眼底深處的笑意越來越濃，不過他的臉色轉為冷漠，他再次抬起手臂，大拇指指向身後：「不說這條蛟龍溝，只說那座島嶼上的神像，我嫌它擋住我的路，就一劍劈了它，你覺得如何？再說這條臭水溝，我覺得那些孽畜礙眼，就以劍氣洗了它，你又覺得如何？」

陳平安誠實回答：「應該算是蠻不講理。」一想到此人是齊先生的師兄，他很快補上一個字，「吧？」

左右嗤笑道：「你說話倒是客氣，什麼算是，本來就是！」他以手心抵住腰間長劍的劍柄，問道：「知道我一介書生，學劍比讀書更用心，是為什麼？」

陳平安搖頭。他聽阿良和崔東山偶爾提到過此人，前者沒說太多，只說左右是老秀才弟子中劍術最高的；後者則咬牙切齒。一個欺師滅祖的，一個離經叛道的，昔年的同門師兄弟，好像有不共戴天之仇。「姓左的」在陳平安心目中，就如雲中隱龍，高不可攀，捉摸不定。

左右擺擺手：「這裡沒你的事了，以後好好修行，別辜負了小齊的一片厚望。如果你哪天做得差了，說不定我會來找你的麻煩。」懸停在蛟龍溝之中的左右，對陳平安伸出一根手指，「任你境界再高，就是一劍的事情。」

對他而言，師兄教訓師弟，從來都是天經地義的事情，至於有沒有道理，他從來懶得多想，做師兄就是大道理。

就在此時，雲海驟然低垂，一尊高達百丈的金身法相浮現而出，是一個頭頂魚尾冠的中年道人：「你就是文聖座下弟子劍修左右？聽說很多人推舉你為人間劍術第一？就連倒懸山和劍氣長城，都有很多你的崇拜者。」

左右抬頭望去：「聽你的口氣，是有點不服？」

高大道人爽朗大笑：「你劍術第幾，貧道根本無所謂，純粹看你不爽而已。找地方痛痛快快打一架，怎麼樣？」

左右微笑道：「你這臭牛鼻子道士，別的都不行，就是運氣比我好，攤上了道老二當師父。我家先生就不行，只會耍些嘴皮子功夫。雖然我家先生萬般不如你師父，但是有一點他比道老二強，就是他有我這麼個弟子。連你在內，道老二的十幾個弟子……」劍修伸出一根手指，高高舉起，輕輕搖晃，「不行。」他猶不甘休，仰起頭，「比如你搬出這麼大一尊法相，又如何？還不是在我劍前……不夠看？」

不等左右言語落定，從大海之中，掀起百丈巨浪，一道比整座桂花島還要粗壯的磅礴劍氣以光柱形態沖霄而起，硬生生將那尊金身法相瞬間打碎。

陳平安腳下的一葉扁舟隨波起伏，顛簸不已。他轉頭望向那道氣沖斗牛的雪白劍氣，之前他覺得風雪廟魏晉破開嫁衣女鬼的夜幕一劍，已經是世上飛劍的極致，這一刻，他才發現，自己還是太過孤陋寡聞。

一尊金身法相破碎不堪，可是仍有嗓音如洪鐘大呂從空中落下：「貧道不願占你半點便宜，有那個小子在場，你我雙方都放不開手腳，不如去往風神島海域，如何？」

不知何時，那個被劍氣充盈三百多座氣府的金袍老蛟，已經連苦苦支撐，讓氣府不炸的機會都沒了。本體距蛟龍溝千萬里之遙的高大道人，不知以何種神通，趁著金身法相被劍氣銷毀的瞬間，從虛空中探出一根潔白如玉的手指，在金袍老蛟額頭一點，後者剎那間形若枯槁，由內而外，其身軀化作一陣灰燼，煙消雲散，只剩下一件飄落在海面上的金色長袍，和一些由元嬰凝結成的半步不朽之物。

左右對此根本無動於衷，他只是隨手一揮，將金袍老蛟那些殘餘拍入陳平安的小舟之中：「把這點破爛收好了。這趟倒懸山之行，以及之後的劍氣長城，就自求多福吧。」

陳平安彎腰作揖。

左右點了點頭，坦然受之，御風向西南方向遠去。

臨走前他留下了一句話，餘音嫋嫋，也不知是說給自己聽的，還是說給陳平安聽的：「長生不朽，逍遙山海，餐霞飲露，不食五穀，已是異類也。」

陳平安默默坐回小舟，將左右丟到他腳邊的三樣東西收入飛劍十五當中。這三樣東西分別是一件金色長袍、兩根糾纏在一起的金色龍鬚，和一顆拳頭大小的珠子——珠子光澤暗淡，呈淡黃色。

陳平安環顧四周，風平浪靜，抬頭望去，風和日麗。陳平安休息片刻，起身拿起那根刻劃有真正斬鎖符的竹篙，撐船去追桂花島。渡船可千萬別一鼓作氣駛向倒懸山，把自己撂在這茫茫大海之上。

陳平安瞪大眼睛，使勁望向遠方。那個瀟灑御風遠遊、不為天地拘束的劍修，突然停下身形，在一個陳平安註定無法看到他的地方回頭望去。

左右眼中所見，是大驪少年，但是心中所想，卻是一位故人。

那人曾說：「我也不願找你當陳平安的護道人，也知道師兄你多半不會答應，可是我齊靜春這輩子，就沒幾個朋友，整個天下，我只能找你了。」

「就只能找你了！」

左右一想到這句混帳話，就一肚子憋屈。他盤腿坐下，懸停海面之上，雙手握拳，撐在膝蓋上。一身凌厲劍氣越發流瀉，腳下海水劇烈翻騰。

世間錬氣士，都羨慕那種資質驚豔、冠以先天劍胚頭銜的劍道天才，這個劍修卻是很晚才學劍，而且從來不是什麼劍胚。此人在中土神洲橫空出世後碾壓無數前輩劍修，對於那些所謂的劍胚，此人出手尤其不留情，大肆嘲諷。不知有多少天賦異稟的劍道天才，在與此人一戰後劍心崩碎，大道斷絕，以致所有年紀輕輕的中土天才劍修，在被人讚譽為先天劍胚後，都難免犯嘀咕，總覺得這句話是在罵人。

這個劍修，就叫「左右」，天下劍術無人能出其左右的「左右」。

左右哪怕怔怔出神，眼神依舊一如既往地熠熠生輝。他先前覺著少年那雙清澈的眼眸太像自己年少時那個熟悉的臭屁師弟了。師弟仗著自己讀書聰明，被先生寵溺，說起一套套的聖賢道理來，環環相扣，無懈可擊，偏偏在左右承認辯論輸了後，還要補上一句：「我覺得師兄你不是真心服輸，這樣是不對的」，真是煩死人。

他這輩子最煩先生吹噓自己打架如何厲害，再就是看書極快的小齊翻書聲，以及小齊講道理時的話語聲。

他只喜歡先生兩次參加盛況空前的三教辯論時，那種夫子遺世獨立、秀才如日中天的氣勢；喜歡齊靜春每次與自己一起遠遊名山大川，喝酒之後就會登高作賦，讓人覺得，山嶽再高，也高不過此人的學問！

如今，老秀才已經沒了任何退路，遁入天地，小齊已經不在人世，阿良也離開了浩然天下。從前也好，今天也罷，左右始終認為先生和小齊，甚至那個貌似自由自在的阿良，都活得太累，不如自己。

因為他左右從來懶得跟人講道理。

打不過人家，講道理不管用；打得過人家，講道理好像沒必要，有劍即可。

左右嘆息一聲，站起身，繼續去往西南海域的那座風神島。

有些話，他覺得矯情了，便一樣「懶得」說出口。

『小師弟，你一定要替小齊多看幾眼這座天下。以後有機會就去別處天下看看，一座座都看遍。小齊這輩子還沒走出過浩然天下，而他是先生眾多弟子當中，最憧憬遠方的那個人，到頭來，偏偏是在書齋和學塾中待得最長的一個。

小齊這輩子哭了幾次，他一清二楚，因為都是少年時被他揍哭的。沒辦法，講道理他講不過小齊，打架小齊打不過他。

小子，你能想像你的齊先生，可憐兮兮哭鼻子的模樣嗎？』

左右哈哈大笑，推劍出鞘，腳下附近數十座海上島嶼，無論大小，全部被一切為二。

人間挺無趣，唯有打架才能讓左右稍微提起一點勁。

在匆忙趕路的一葉扁舟和緩緩前行的桂花島之間，有個身受重傷的老人在海上等待陳平安。

陳平安瞧見後咧嘴一笑，是那個神通廣大的舟子老漢。

兩人一起乘坐小舟，泛海而游，很快就趕上了桂花島。

桂夫人獨自站在渡口，滿臉歉意，對陳平安說道：「今日之事，我會向范氏祠堂稟告清楚，陳公子救命之恩，我沒齒難忘！」

陳平安笑意苦澀，搖頭道：「自救而已。」

桂夫人無言以對，嘆了口氣，與一老一少並肩走上桂花島山巔。

老舟子需要靜養，與陳平安告別，去了自己的住處，陳平安跟桂夫人一起走到了圭脈小院。桂夫人猶豫了一下，解釋道：「馬致在先前守護桂花島的大戰之中，身先士卒，也受了傷，近期可能無法陪你試劍了。他讓我捎話，希望陳公子見諒。」

陳平安點頭道：「當然是馬前輩養傷要緊。」

桂夫人有些無奈：「如今桂花島的形勢有些微妙，我實在不放心外人進入這間院子。如果陳公子不嫌棄的話，就由我來負責圭脈小院中人的飲食起居。」

陳平安連忙擺手道：「不用不用，只需要像先前那樣，讓金粟送來一日三餐就行了。要是這邊有灶房，我其實可以自己燒飯做菜。」

桂夫人笑著告辭：「我還有諸多事務需要解決，陳公子你好好休息，有事直接吩咐我便是。院子附近，會有一個桂花小娘專門聽候公子的吩咐。」

陳平安獨自坐在院中石凳上，開始閉目養神。

很快有人敲門，一個桂花小娘在門外柔聲道：「陳公子，有兩個來自皚皚洲的客人想見您。見與不見，桂夫人說只看公子的意思。」

陳平安起身開門，除了桂花小娘，還有一個滿臉笑意的綠衣少年和一個臉色肅穆的白髮老嫗。

那少年開門見山道：「恩人，我叫劉幽州，來自最北邊的皚皚洲。我就不進院子打攪你清修了，只是過來當面跟你道謝的。」

陳平安笑道：「好的。」

相對無言，竹衣少年滿臉好奇地打量著陳平安，陳平安想著少年什麼時候走。

老嫗打破沉默：「先前那條金袍惡蛟兩次對你出劍，一次太過出人意料，我擋不住，之後一次我還是擋不住，除非我豁出性命。可是我這趟出門，需要照顧我家少爺，所以這件事，少爺需要跟你道謝，我這個糟老婆子，則是需要跟你道歉。」

陳平安笑了笑，拱手抱拳道：「心領了！」

老嫗點點頭，有了些許笑意：「公子仁義，以後若是去愷愷洲，一定要來咱們劉家做客。」

陳平安笑著不說話，老嫗帶著身穿竹衣避暑的劉姓少年告辭離去。

兩人與一個年輕貌美的女子擦肩而過。

美貌女子與陳平安對視後，笑道：「原來是你。」

陳平安有些莫名其妙，所幸那名女子已經轉身離開。

陳平安轉身走向院子，他突然停步，轉頭對那個惴惴不安的桂花小娘微笑道：「麻煩姑娘，之後如果還有人找我，就幫我擋下來吧。」

桂花小娘使勁點頭。

之後兩天，陳平安破天荒沒有練拳、練劍，只是翻出那些書籍和竹簡，曬著太陽，看著書簡上的內容。

深夜時分，已經躺在床上的陳平安睜開眼，起床走出屋子，一躍來到屋頂，摘下養劍葫蘆，開始喝酒。他突然轉過頭去，一道身影飛掠而至，這個不速之客，手裡拎著兩罈陳釀，在他身邊坐下。

陳平安真誠笑道：「老前輩，找個喝酒的伴兒？」

正是那個與金袍老蛟死戰不退的老舟子，老漢爽朗笑道：「怎麼，嫌棄老漢邋遢？」

陳平安擺手道：「哪裡會。」

老漢揭了酒罈泥封仰頭痛飲一大口，沉默許久後才輕聲道：「原本桂花島就像一池塘水，魚龍混雜，但是大體上還算井然有序，各不打擾，結果經此浩劫，給竹篙亂打一通，已經變得渾濁不堪。你這段時間待在這座小院是對的，小心為妙。雖然絕大部分人，都知道是你攔下了那條老畜生，還讓整條蛟龍溝都安靜了下去，可我要說一句不好聽的話了，升米恩、斗米仇。」老人無奈道：「更何況大道修行，熙熙攘攘，看不得別人風光的人，可不少。」

陳平安想了想，點頭道：「就跟街坊鄰居見不得別家有錢，會眼紅一樣。」

老人嘆了口氣，灌了一大口酒。

陳平安問道：「桂花島到底是什麼，老前輩可以說嗎？」

老人笑道：「如何說不得？其實就是桂夫人的真身。」

陳平安恍然大悟。

老人笑問道：「那你有沒有想過，桂花島上的人都是什麼人？」

陳平安試探性問道：「山上人，錬氣士？」

老人搖頭道：「桂花島是一艘渡船，渡船乘客能是什麼人？生意人。」

陳平安愣了愣，點頭道：「確實如此。」

老人又問：「生意人走南闖北，圖什麼？」

這一次陳平安回答很快：「掙錢。」

老人悠悠然喝了口酒：「掙了錢求什麼？」

陳平安笑道：「花錢。」

老人感慨道：「對嘍。辛苦掙錢就是為了花錢享福，所以必須要有命花錢。鍊氣士，天底下諸子百家何其多也。」

陳平安撓撓頭，有了些笑意，開始喝酒，這次喝得有點多且快，乾脆就向後倒去，舒舒服服躺在屋脊上：「老前輩，我跟你說點心裡話，能不能不外傳？而且如果我說了，你聽了，可能會有點麻煩，不是什麼好事……」

老人盤腿而坐，身體前傾，雙手搖晃起酒罈子，酒罈子裡頭還剩半罈子的酒水嘩啦啦作響。

老人笑道：「只管說，喝了酒，不說點酒話，多不像話，那還喝啥酒？小子，別看我歲數比你大了無數，其實缺根筋，傻大膽。再說了，活了這麼大把歲數，如果不是熬著想要見師父一面，早就堅持不到今天了。有些事情，你說與不說，其實我也猜到一些，我當時就在你身邊，聽得一清二楚。這不又來騙你的酒話了？」

陳平安指了指天上：「我以前在家鄉遇到過一個年輕道長，當時關係還挺好的，就是那個陸沉。之前那場大戰，他算計了我兩次，也有可能是三次。我只說我確定的兩次，一次是我『福至心靈』，寫不出『雨師』二字，便乾脆一發狠寫了『陸沉』。第二次是我獨自一人面對金袍老蛟的時候，我當時……」陳平安把養劍葫蘆擱在肚子上，雙手則枕在腦後，「那種感覺，很奇怪，好像所有人的心境、心湖和心聲，我都看到了、聽到了。就像老前輩你說的那樣，升米恩、斗米仇，我當時發現十之八九的桂花島乘客，或是冷漠麻木或是幸災樂禍，甚至有人恨不得我死在當場，當然還有很多人是嫉妒……我之前一直想不明白為什麼會這樣，直到剛才老前輩你說了，這裡是桂花島，都是生意人，而且人人都想活著。我仔細一想，對啊，我長這麼大，就是靠想要活著才能走到今天的。」

陳平安咧嘴而笑，「我有一個朋友，是一名劍客，很了不起。陸沉算計我，我就坑陸沉，故意要他幫我轉告遺言。陸沉要麼不顧面子假裝沒聽到，要麼就只能捏著鼻子轉告我那個朋友，然後被我朋友揍一頓。一想到這個場景，我當時就沒那麼怕死了。」

有些事情，陳平安到底還是沒敢說出口，因為涉及齊先生。

齊先生要他不管如何，都不要對這個世界失去希望。

但是當時，陳平安對這個世界，只有失望。

恐怕這就是陸沉真正的算計，至於具體涉及什麼，陳平安只有一種模糊的直覺。

此刻躺在屋頂，陳平安感嘆道：「要對這個世界不失望，很難啊。」

老人喝著酒，緩緩說道：「你這一口一個道家掌教的名字，還有你那個能揍他的朋友……老漢我心裡頭那些震撼，就不跟你小子說了，好歹我當年也是一個陸地神仙，這點臉皮還是要的。既然你說過了醉話，那麼老漢肚子裡頭也攢了些心裡話，必須要跟你說一說。」

陳平安剛要坐起身，老漢轉頭笑道：「躺著便是，一點牢騷話，幾百年了都沒人聽，不需要你這麼嚴肅認真。」

陳平安還是坐起身，解釋道：「躺著不好喝酒。」

老漢笑了笑，抱住酒罈，望向遠方的海上夜景，明月皎皎，美不勝收。

老漢緩緩道：「我當年啊，也是個世人眼中的天之驕子，脾氣臭得很。說不定我如果當年碰上你，就會是讓你失望的幾種人之一。如今我的性子已經不太一樣了，否則也不會坐在這兒跟你喝這個酒。陳平安，桂花島上的客人，且不去說什麼好壞善惡，他們每個人都必然有其可取之處。除此之外，不是有件事你做對了，別人沒做，他們就是不對的。不是有件事你做錯了，別人做了，他們就也是錯的。說得有點繞了……」

陳平安點頭道：「我明白！」

老漢伸出大拇指，笑道：「當然了，之前那一架，你做得很對，挑不出半點毛病，是這個！」

陳平安開心地笑了。被自己認可的人認可，真是一件值得喝酒的事情，所以陳平安狠狠地喝了一大口酒，然後滿臉笑意，隨口說道：「老前輩說得也很對，我不該以我的道理衡量所有人。我的道理有可能對，有可能不對，有可能對了卻不太對，還有可能太小了……哈哈，也有點繞！對吧，老前輩？」

老漢打趣道：「繞得很。」

陳平安指向遠處，滿身酒氣的少年郎搖頭晃腦，看來真是喝多了，滿臉毫不掩飾的雀躍和驕傲，他笑呵呵道：「老前輩，我認識好多了不起的人。比如那個厲害至極的劍仙，我本來可以喊他大師兄的，我也挺厲害吧？」

老漢點頭笑道：「對對對，都厲害。」

陳平安醉眼朦朧，轉過頭，迷迷糊糊問道：「老前輩，你這話好像不太誠心啊？」

老漢哈哈大笑，難怪自己跟這小子處得來，臭味相投，一根筋嘛。

少年向後醉倒，喃喃自語。老漢幫著少年放好酒壺，無意間聽到少年的那幾句醉話。老人點點頭，這一夜都守在少年身邊。

少年的醉話是：『齊先生，我想明白了，對世界不要失去希望，除了一定要好好活著之外，其實還有一層意思，就是當我們對這個世界給予善意，卻沒有得到善意的回報，甚至只有惡意時，還能夠不失望，才是真正的希望。齊先生，我現在已經想明白了，但是暫時還做不到，我喝過了酒，明天就努力……』

老舟子其實已經將近五百歲高齡，見過無數人，經歷過無數事，聽過無數話，還是覺得少年這番話，說得很有嚼頭，正好用來下酒，兩罈不太夠。

在養劍葫蘆裡的飛劍十五內，有一本老酒鬼贈送給陳平安的儒家入門典籍，書上那些粗淺文字開始自己遊走起來，最後扉頁上出現了一列列嶄新文字。

順序
第一篇　分先後
第二篇　審大小
第三篇　定善惡
第四篇　知行合一

在婆娑洲一條大河之畔，一塊大石崖上，兩位儒衫老人並肩而立，一人肩挑明月，一人手持圓日。

那個手掌左右晃動、轉動一輪小小圓日的窮酸老儒，笑咪咪道：「陳淳安，你覺得我收取的這個關門弟子，善不善？」

肩上有一輪袖珍圓月的儒雅文士點了點頭，卻沒有開口附和。

寒酸老儒只好自問自答：「善，我看很善嘛。」

陳淳安淡然道：「反正你臉皮厚，你說什麼都行。你如今成天嘴上『善善善』的，合適嗎？難道你已經認輸了？覺得自己是錯的，我家先生是對的？」

窮酸老秀才搖頭笑道：「唉，陳淳安啊，為何如此，陳平安不是已經回答你了嗎？同樣是姓陳的，你的本事自然是要暫時高出陳平安一點點，可這悟性嘛……算了，不說了不說了，真是說出口就要沒朋友了。」

陳淳安冷笑道：「我陳淳安跟你文聖，可從來不是朋友。」

老秀才一臉深以為然，點頭道：「對，差了輩分不說，學問也懸殊得厲害。正如那舟子所說，還是要一點臉皮的。」

身為潁陰陳氏家主的老人說道：「有話直說。」

老秀才伸手遞出那輪圓日，不再開玩笑，語氣有些沉重：「希望可以晚一點看到你出手，越晚越好。」

陳淳安收起圓日，將其懸停在一肩之上，於是日月同輝，陳淳安平靜道：「都一樣。」

老秀才唏噓道：「讀書人，都一樣。」

青冥天下，位於天下中樞重地的那座白玉京頂樓，一個頭頂蓮花冠的年輕道士，一手負後，一手手掌向上攤開。他低頭凝視掌心，慢悠悠地行走在白玉瑩瑩的危聳欄杆上。

欄杆下的廊道之中，站著兩位飛升境的道家仙人，他們屏氣凝神，畢恭畢敬，絕不敢開口驚擾掌教的神遊天外。

年輕道人收起手，哀嘆著死了算數，身體向外一歪斜，墜入白玉京外的滔滔雲海中，筆直墜落。

兩位飛升境仙人紋絲不動，相視一笑，習慣就好。

陳平安在屋頂醒過來的時候，發現身上蓋了一件衣服，養劍葫蘆就放在身邊。若是以往，陳平安肯定第一時間跳下屋頂，去查看昨夜放在屋內桌上的槐木劍匣，但是今天，陳平安只是緩緩收起那件衣服，細細折疊，並不著急，因為他相信木匣就在那裡。

陳平安相信那個老舟子。

陳平安將養劍葫蘆別在腰間，盤腿而坐，轉頭望向東方，朝霞燦若綺。

他此時的心境與先前離開蛟龍溝追趕桂花島時的心境有著天壤之別，一個心猿意馬，飄忽不定，一個心有拴馬樁。

陳平安站起身，欣賞著朝霞。他曾經在一本山水遊記裡讀到過「朝霞散彩羞衣架」的句子，真不知道讀書人怎麼能想出這麼美好的意象。

陳平安突然轉頭望向圭脈小院外邊，有一個桂花小娘裝束的妙齡少女，正百無聊賴地站在一棵綠蔭稀疏的桂樹下，仰頭對著一條樹枝上的桂葉，伸手指指點點，估計是在猜測樹葉的單雙數。

陳平安順著她的視線望去，定睛一看，咧嘴一笑，大聲道：「姑娘，是三十二片葉子！」

少女茫然轉頭，看到屋頂上那個小劍仙後，臉頰緋紅，看來天上的朝霞也會多眷顧一些美人。

被人發現自己偷懶的桂花小娘，忍住心中嬌羞，問道：「公子這會兒要吃早餐嗎？」

陳平安笑道：「好咧，勞煩姑娘多拿些，餓著呢。」

桂花小娘眨了眨眼眸，陳平安的身形飄落小院，倏忽不見蹤影，少女心情也驀然好了起來。之前幾天，雖然這個小劍仙也是客客氣氣的，可她還是怕得很，總覺得自己做了丁點兒錯事、紕漏，哪怕他肯定不會去桂姨那邊告狀，可一定會被他看在眼中、記在心裡。他當初叮囑她，不見任何人，她便老老實實擋下了許多前來拜訪的客人，硬著頭皮拒絕了一撥撥山上神仙，不知吃了多少白眼和掛落。

陳平安吃過了早餐，開始在院中練拳。練了一上午的撼山拳走樁，下午則獨自練劍，依然是做出握劍的架勢，手中卻無劍，主攻伐的雪崩式居多，因為陳平安覺得這一招劍術很暢快。

陳平安躋身第四境之後，精氣神開始內斂，六步走樁的步伐，看著輕飄飄，好似飛鴻踏雪泥，但是每一次微妙的急促停頓，拳意罡氣傾瀉，尤為迅猛。

轉入練劍後，陳平安發現練拳和練劍的運氣路線截然不同，但是那點「意思」是共通的，這讓陳平安越發心安，因為他發現勤勉練拳就是修行，而且可以修行很多東西。

李希聖當時在落魄山竹樓前畫符的時候，就說過畫符即修行；阿良給人一拳打落人間，在鯤船上也說過，練拳到了極致，就是練劍。

晚上陳平安練習劍爐立樁。吃宵夜的時候，桂夫人沒有讓那個桂花小娘出面，而是親自拿來食盒。

桂姨似乎心事重重，不知如何開口。

陳平安率先開口說道：「桂姨，這次我幫范小子保住了桂花島，妳能不能幫我飛劍傳信給他，就說我很喜歡這間圭脈小院，以後這裡就歸我了？桂姨，我覺得范小子不會太小氣，但是范家長輩多半不會答應，到時候妳幫我說說？」

桂姨滿腹狐疑，仔細打量了一眼少年，看其神色不似作偽，一時間百感交集，笑道：「范氏祠堂那邊敢不答應的話，桂姨就拖著范小子一起去喊冤，一個潑婦罵街，一個滿地打滾，肯定能成。」桂姨坐在陳平安身邊看著他狼吞虎嚥，掩嘴而笑，「桂花島單獨劃拉出一間小院，這可是以前沒有過的稀罕事。桂姨這就親自起草一份地契，按照衙門規矩，一式兩份，咱倆先畫押，先斬後奏，到時候讓范小子往祖宗祠堂裡頭一丟，撒腿就跑，管那幫老頭子願不願意。」

陳平安笑道：「桂姨，地契就不用了，我們之間不用這個。」

桂姨凝視著少年的眼睛：「真的不需要？」

陳平安與她對視，點頭道：「真的。」

婦人微微嘆息一聲，突然一把將少年摟在懷裡，這個姿色平平卻氣度雍容的桂夫人柔聲笑道：「你跟范小子的歲數差不多，那次挑竹泛舟，是英雄氣概，今天又這般……唉，真是世間所有女子的心腸都要酥了。」

陳平安還拿著筷子，身體歪斜，有點像鐵符江畔那棵歪脖子老柳樹。他倒是沒多想，只覺得桂夫人說了自己的好話，可好在哪裡，陳平安還真不懂，什麼女子心腸酥不酥的，到底是個啥講究？又是文人的比喻不成？而且桂姨這種表達朋友善意和長輩慈祥的方式，確實有點不妥，好在他倆輩分差了太多，相信外人就算瞧見了，也不會多想。

桂姨鬆開陳平安，微微一笑，看著少年臉不紅、心不跳，只有雙眼茫然的可愛模樣，桂姨瞇起眼。這個素來端莊的婦人，破天荒露出一抹嬌俏嫵媚的動人神色，打趣道：「哎呀，原來跟范小子一樣，是個孩子。」

陳平安有些尷尬，就只好低頭吃飯，偶爾喝酒。

桂姨笑著起身離開，結果在門口看到一個笑容玩味的提酒老漢。老漢滿身酒氣，晃蕩著酒壺，大步走入院子，嚷嚷著什麼酒為歡伯，除憂來樂，蟾兔動色，桂樹搖蔭。

桂夫人無奈一笑，不以為意，姍姍而去，桂樹樹蔭一路相隨。

舟子老漢突然一掃醉色，正色道：「陳平安，我師父突然來到了桂花島，指名道姓要找你，說是要捎話給你，你見不見？我只能確定師父他老人家不是壞人，從來慈悲心腸，但是我不能確定這麼一個大好人會不會做一次壞事。之所以不願登山來到這間小院……」

老漢突然有些難為情，「照理說，我這個當徒弟的，應該為尊者諱……算了，還是說給你聽好了，師父他老人家，曾經算是桂花島渡船的第一個舟子，打龍篙也好，那些折紙車馬高樓也罷，都是他傳下來的規矩。後來師父消失不見，只在五百年前出現過一次，順手收了我這麼個記名弟子，看得出來……師父他老人家對桂夫人，有些念想，只可惜不知為何惹惱了桂夫人，使得桂夫人不准師父踏足桂花島半步。」

老舟子突然說道：「我猜測師父他老人家，就是道家典籍裡記載的那個撐船人，一次出海就數百年，給……你說的那個人撐船的。所以這次他來找你，我只幫著通風報信，去不去，陳平安你自己好好想想。」

陳平安略作思量，點頭道：「去。那個陸……」

老舟子趕緊擠眉弄眼，攔下陳平安的話頭，壓低嗓音道：「被某些人直呼名諱的話，道法通天的聖人便會心生感應。你想一想，尋常市井門戶，為何經常被告誡，不許喊逝去長輩的姓名？難道只是出於禮儀？沒這麼簡單。」

陳平安「嗯」了一聲，與老舟子一起下山。

老漢開玩笑道：「就不怕我心懷不軌？」

陳平安故作神祕，輕聲道：「別人害不害我，我也有些感應。前輩，這莫不是說我有聖人潛質？」

老漢忍俊不禁，聖人與上五境錬氣士，其實算是兩種人，想要成為聖人，尤其是諸子百家中的三教聖人，哪怕只是十境修為的聖人，恐怕比起錬氣士躋身玉璞境也要難得多。

下山之後，靠近那個熟悉的渡口，陳平安和老舟子有些意外，又覺得在情理之中——桂夫人站在渡口，衣袖飄飄，超然世外，好像正在阻止一個中年漢子的停船登岸。

桂夫人是桂花島這座小天地的主人，自然知曉兩人的靠近，不願再跟此人糾纏不休，便疾言厲色，對那個神色木訥的中年舟子怒喝道：「趕緊走，要聊天，去海上聊，你休想踏足桂花島！否則我便與你拚命了。」

相貌粗樸的中年漢子，正是先前在劍修左右腳下撐船遠遊的船夫，也是陳平安身邊那名老舟子的傳道恩師。

中年漢子本是雷打不動的悶葫蘆性子，可渡口這位桂夫人卻是他的死穴所在。眼見著婦人如此不近人情，頭一遭如此凶他，憨厚漢子只覺得天崩地裂，人生好沒滋味。

漢子急眼了，丟了竹篙，連連跺腳，哀號道：「嘛呢，嘛呢！不就是那次被妳拒絕，受了恁大情傷，喝醉了酒後，酒壯慫人膽，偷偷跑去抱了幾下那棵桂樹嘛，那也是情難自禁，情有可原啊……我是啥人，妳還不清楚啊，連我家先生都說我老實憨厚。」

桂夫人氣得不行，冷笑道：「喲喲喲，環環相扣，先動之以情，再曉之以理，最後搬出靠山，厲害啊，這套措辭誰教你的？」

漢子好不容易鼓起的勇氣消失得一乾二淨，沉悶道：「神誥宗的小祁……」

桂夫人伸手怒斥道：「你一個大老爺們，還有沒有一點擔當和義氣，人家祁真幫你出謀劃策，你就這麼出賣人家？連猶豫一下都沒有？滾！」

中年漢子如遭天譴，一屁股坐在小船上，手腳亂晃，嚷嚷道：「麼（沒）法活了！人生麼得意思了！」

老舟子停下腳步，死活不願再往前走一步，伸手捂住臉，不想看這一幕——恩師如此喪心病狂，實在是當弟子的天大恥辱。

老舟子猛然轉身：「走了走了，再瞧下去，我這點破碎道心，哪怕先前運氣好，沒被老蛟打爛，如今也要還給師父了。」

漢子對老舟子喊道：「小水桶，見著了師父，也不打聲招呼？」

被喊破幼時綽號的老舟子停下腳步，「唉」了一聲，他轉身後堅決不與師父對視，以迅雷不及掩耳之勢作揖行禮，說了句「師父萬壽，弟子拜別」，就趕緊跑路了。

陳平安一路前行，走到桂夫人身邊，雙方點頭一笑。

陳平安在岸邊蹲下，望向那個看一眼自己又看一眼桂夫人的漢子，有點毛骨悚然，心想這漢子的眼神有點不對勁啊，怎麼像是泥瓶巷和杏花巷的婦人，看自家男人和顧璨娘親時的眼神？陳平安恍然大悟，瞧著挺老實一人，怎麼這麼小肚雞腸？難怪桂夫人不喜歡。

陳平安問道：「找我有事？」

中年漢子便將之前對劍修左右說的那番話，再大致重複了一遍。

開誠布公之前，漢子輕輕跺腳，竹篙彈地而起，被他握在手心，他重重一敲船板，以驚世駭俗的神通瞬間造就了兩座小天地，小的那座，在他和陳平安的咫尺之間，更大一些的則一口氣囊括了整座桂花島。如此一來，恐怕就算是倒懸山的某些道士和婆娑洲的聖人都無法查探此處，畢竟他是掌教陸沉的記名大弟子。

不願接下劍修左右一劍，或是在桂夫人面前跟無賴漢子差不多，並不意味著此人的實力不強，道法不高。

桂夫人知曉此人的根腳，所以並不奇怪，身旁那座小天地中，兩人身影模糊，雙方言語更是不會洩露絲毫。

陳平安聽完之後，點頭道：「好的。」

中年漢子緩緩道：「你不願成為我家先生的關門弟子？你若是答應下來，我便欠你一個天大人情。」

陳平安看著這個漢子，乾脆坐在渡口邊沿上，摘下養劍葫蘆，只是喝酒，並不說話。

漢子一手持竹篙拄地，仰頭望向高空，輕聲道：「先生從未將我當作他的弟子，我只是一個早年幫他撐船的僕人。雖然他的幾個嫡傳弟子來此方天地遊歷的時候，都會主動找我，還願意喊我一聲大師兄，可我心知肚明，先生素來嫌棄我駑鈍，資質不好，連一個『情』字都割捨不掉。我在大海上找了無數年，想要循著先生的足跡去往那座青冥天下，向先生正式拜師學藝，可是先生一直不願見我。你今天如果願意答應先生，先生心情就會好，他就會見我，我確定。」

陳平安懶洋洋地笑道：「那你知不知道，你家先生想要收的弟子，是現在的我，而不是成為他弟子後的我。」

漢子伸手拍了拍腦袋，還是想不明白，惱火道：「我被你說得糊塗了。怎的，你們這些先生的弟子門生，為何說話都是這般稀奇古怪，好不爽利。哪怕是北俱蘆洲的謝實，說話也文縐縐，罵人的話都藏在誇人的話裡頭，害我過了一百多年才回過味來，曉得當時他原來是在罵我不開竅，所以才會不被桂夫人喜歡。」漢子隨即唉聲嘆氣，「還是怪我太笨，怪不得別人太聰明。」

陳平安喝了口酒，笑道：「怎麼不怪這個世道呢？」

漢子站在小舟之上，少年坐在渡口之邊，兩人剛好平視。漢子咧嘴一笑。

陳平安轉移話題：「你弟子受了這麼重的傷，你不管管？好像之前他還到過元嬰境，後來跌回了金丹……」

漢子沒好氣道：「我是他師父，又不是他爹，五百歲的人了，還要我一把屎、一把尿地照顧不成？」

陳平安將養劍葫蘆放下，伸出左手的一根手指懸停空中，然後右手往右一拉，兩手之間，像是有一把看不見的尺子：「我說的道理，在這一頭，你說的道理，在這一頭，好像都有道理，但是你的道理，其實無法反駁我的道理，知道為什麼嗎？因為你的道理，不該一下子走這麼遠。」

陳平安右手緩緩向左移動，在中間點了一下，然後在左右又各點了一下，微笑道：「你的道理，如果只是到這附近，可能才算真正的道理，可以左右偏差些許……但是當道理站定在對的位置上，又該如何衡量道理的輕重和大小呢？你知不知道術家？不是陰陽術的術，而是術算的術，再加上法家，有了這兩把更小的尺子，就有用了……」

漢子淡然道：「你別想壞我大道！」他手持竹篙，再次重重一敲船板。

陳平安笑容燦爛，因為自己又對了。

陳平安笑著站起身，不再故弄玄虛和無中生有。

昨夜夢中，他做了一個夢，讀了一夜書，杳杳冥冥，玄之又玄。

漢子好像也察覺到自己被捉弄了，有些懊惱，他撓撓頭，倒也沒有拿陳平安撒氣。

陳平安眨了眨眼睛：「桂夫人看著呢。你這麼對待自己弟子，你覺得她會怎麼看你？是不是這個理兒？」

漢子頓時開竅，眼睛一亮，猶猶豫豫地從懷中掏出一疊由簡陋草繩穿孔而串聯在一起的金冊：「這是好不容易才從一處海底撿來的，交給小水桶，記得一定要當著桂夫人的面交給他，能做到嗎？」

陳平安點頭道：「當然可以！我再幫你說幾句好話都成。」

漢子笑道：「那你方才算計我的事情，我就不記在帳本上了。」

陳平安接過金冊，看也不看，小心翼翼地放入袖中，瞥了眼看似咫尺之遙、實則根本不在一座天地的婦人──她正在眺望海上明月夜，神色迷離。

陳平安收回視線，有些好奇，小聲問道：「你輩分這麼高，活了這麼多年，為啥獨獨鍾情於桂夫人？而且明明知道自己的大道阻礙是那個『情』字，可你竟然還樂在其中？」

漢子給戳中了心窩，沒好氣道：「關你屁事！」

陳平安提著酒壺在岸邊踱步，問道：「我們說話，桂夫人聽不見吧？」

漢子點頭。

陳平安仍是壓低嗓音道：「桂夫人氣質當然好極了，可容貌嘛……應該算不得太……出眾吧？你倆之間的故事，跟我說道說道？比如你當初為何喜歡她，她為何嫌棄你，如何才算喜歡一個人，又是怎麼個分分合合，你是怎樣惹惱了桂夫人……我好引以為戒……哦不對，我是想說幫你出謀劃策！你是不知道，我認識許多姑娘，對於男女情愛十分瞭解！」

漢子翻了個白眼，道：「喜歡一個人，若是能說出恁多門道來，還算個屁的喜歡。跟你這俗人說話，真是沒勁，小水桶那是瞎了狗眼才願意跟你喝酒。」

陳平安齜牙咧嘴。

漢子突然伸手使勁捶打胸膛，信誓旦旦地道：「還有啊，桂夫人在我心目中，那就是傾國傾城的姿色，天底下誰也比不得。你小子以後說話給我小心點，再敢說她的壞話，我一竹篙把你打成傻子！」漢子對陳平安吐了口唾沫，「什麼眼光，看不出半點美醜！」

中年舟子以竹篙撥轉船頭，獨自撐船離開，一瞬遠去千百丈。

陳平安拍了拍胸口，高興地喊了聲「桂姨」後說道：「走，我從老前輩師父那邊，給他討要了一本祕笈。」陳平安不忘給那中年男子說好話，而且說了兩句，「是個大氣的男人，就是有點太實誠。」

桂夫人點頭笑咪咪道：「嗯，就是容貌算不得太出眾。」

陳平安咽了一口口水，僵硬地轉頭望向早已不見蹤跡的一人一舟——那漢子真是不厚道……

桂夫人輕輕一拍少年腦袋，顯然沒有真的生氣，柔聲道：「看什麼，走了。」

兩人沿著山路並肩前行，桂夫人隨口問道：「再過一個月就要到達目的地，陳平安，你在倒懸山有熟人嗎？沒有的話，去劍氣長城會有些麻煩，我們范家和桂花島的招牌在那邊不太管用。而且在倒懸山，有些事情，哪怕有錢，還真沒辦法讓鬼推磨，因為……」說到這裡，桂夫人略作停頓，「那位道老二訂立了一些古怪規矩，千年、萬年，從未有人能夠越過雷池半步。」

陳平安不太相信：「從來沒有？一個人都沒有？」

桂夫人嘆氣道：「歷史上很多人嘗試過，事後他們的屍骸、神魂都被某位道家大天君丟入倒懸山的一座小雷澤當中了。那些人幾乎都是首屈一指的修道天才，九大洲的豪閥子弟、宗門仙家、諸子百家的高人……沒一個有好下場，誰都改變不了那位道人的決定。」

看來當初倒懸山大天君在蛟龍溝現出金身法相時，施展神通隔絕了天地，好讓桂花島看不出半點真相。

陳平安憂心忡忡地向桂夫人大致描述了那位道人的模樣，桂夫人一臉驚訝：「你是如何認得這位倒懸山大天君的？」

陳平安咧咧嘴，苦笑不已。

就在此時，一道白虹劃破夜空，從桂花島上空掠過，有人撂下一句話：「桂花島所有人登上倒懸山，一律免去過路錢，若是有人想要通過倒懸山，去往劍氣長城，一樣不用花錢。」

陳平安猛然抬起手臂，握緊拳頭，開懷笑道：「他贏了！」

一個月之後，桂花島乘客已經可以遠遠看到那座在空中倒懸的山嶽的雄偉輪廓。

大海之上，每隔一段不遠的距離，就有各式各樣身形壯觀的跨洲渡船。

隨著時間的推移，倒懸山顯得越來越巍峨。

問過桂夫人後，一天天未亮，陳平安就偷偷摸摸離開圭脈小院，坐在山頂那棵桂花樹的高枝上，晃蕩著雙腳，使勁仰頭望去。

陳平安坐在高枝上，笑著隨意出拳，身體左歪右扭。樹底下有個一大早就來到山頂的年輕女子，嘆了口氣，喃喃道：「我還是覺得這個傢伙傻了吧唧的。」

有大山倒懸天地間，山峰指向南海之水。

陳平安坐在祖宗桂樹的桂枝頭，癡癡望向那幅震撼人心的畫面，心想寧姑娘就是從這裡出發，遊歷浩然天下的，聽說婆娑洲是距離倒懸山最近的一個大洲，不知道劉羨陽以後會不會來這裡看一看。

桂花島距離真正的倒懸山地界，還有約莫半天的航程。四周往來的渡船千奇百怪，馱碑大龜負重前行，晶瑩剔透的蚌殼浮游海面，比打醮山更巨大的鯤船緩緩降低高度，一片彩色雲海底下簇擁著無數喜鵲，一排排仙鶴青鳥拖曳著一棟高樓，桂花島身處其中，半點也不算驚奇。

陳平安突然轉身低頭望去，又看到了那名年輕女子，身材婀娜，容顏秀美，頭戴珠釵，身著衣裙，腰繫彩帶……可是陳平安有點頭皮發麻，渾身不自在。這種感覺，比起在破敗寺廟看到柳赤誠身穿一襲粉色道袍，還要來得直截了當，因為陳平安看到了那名「美人」的喉結。

談不上討厭，就是不適應。

陳平安突然撓撓頭，直直望向那名喜愛紅裝的男子，心裡頭那點疙瘩芥蒂一掃而空，反而有點懷念。

以前在龍窯當學徒的時候，陳平安就認識一個被人嘲笑為娘娘腔的漢子。漢子性情怯弱，走路扭捏，說話的時候愛拋媚眼，蹺蘭花指。在姚老頭當窯頭的龍窯裡，這個漢子最受歧視，好不容易攢下銀錢買了新鞋子，保管當天就會被其他窯工踩髒，他也不敢說什麼，都默默受著。

在龍窯裡，照理說他跟不招人待見的陳平安本該同病相憐才對，但是很奇怪，喜歡哭哭啼啼的漢子到了陳平安這邊，膽子立即就大了，成天拿話刺陳平安，說話陰陽怪氣，陳平安從不搭理他。漢子好幾次管不住嘴，不小心給姚老頭的正式弟子劉羨陽撞見，劉羨陽直接給他一耳光，搧得他原地打轉，他立即就老實了。回頭他還會偷偷往劉羨陽屋裡塞一些吃食糕點，一包包油紙紮得比店鋪夥計還要精巧。那漢子大概對劉羨陽這個板上釘釘的未來窯頭，既道歉賠罪，又諂媚討好。

龍窯貼在窗戶上的喜慶剪紙，都是他一人一剪刀熬夜裁剪出來的，便是街巷婦人見著了都要自愧不如，天曉得這漢子若真是女子，女紅得有多好。

陳平安那會兒當然很討厭說話陰損的娘娘腔，害怕自己一個收不住手，一拳就將他打得半死。當時的陳平安，已經跟隨老人走遍了小鎮周邊的山山水水，砍柴燒炭更是家常便飯，加上每天練習楊老頭傳授的吐納之術，其氣力比起青壯男子有過之而無不及。

某次負責守夜的娘娘腔漢子，捅出一個天大婁子，一座龍窯的窯火竟然被他斷了。大半夜他嚇得直接跑了，他根本不敢往小鎮那邊跑，一個勁往深山老林裡逃竄。

這要擱在市井坊間，簡直就是害人斷子絕孫的死罪，臉色鐵青的姚老頭二話不說，就讓幾十號青壯去追那個挨千刀的王八蛋，熟悉山路的陳平安當然也在其中。

兩天後，娘娘腔漢子給人五花大綁，帶回龍窯，姚老頭當場打斷了他的手腳，打得皮開肉綻，白骨裸露。找到他的人，正是平日裡他最奉承的一撥男人。

沒有任何人同情這個闖下潑天大禍的漢子，哪怕有，也不敢在臉上表現出來，畢竟姚老頭從沒有那麼生氣。

娘娘腔在被打之前就已經嚇得尿褲子，給人按在地上後，渾身顫抖，再被人一棍子砸下去，撕心裂肺，滿臉鼻涕眼淚，之後一頓亂棍，娘娘腔就像一條砧板上被刀剁的活魚。娘娘腔就是娘娘腔，一直到最後昏死過去，從頭到尾，半點男子的骨氣都沒有。

娘娘腔竟然沒被打死，在病床上躺了小半年，頑強地活了下來。

其間很多窯工學徒都照顧過他，陳平安也不例外。很多人都不樂意接這份苦差事便找陳平安代勞，陳平安在龍窯算是最好說話的。到頭來，反而是娘娘腔最不喜歡的陳平安，照顧他最多，只不過兩人一天到晚不說話，終究是誰也不喜歡誰。

陳平安只是每天採藥、煎藥，那個娘娘腔偶爾會出神，呆呆地看著窗戶上發白的老舊窗紙，可能是想著哪天能夠下地做活了，一定要趁著勞作間隙，換上一張張嶄新漂亮、紅豔豔的窗紙。可是明明已經大難不死的娘娘腔——這個在病床上硬是咬牙從鬼門關走回陽間的漢子，還是死了。

是給一句話說死的。

當時陳平安在門口煎藥，背對著一個窯工和娘娘腔，前者笑著說娘娘腔你那天給打得衣服破爛，露出了白花花的屁股蛋，真像個娘們。

陳平安那會兒沒覺得這有什麼不妥，龍窯的男人平日裡罵這個娘娘腔的言語，比這話惡毒狠辣得多。娘娘腔幾乎從來不敢跟人吵架，大概他就只會在私底下嘀咕一句：「敢罵我，信不信把你家十八代祖墳都炸了。」

已經可以自己坐起身的娘娘腔，那天破天荒地跟陳平安聊了很多。大多是他在說，悶葫蘆陳平安耐心聽著。說起窗紙時，陳平安由衷地誇他窗紙剪得好，他便笑了。

那天晚上，一向膽子比針眼還小的娘娘腔，竟然用剪子捅穿了自己的喉嚨，還不忘用被子捂住自己，不讓人進屋第一眼就看到他那副死狀。

後來甚至都沒人敢把屍體抬出去，實在太瘆人、太晦氣了。

好在陳平安見慣了身邊的生死，對這些沒講究，他拽著劉羨陽一起，為娘娘腔的後事忙前忙後。其間既沒有太多傷心，也沒有什麼感悟。守靈的時候，陳平安一個人坐在空落落陰惻惻的靈堂，沒有半點畏懼，他在火爐旁喃喃道：「既然這輩子不喜歡當男人，那就下輩子投胎當個女人吧。」

那天閒聊，娘娘腔問陳平安，為什麼陳平安明明第一個找到了他，還要放過他，給他指出一條去往大山更深處的小路。

陳平安說，他怕娘娘腔被抓回去後給姚老頭打死，就娘娘腔這點芝麻膽子，到時候變成了厲鬼，誰都不敢報復，也就只敢報復他了。

當時娘娘腔笑得特別開心，哪怕陳平安現在回想起來，還是覺得娘娘腔當時笑起來的模樣挺醜的，不過實在讓人厭惡不起來就是了。

桂花樹底下那個姿容明豔的「年輕女子」，被一個傢伙這麼目不轉睛地盯著瞧，氣得火冒三丈，如果不是忌憚傷及桂花樹，惹來不必要的麻煩，他就要祭出那兩把本命飛劍，亂劍戳死這個長了一雙狗眼的傢伙了。

陳平安回過神後，也意識到自己的唐突無禮，拱手抱拳，致歉道：「對不住，有點走神了。」

那人眯起一雙好似吊掛著春色春光的桃花眼眸，伸出併攏雙指，戳向陳平安，然後微微彎曲，挑釁意味濃郁至極。

陳平安拍了拍身邊高枝的空位，笑道：「作為賠罪，我先替桂夫人答應你，你可以在這邊欣賞倒懸山的風景。」

那人雙手負後，揚起那張嬌若春風的容顏，笑咪咪道：「你喜歡男人？還是說只要好看的，男女都喜歡？」

陳平安一陣頭大，使勁搖頭。

他當然只喜歡姑娘，而且只喜歡一個姑娘。

桂花樹底下那人，放在身後的雙手附近，出現了一金黃、一雪白的兩縷劍氣，極其細微，幾乎看不見。顯而易見，若一言不合，他就要飛劍殺人了。

陳平安猶豫了一下，笑道：「說出來你可能會更加生氣，你這樣穿，很好看。」陳平安雙手撐在樹枝上，眼神澄澈，「這是我的心裡話。」

那人皺了皺眉頭，默然離開。他沒有離開山頂，而是站在觀景臺欄杆附近，眺望遠方。

陳平安從枝頭一躍而下，對著他的背影喊道：「我走了啊，如果你想去桂樹上賞景，最好趁著現在人少，不然桂夫人可能會不高興。」

那人無動於衷。

等到陳平安遠去，他才回頭看了眼桂樹，猶豫半天，還是沒有去更高處觀看倒懸山，至於那兩縷劍氣，早已被他收入腰間那條彩帶之中。

它們其實並非劍氣，雖然瞧著不起眼，卻是兩把品相極高的本命飛劍，分別名為「針尖」和「麥芒」。

生而既有，是謂先天劍胚。

而且一生下來就有兩把本命飛劍的，是萬中無一的劍修。所謂「萬中無一」，重點不在那個「一」字，而在「無」這個字。

他的飛劍品相好到嚇人，他師父說他必然是上五境劍仙之資，否則就不會收取他做弟子了。但是需要多少年才能躋身玉璞境，師父沒有說，他也沒有問，因為他對此絲毫不感興趣。他更癡迷於大道推演術，只可惜師父說他在這條道路上走得不會太遠，繼承不了師門衣缽。師父和所有師兄弟都慫恿他去修習劍道，他其實知道，他們不是真的期待自己登頂劍道，獨占鰲頭，而是不懷好意，想著看自己笑話罷了。

理由很簡單——他恐高。一個恐高的劍修，像什麼話。他如今偶爾駕馭飛劍，御風遠遊從來不會高出地面兩丈。

他瞥了眼之前那傢伙坐著的桂樹高枝，覺得自己其實也傻了吧唧的。

陳平安返回圭脈小院時，馬致已經站在院中，笑臉相迎。原來之前陳平安主動去了馬致養傷的院子，詢問何時能夠繼續試劍。三天後圭脈小院就恢復原先的樣子，馬致幫陳平安試劍，金粟負責一日三餐，偶爾桂夫人會來到小院，也不打攪兩人，只是安安靜靜坐一會兒，最多為兩人煮上一壺茶。

在這期間，陳平安拿出了那張棲息著枯骨豔鬼的符紙，桂夫人將符紙拿在手中，很快就將那名白衣女鬼從符籙中「抖摟」了出來。這個在彩衣國城隍閣氣勢洶洶的白衣女鬼第一次重見天日，就看到了一位元嬰境的桂夫人、一位從地仙跌落至金丹境的老舟子、一位金丹境劍修馬致，外加一個仇人陳平安。

如果不是女鬼已經死了，恐怕就要魂飛魄散。

最後在桂花島這座小天地的「偽聖」桂夫人的幫助下，枯骨豔鬼發下神魂重誓，效忠於陳平安一甲子。作為報酬，她可以從那張沒有靈氣澆灌就會神魂點滴流逝的符籙中走出，「住入」槐木劍匣之內。古槐歷來就有「槐宅」之說，不僅僅是草木精怪偏好千年以上的槐樹，陰物鬼魅同樣如此。

臨近倒懸山的一天夜幕裡，星河璀璨，老舟子突然找到陳平安，帶著他去往桂花島山腳的渡口。陳平安到了那邊，才發現渡口有一條年幼蛟龍攀緣著。

蛟龍將頭顱擱在岸上，大半身軀沒入海水，它望向陳平安的眼神，充滿了稚嫩的好奇和感激。

老舟子蹲在岸邊，嘖嘖稱奇道：「這個可憐的小傢伙也就相當於人族六、七歲的樣子吧。桂夫人當時不願為難這個無辜的小傢伙，便只留下了龍王簍，將它放生了。不承想它好像無家可歸，很快就追上了桂花島，又不敢靠太近，整夜嗚咽，繞著桂花島徘徊不去。現在咱們越來越靠近倒懸山，小傢伙大概知道再往前就必死無疑，就連白天都號得厲害。如果不是桂夫人可憐它，幫著它遮掩了氣機，恐怕早就被山上那些懷恨在心的鍊氣士剝皮抽筋了。」

老舟子笑道：「陳平安，它好像是專程來找你的，就是不知是報恩還是報仇。雖然它年紀還小，可蛟龍之屬生性冷血狡黠，不好說。」

陳平安什麼都沒有說，掏出一顆普通蛇膽石，丟給幼蛟，它憑藉本能將蛇膽石囫圇吞下，眼神好像有些茫然。

陳平安揮揮手，示意它回去。

幼蛟轉身回到海中，只是細細嗚咽，仍是不願離開桂花島海域。陳平安想了想，竟是向海中丟出一大把普通蛇膽石。

幼蛟瘋狂翻湧，濺起巨大浪花，一顆顆吞下那些人間至味。

陳平安站在渡口，對它說道：「以後好好修行。你今天受了我的恩惠，如果像那條老蛟一樣喜歡害人，我就一拳打死你。」

幼蛟重新游回渡口旁邊，抬起頭顱，瞪大眼睛，好像是想牢牢記住陳平安的面貌。片刻之後，它才一個後仰，重返大海。

老舟子是見慣風雨的，感慨道：「你是好心，結下善緣，但是世事難料，善緣未必就會有善果。」

陳平安眼神淡漠，望向星光碎碎如金如銀的海面，輕聲道：「如果是孽緣，那就一劍斬了。」

老舟子想著自己那位不知又要消失幾百年的恩師，還有師父讓陳平安轉交給他的那卷仙人遺留人間的金冊，對於陳平安的神色言語，沒有如何上心。

大隋山崖書院。

當年那些從大驪出關的同窗和同門，到了這座東山之後，便註定不會再有機會朝夕相處了。

這不李槐就認識了兩個新朋友，一個膽子很小的京城高門子弟，一個膽大包天的寒門調皮蛋，都比李槐歲數略大。三個傢伙成天一起瘋玩，不亦樂乎。

林守一如今癡心於修道，博覽全書，在書樓和學舍之間來來往往，鶴立雞群。

于祿和大隋皇子高煊走得很近，成了好朋友，高煊越來越喜歡來書院陪于祿釣魚。

謝謝除了聽夫子講課，每天深居簡出，心甘情願地給崔東山當婢女。

李寶瓶在上次又讀過小師叔寄來的信後，好像失落了很長一段時間。

這一天，她又蹺課了，像一隻靈活利索的小野貓，飛快爬到東山之巔的那棵大樹上，坐在樹枝上，背靠主幹，脖子上還掛著那塊刻有「武林盟主」的自製木牌。

她覺得「武林盟主」四字還不夠威風，又給刻上了「號令群雄」，之後一發而不可收拾，一塊小木牌，給她刻滿了江湖氣的豪言壯語，都是從小說上摘抄下來的，比如「只恨這一生從無敵手」之類的。

一個豐神俊朗的白衣少年站在旁邊的枝頭，身形跟隨樹枝微微搖盪，他笑問道：「怎麼了，生悶氣？」

入夏之後，便將紅棉襖換成紅色薄衫的小姑娘悶悶道：「沒生氣。」

崔東山問道：「是不是覺得李槐、林守一他們離妳越來越遠了？」

小姑娘沒好氣道：「離我遠又沒什麼，以前在小鎮學塾，我就不愛搭理他們。」

崔東山會心一笑：「那就是為我家先生打抱不平嘍？」

小姑娘是直爽性子，大大方方點頭承認了：「嗯。」

崔東山雙手抱住後腦勺，唏噓道：「人都會長大的，長大了之後，就會撿起一些新東西，丟掉一些舊東西，就這麼丟丟撿撿，嘩啦一下子，就老嘍。」

小姑娘怒道：「小師叔他們也捨得丟？」

崔東山轉頭望向一臉憤懣的小姑娘，微笑道：「這有什麼捨得、不捨得的，再說了，我家先生便是知道了這些，也不會生氣。妳氣什麼？沒必要。」

小姑娘雙臂環胸，氣呼呼的。

崔東山轉過頭，望向腳下這座大隋京城：「妳以後可能會認識一個很要好的朋友，說著閨房話一起長大，然後有一天她嫁人了，就會更喜歡她的夫君；妳可能會遇到一個比齊靜春更好的先生，然後有一天妳就會覺得那位齊先生的學問，不是最大的；妳將來可能會遇上……一個好少年，甚至比妳的小師叔更好，然後妳就會發現，現在的憂愁、傷感啊，就只是這樣了，到時候喝一、兩口酒，就跟著一起喝進肚子裡，沒了……」

崔東山猛然轉頭，驚訝道：「小寶瓶，妳竟然沒有反駁我，再不說話，我可就沒詞往下說了啊！」

小姑娘皺了皺那張漂亮小臉蛋：「我正忙著傷心呢！」

崔東山哈哈大笑，向後倒去，剛好側身臥在纖細的樹枝上。

他一手撐著腦袋，凝視著紅衣小姑娘。

將來有一天，小姑娘的個子會變得很高，圓乎乎的小臉蛋會變得消瘦，下巴尖尖的，眼睛還是會這麼潤潤的，乾淨且有靈氣，還是會穿著紅色的衣裳，會縱馬江湖畔，會飲酒山河間，會遇上開心的事、傷心的人。

崔東山嘆了口氣，他有點愁。

如果這麼一個好姑娘，有一天真喜歡上了他家先生，會讓人很犯愁的。

可如果有一天，她最喜歡的竟然不是他家先生了，好像就會更遺憾了。

崔東山側過身，蹺起二郎腿，開始閉眼睡覺。

那些萍水相逢和人心離散，哪怕崔東山如今只是個少年皮囊，可畢竟那些坎坷和經歷都在心頭積攢著，不比大驪國師崔瀺少半點。

他有句話沒有告訴小姑娘──他崔東山以及老崔瀺、左右、茅小冬等，甚至包括齊靜春在內，當年都是在老秀才的樹蔭庇護下，一點一點成長起來的，但是到最後，所有人都希望走出那片無比大的樹蔭，走出去的，反而還好，走出去的，人心就會慢慢變了。

不遠處的李寶瓶收起木牌，從懷中小心翼翼地掏出一幅畫卷，畫卷上邊有名少年站在桂樹下，正在朝她笑呢。

李寶瓶一下子就沒了憂愁，笑顏逐開，樂呵呵道：「學會喝酒的小師叔真帥氣，等我長大一些，一定要讓小師叔帶我一起闖蕩江湖！」

小姑娘越想越雀躍，轉頭大聲問道：「崔東山，喝酒難不難？」

崔東山道：「妳不能喝酒！」

李寶瓶怒道：「為什麼！」

崔東山幽怨道：「先生捨不得罵妳半句，卻會直接打死我！」

李寶瓶嘆息一聲，搖頭晃腦，憐憫道：「真可憐。」

崔東山瞥了眼滿臉笑意的小姑娘：「小寶瓶啊，麻煩妳以後安慰人的時候，把幸災樂禍的笑臉收起來。」

李寶瓶做了個持印蓋章的手勢。

崔東山哀嘆一聲，嘀咕道：「好心沒好報。」

倒懸山與大海之間，有一條條似水似雲的「河道」懸掛在空中，以便所有渡船登山。許多可以御風的渡船一樣需要先下降到海面，不可直接靠近倒懸山。

桂花島在一條河道底部的渡口停靠片刻，象徵性地遞交了類似通關文牒的丹書，並未繳納那筆天價過路費，就開始沿著向上傾斜的河道往那座倒懸山駛去。

有一個面容如中年男子的高大道人，站在一處懸崖之畔，他身後站著一名手捧拂塵的仙風道骨的消瘦老道士，拂塵上一根根金銀兩色的絲線盡是蛟龍之鬚。

老道人輕聲問道：「師父，需不需要弟子出手打爛桂花島？」

高大道人笑道：「願賭服輸，打架輸幾次，有什麼丟人的？我又不是你師祖，一輩子從無敗績。」

在這位倒懸山大天君說話間，有一個道士被人一拳從天外天打入青冥天下的那個人間。

第五章　我有小事大如斗

站在桂花島山腳渡口處，陳平安輕輕跨出一腳，便踏上了倒懸山。

桂姨事先就跟陳平安說，桂花島靠岸的那一刻，就是渡船最繁忙的時分，卸載那些來自寶瓶洲、俱蘆洲和桐葉洲的貨物，不能有絲毫差錯，否則老龍城范家的金字招牌就要砸了，所以她和老舟子以及馬致三人，需要親自盯著每一手貨物交易，沒辦法帶他去倒懸山客棧下榻。原本桂姨想讓金粟領著陳平安，去往那間與桂花島世代交好的客棧，被陳平安婉拒了，惹得金粟心中微微埋怨。

正鬱悶的金粟，看到那背劍少年朝她咧嘴一笑，似乎看穿了她的小心思，金粟狠狠瞪了他一眼。少年跟桂夫人、老舟子和馬致揮手告別，似乎不敢和金粟進行眼神對視，轉身快步跑向渡口。看著少年落荒而逃的背影，金粟忍不住笑了起來。

陳平安行走在人頭攢動的人流之中，深呼吸一口氣。

終於到了。

不是隨時隨地都可以通過倒懸山去往劍氣長城，除了一枚進入倒懸山的青木通關牌，需要再過一關的桂花島百餘人多領了一枚玉牌，同時他們被告知在三天後的子時通關，一炷香後就要輪到下一撥人，過時不候。

陳平安走下船，腰間懸掛著那枚只篆刻有一個「涯」字的白玉牌。桂姨告訴他，倒懸山上風景各異，商鋪林立，趁著這三天工夫，可以多走走，若是相中了心儀的法寶器物，手中錢財不夠，可以跟客棧掌櫃借，十枚穀雨錢以下，那個掌櫃都會答應，而且按照老規矩記在桂花島帳上。

山崖畔的這座渡口，名為「捉放渡」，此名源於渡口附近一個歷史悠久的古亭。古亭上懸掛著匾額「捉放亭」，這是某一脈道統前任老掌教的親筆手書。

倒懸山上有九個建築隸屬於此方天地的道家，其餘高樓、庭院、商鋪等地皮，早已賣給八方來客。這九個建築是分別屹立於倒懸山八方的捉放亭、敬劍閣、上香樓、雷澤臺、靈芝齋、法印堂、師刀房、麋鹿崖，以及中央的孤峰。

道祖二弟子這一脈道統，無論是地盤大小，還是徒子徒孫的人數，相較於方圓百里有餘的倒懸山，都不算太誇張。

「陳公子、陳公子。」有人在陳平安背後急切地嚷著，陳平安回頭一看，是那個自稱劉幽州的綠衣少年。

劉幽州一路小跑到陳平安身邊，問了一連串問題：「陳公子，你在倒懸山上住哪兒？有約好的地方嗎？沒有的話，不如去我那邊？我家在這邊有棟宅子，靠近一個叫敬劍閣的地方，據說宅子還挺大。我一直想要謝你呢，不如給我個機會？」

陳平安搖頭笑道：「不用，桂花島幫我安排好了，去鸛雀客棧住。」

劉幽州一臉失落，仍是不願死心：「這樣啊，那回頭我能找你玩嗎？我是第一次來倒懸山，要好好逛逛，咱們一起唄？」

陳平安愣了愣。

老嫗無奈道：「少爺，萍水相逢，你便如此熱絡，不合情理。別說陳公子不敢答應，便是換成我，也不會點頭。」

陳平安笑著不說話。

那少年神色黯然：「好吧，陳公子，我住在猿蹂府，你要是沒事的話，可以去找我，到時候就說是我劉幽州的朋友。」

陳平安點頭道：「這個沒問題。」

陳平安、劉幽州和老嫗同時轉頭，一個姿容動人的「女子」站在三人附近，一副欲言又止的模樣。

老嫗蒼老臉龐上滿是笑容，如枯木逢春，和顏悅色地問道：「這位小仙師，可是有什麼難處？」

那「女子」對老嫗視而不見，盯著陳平安，「喂」了一聲：「你能不能借我一枚穀雨錢？我以後還你三、五枚便是。」

陳平安遞過去一枚穀雨錢，那人接過錢，笑著離去。

劉幽州輕聲道：「陳公子，是你朋友？」

陳平安搖頭道：「不認識。」

劉幽州驚訝道：「那你也借錢給人家？你知不知道，天底下好看的姑娘最會騙人了。

陳公子，容我多一句嘴啊，哪怕錢再少，也不能這般行走江湖啊。」

陳平安齜牙咧嘴，告辭離去。

一枚穀雨錢還少？好看的姑娘？

老嫗忍俊不禁笑道：「少爺，你難道沒有看出那個『漂亮姑娘』其實是一名男子？」

劉幽州呆若木雞，小聲道：「我方才光顧著偷瞄那姑娘的臉蛋和身段，沒敢多看。」

老嫗道：「少爺，人家不是姑娘欸。」

劉幽州一揮袖子，大步向前：「長那麼好看，我就當他是姑娘了。」

陳平安沒有急於去往鸛雀客棧，而是跟隨一股人流去往附近的捉放亭。

陳平安臨近人滿為患的小亭子，難免有些失望，覺得好像名不副實。亭子極小，甚至不比梳水國宋老劍聖家的山水亭大。亭子內外已經站了不下百餘人，陳平安踮起腳尖，看了眼見縫插針都難進的小亭子，就打算去鸛雀客棧。

陳平安剛要離去，身後有熟悉嗓音響起，跟此人的容貌一樣陰柔：「不去亭子裡停留片刻？」

「女子」與陳平安並肩而立，陳平安轉頭笑道：「這也太擠了，不敢去，怕出不來。」

「女子」微笑道：「你只管跟著我，就當我先還你那一枚穀雨錢的利息。」

陳平安一頭霧水。

他指了指自己的喉結，笑容古怪。

陳平安試探性地問道：「障眼法？」

「你的酒葫蘆先借我一用。放心，這麼只小破葫蘆，我還真不放在眼裡。我那只養劍葫蘆，算是你們的老祖宗，只是沒敢拿出來罷了。」他朝陳平安點了點頭，二話不說拿過陳平安腰間的姜壺，一邊快步走向三名姿色上等的年輕女子，一邊仰頭喝酒。女子傾國傾城的容顏，男子豪邁奔放的氣概，同時在他身上顯現。

片刻之後，那人站在花叢之中，朝陳平安招招手，陳平安只得走過去。那人以陳平安聽不懂的話語介紹了一通，然後又用寶瓶洲雅言給陳平安說了一遍。原來這三名女子是婆娑洲的宗門子弟，她們結伴遊歷海外，需要斬殺一頭龍門境的海中巨妖才算完成歷練，歷練的終點即是這座倒懸山，之後就要返回婆娑洲師門。他不由分說拽著陳平安胳膊，帶著三名婆娑洲仙子一起殺向捉放亭。

相傳那座青冥天下的三位道家掌教之一的「真無敵」——道祖座下二弟子，當初丟下這方最大的「山」字印後，親臨此地。有個十二境巔峰的大妖不知用了何種手段，悄然越過了劍氣長城的眾多禁制，來到倒懸山，結果他第一次所見之人，恰好就是那位掌教。

當時倒懸山一帶是個鳥不拉屎的蠻夷之地，大妖本以為從此天高任鳥飛，見著了那位道人，自然出言不遜，就要將其一口吞下。至於結局，毫無懸念，大妖被那位道家掌教一巴掌拍了個半死，被丟回了劍氣長城以南。後世倒懸山道人便建造此亭，彰顯那位掌教的道法通天。

這一趟捉放亭之行，陳平安累得汗流浹背。

三位仙子貌美，那個傢伙姿容猶勝她們一籌，小亭內外人人比肩繼踵，有些男子是無心的碰撞，有些男子則是有心的揩油，陳平安便只好盡量護著他們，自然勞心勞力，處處皆是細微的勾心鬥角。

成功走出捉放亭後，陳平安兩人跟那三位仙子分道揚鑣，她們還要去往最近一處景點麋鹿崖。

陳平安收回養劍葫蘆，別在腰間，無奈道：「以後別再幹這種事情了。」

那人白了一眼陳平安：「沒勁，我陪仙子姐姐們耍去。」

陳平安如釋重負，告辭離去。

那人瞥了眼陳平安遠去的背影，嘀咕道：「也太正兒八經了，竟然還不是假裝的。難道是哪家老夫子教出來的小夫子？」

附近有英俊男子搭訕：「這位小姐，一個人賞景呢？」

那人笑呵呵道：「賞你大爺，老子跟你娘親一起逛過窯子呢。」

器宇軒昂的男子趕緊擺手，示意身邊扈從不要輕舉妄動，他笑容燦爛，伸出大拇指：「姑娘這性格，我喜歡。」

那人徑直離開捉放亭，途中還在猶豫是先去敬劍閣還是先去上香樓。

男子望向那個腰繫彩帶的「大美人」，感慨道：「唯有山上，方有此等通透靈秀的女子，修行好啊。山下女子，便是皮囊再出彩，也不過短短十幾二十年的動人時光。」

一個貼身扈從以中土神洲的大雅言輕聲提醒道：「陛下，可以動身去往雷澤臺了，莫要讓國師久等。」

男子「嗯」了一聲，笑道：「速去。」

雷澤臺是一處九十九階的高臺，貌似一只巨大甘露碗，其中雷電如濃稠漿液。傳聞道老二施展無上神通，從那座只見於文字記載、不知所終的上古雷澤中，「掬起一捧水」，放置在倒懸山。道老二嫡傳弟子之一的大天君，每次打殺了不守規矩的各路神仙精怪，一律將他們的魂魄拘押在此處。

雷澤臺這邊，今日竟然被封禁，任何人都不許靠近。

此時此刻，一身形高大之人屈膝半蹲在最高處的雷澤旁，他以手肘抵住膝蓋，以下巴抵住胳膊。一把無鞘長劍懸停在雷澤之中，長劍入澤之後，整座小雷澤都在沸騰翻滾。

此人應該是在淬鍊佩劍。

一位手捧拂塵的老道人站在高臺底部，笑容和煦，滿臉的與有榮焉。老道人作為倒懸山的第三號人物，被南海所有蛟龍之屬視為天敵。千年之間，他斬殺蛟龍無數，硬生生打造出一把半仙兵的拂塵。最近的五百年間，老道人曾經與婆娑洲的兩位陳氏儒聖在南海上交手，威名遠播，可是今天哪怕是給一個外人看家護院，老道人仍是絲毫沒有覺得掉價，反而神色頗為自得。

陳平安遇上了一件尷尬事，原來在倒懸山，就沒有一個人聽得懂寶瓶洲雅言，而陳平安又不會中土神洲的大雅言，所以問路的陳平安跟被問路的好心人，雙方雞同鴨講。最後陳平安硬著頭皮，鍥而不捨地問了三十餘人，總算問到了一個略通寶瓶洲雅言的行人，結果人家不知鸛雀客棧在何方。

陳平安站在熙熙攘攘的街道上，四顧茫然，只得摘下養劍葫蘆，站在原地借酒澆愁。實在不行，就只能原路返回捉放渡去跟桂夫人討要金粟，請這個桂花小娘幫著帶路。至於會不會被「大仇得報」的金粟冷嘲熱諷，陳平安倒是無所謂。臉皮厚一點，不打緊。

柳暗花明又一村。

陳平安又逮住一個知曉寶瓶洲雅言的路人，後者雖然不知鸛雀客棧地點，卻知曉敬劍閣與猿蹂府在哪，說起這兩處地方的時候，陳平安詢問的是「先生可知敬劍閣在何方」，那人的回答竟是「哦，你是說那猿蹂府旁邊的敬劍閣啊，好走，離此不算太遠」。

皚皚洲少年劉幽州，不簡單。

陳平安直接掉頭去往捉放渡口。那名路人看著少年背影，滿是遺憾，他本想借此機會跟猿蹂府搭上丁點兒關係，哪怕只是混個臉熟也好。

金粟開開心心地走下桂花島，領著「灰頭土臉」的陳平安一起去往鸛雀客棧。她下山之前，桂夫人給了她三枚小暑錢，要她省著點花。走下渡口後，金粟問陳平安要不要去捉放亭，陳平安說已經去過了，金粟點點頭，說捉放亭最沒有花頭，遠遠不如其他景點有意思，比如那靈芝齋、麋鹿崖、敬劍閣，去了這些勝景才算不虛此行。

兩人走了小半個時辰，一路上金粟給陳平安大致講解了倒懸山一些重要風景名勝的情況，例如那敬劍閣，劍氣長城所有斬殺過上五境妖族的劍修佩劍，倒懸山都會打造一把仿品供奉在閣內，以供後人瞻仰。

金粟到了倒懸山，對陳平安明顯不再像桂花島上那般冷淡，雖然稱不上滔滔不絕，可也與陳平安說了不少話。她說那靈芝齋擺放著一柄道祖遺留在浩然天下、靈氣盎然的靈芝如意，將整座靈芝齋浸染得如同一座洞天福地。在此修行，事半功倍，所以靈芝齋是倒懸山最堪稱銷金窟的一座客棧。來此歷練的仙家宗門子弟以及來此遊覽賞景的豪閥公孫，是有錢也難進靈芝齋，需要數月之前就開始預約房屋。

臨近那座鸛雀客棧，金粟低聲道：「有傳聞說，在道祖親手種植的那根葫蘆藤上，結了七只品秩最高的養劍葫蘆，靈芝齋密室就藏有其中一只，而且這只的葫蘆籽是第一個成熟的。如今這只養劍葫蘆裡頭祕密溫養著浩然天下十數位大劍仙的飛劍。」

這些小道消息，往往旁人一個個說得眉飛色舞，活靈活現，好像親眼見識過養劍葫蘆似的，金粟一樣不能免俗。

實則執掌倒懸山「金科玉律」的道人，關於養劍葫蘆和為天下劍仙養劍一事，從來不會洩露半點天機，只說靈芝齋並無此等奇事，切勿多想，莫要以訛傳訛。

陳平安想起了阿良贈送給小寶瓶的銀色養劍葫蘆，當然還有正陽山蘇稼仙子曾經懸佩的那枚紫金養劍葫蘆，以及不久前那傢伙自稱的「養劍葫蘆老祖宗」。

陳平安突然問道：「金粟姑娘，猿蹂府在倒懸山很有名嗎？」

金粟點頭道：「當然，皚皚洲劉家名下的猿蹂府是倒懸山四大私宅之一，占地很大，名聲更大。劉氏是皚皚洲第一大姓氏，而且口碑極好，皚皚洲幾乎所有的君主皇帝、地仙修士，都要跟劉氏打好關係。咱們鍊氣士使用最多的雪花錢，就是按照劉家打造的錢模子鑄造的，那條玉礦山脈，劉氏一家就占了一成。別覺得一成聽上去很不起眼，實在是不能再多了！」

陳平安有些震驚。

金粟的眼神有些恍惚：「劉氏子弟，那才真是一生下來就坐擁金山、銀山的幸運兒。想要什麼，用錢砸就是了，天底下就沒有劉氏買不起的寶貝。」這些話，是老龍城孫嘉樹親口告訴她的，當時金粟從小財神孫嘉樹的眼中，看到了一絲憧憬。

陳平安越發打定主意，不要刻意結識劉幽州——那個少年就像一艘桂花島渡船，他掀起的任何風浪，都不是現在的自己能夠抗衡的。

陳平安一想到這裡，心中便有些黯然，心扉如被風雪拍打。

鸛雀客棧在一條巷子盡頭，其掌櫃是個不苟言笑的年輕男人，哪怕是面對見過數次的金粟也沒個笑臉，他給兩人安排了兩間相鄰的屋子後，就不再搭理他們。

金粟小聲解釋道：「客棧掌櫃是子承父業，以前鸛雀客棧很大，這半條巷子都屬於客棧，在捉放渡這一帶小有名氣，後來遇上了一場變故，當時咱們桂花島好像幫襯了一下，可是掌櫃父親還是去世了，算是家道中落吧，就只剩下眼下的格局了。」

陳平安默默記在心裡。

倒懸山的客棧比起之前陳平安遊歷山河時住的城鎮客棧其實沒什麼兩樣，素潔而已。

金粟敲門而入，落座後，開始跟陳平安商量接下來兩天的行程。她早已胸有成竹，明天先去法印堂、敬劍閣、靈芝齋和師刀房這四處，後天再去上香樓、麋鹿崖、雷澤臺這三個地方，最中央的孤峰是禁地，雖然會路過，但是也就只能遠遠看幾眼罷了。

陳平安詢問這裡是否有交易奇珍異寶的鋪子，金粟說靈芝齋就是，還有開在靈芝齋對面與其搶生意的一家包袱齋。這兩個地方每天財源滾滾，只認貨不認人，十分安穩，故而窮凶極惡的山澤野修只要有了收穫，都喜歡來倒懸山，既能躲避各方追殺，還能正大光明地賣出重寶，換取錢財享福。

倒懸山附近幾座島嶼上，常年駐紮著許多正派修士，死死盯住倒懸山的動向，就為了觀察隱匿在倒懸山上的某些大寇。這些藉著倒懸山規矩來避難的人物，無一例外都是手染無數鮮血的邪魔外道，曾在各大洲闖下赫赫凶名。

陳平安問了倒懸山通往劍氣長城的準確地點，金粟告訴他就在倒懸山中央地帶的孤峰旁，那道大門是仿造上古登仙臺的大門，若是懸佩「涯」字玉牌，就可以就近參觀。

如今山上修士的第十三境飛升境和純粹武夫的十境，已是人間止境，之後便是不見經傳的失傳二境。道德聖人行走四方、澤被蒼生的那個遠古時代，好像世間還分布著一座座登仙臺，可供錬氣士輕鬆飛升。飛升時，空中會有天女散花，彩雲絢爛，虹光流溢，共襄盛舉，為得道之人慶賀。

陳平安跟金粟約好明早出門的時辰，就獨自離開客棧，去往那座大天君結茅修行的孤峰。陳平安一路上琢磨著這九個地方——捉放亭、敬劍閣、上香樓、雷澤臺、靈芝齋、法印堂、師刀房、麋鹿崖、孤峰，數字跟雄鎮樓一樣，都是九，說不定也是一種聖人鎮壓氣運的陣法。

在孤峰山腳，有一條可供三輛馬車並駕齊驅的登山神道，附近不遠處有一個由白玉石堆砌而成的廣場，廣場外邊只有一條鐵索欄杆，高不過兩尺，誰都可以一跨而過。廣場中央高高樹立著兩根高達十數丈的白玉大柱，柱子中間，平靜如鏡的水面偶爾有漣漪蕩漾。當下廣場上的人並不多，稀稀疏疏二、三十人，無論老幼男女，腰間都有一枚「涯」字玉牌，許多頑劣稚童在人群中穿梭，四處奔跑，追逐打鬧。

廣場上並無道人負責看守，陳平安猶豫了一下，小心翼翼地跨過欄杆，並沒有引起任何動靜，他這才略微放下心來，緩緩走向那兩根大柱。

陳平安發現自己每走一步，腳下都會泛起流光溢彩。他抬頭望去，發現有個身穿寬大道袍的小道童，坐在一根大柱旁邊的蒲團上，正在翻看一本書。若是有瞧著與他差不多歲數的稚童靠近，頭頂魚尾冠的小道童便隨手揮袖，孩童們隨之飄遠，如同騰雲駕霧。孩子們樂此不疲，小道童也從不嫌煩，揮袖不斷。

陳平安不敢效仿孩子，而是繞過大柱走到後邊。他發現大柱旁邊又有小柱子，那個好似拴馬樁的石柱上，有個衣衫襤褸的中年劍客盤腿而坐，懷中抱劍，閉眼酣睡。

一看就是位……絕世高人！

陳平安不敢打攪此人睡覺，下意識放輕腳步，就要轉身走回另外一邊。

那名抱劍而眠的劍客腦袋一磕，猛然驚醒，眼神有些木訥，左看右看再往高處看之後，望向那個背劍少年的背影，喃喃自語，好像說了三個字，然後便繼續睡覺。

陳平安站在鏡面的另外一側，怔怔看了許久。

他無法想像，鏡面之後，就是劍氣長城？就是另外一座天下？

高聳入雲的孤峰之上，又有一座倒懸山最高的高樓。一年之中，高樓有大半時間被雲海籠罩，而樓頂屋簷下，懸掛有三只鈴鐺，據說只有道家三位掌教親臨倒懸山，鈴鐺才會悠揚響起。

一位道家大天君正在樓頂，透過雲海俯瞰廣場。

背劍少年，小如芥子。

陳平安返回鸛雀客棧，繼續修習六步拳樁和劍爐立樁，深夜時分，他脫衣躺下，面帶笑意。

第二天天濛濛亮，金粟就提前一刻鐘來敲門。陳平安停下無聲無息的走樁，打開門，與金粟一起離開客棧，去往法印堂。此堂又被稱為「缺一堂」，號稱收集了世間所有樣式的百家法印，唯獨少了一樣「山」字印。它尊奉一條「山不見山」的不成文規矩，畢竟倒懸山本就是一方「山」字印。

陳平安嘆了口氣，跟隨興致勃勃的金粟走入法印堂。法印堂有三層樓，每一層都極為寬敞，分隔出大大小小的房間，數千枚法印分別懸停在一層層、一排排的琉璃櫃之中。有些法印已經孕育出充沛靈性，不斷游弋撞擊琉璃櫃，砰砰作響，甚至還有法印靈氣凝聚而成的寸餘精靈，它們會在透明的琉璃櫃後與人大膽對視。

陳平安在二樓一間「水」字印屋久久停留，不願離去，金粟便自己去別處晃蕩，他們約好一個時辰後在法印堂門口碰頭。

陳平安注視的那方「水」字印，靈氣如輕盈水霧化作一條溪澗，縈繞印章，印章底部篆刻有「銀河垂落」四字。陳平安因為有一本李希聖注解詳細的《丹書真跡》，對於古篆字已經認得不少。

聽金粟說，法印堂的印章只收不出，不會賣給任何人。早年唯一一次差點破例，是皚皚洲的劉氏當代家主，揚言要一口氣買下一層樓的印章。堂主不得不稟報孤峰大天君，後者的答覆很簡單，他從孤峰高樓處砸下一道劍氣長虹，將猿蹂府的後花園銷毀殆盡。當時還只是劉氏嫡子、尚未繼承家主之位的年輕人，叉腰仰頭大罵孤峰老神仙，大意無非是老子有錢，你有本事再來。

然後大天君便灑下了一陣劍氣大雨，直接將猿蹂府那個號稱可擋劍仙百劍的大陣，打得點滴不剩，偌大一座世代經營的仙家猿蹂府，損失慘重。

好在並無一人受傷。

之後便有了一次膾炙人口的問答。那個年輕人臉色不變，只是轉頭詢問老管事，那位天君行事如此跋扈，合乎規矩嗎？老管事笑答，天君在倒懸山，就是規矩。

經此一役，倒懸山大天君的強橫武力以及皚皚洲劉家的雄厚財力，同時傳遍天下。

陳平安之後沒有登上三樓，直接下樓去法印堂外等待金粟。

金粟晚到了一刻鐘，看到背劍少年坐在臺階上發呆，致歉道：「來晚了，因為三樓有一方印章新孕育出了一個極其玄妙的精靈，能夠幻化成與它凝視的人物，特別好玩。好多人在那邊排隊呢，陳平安，不好意思啊。」

陳平安起身拍拍屁股，開顏一笑：「咱們又不趕時間。」

當金粟在倒懸山第一次直呼陳平安的名字後，孤峰山腳的兩個看門人——看書小道童和抱劍中年人，不約而同地睜開眼睛。

小道童從蒲團上站起身，走出廣場，去往上香樓。

抱劍男子轉過身，彎曲手指，對著鏡面輕輕一彈，隨後男子驀然一笑，猛然擰轉手腕如同撈取某物，收回了先前的彈指傳信，繼續打瞌睡。

倒懸山並無術法禁制，那小道童一步跨出，就是數里之外。他來到一座紫煙嫋嫋流散的閣樓之前，大步走入其中。許多魚尾冠道士見到這個粉雕玉琢的小道童，紛紛彎腰作揖尊稱其為師叔祖，甚至是太上師叔祖。

小道童臉色冷漠，沒有搭理任何人。跨過大門後，他一揮袖子，將數名道冠、道袍迥異的敬香道人拍飛，使其瞬間飄往兩側牆壁之下，嚇得這些中五境道士差點心神失守。小道童大步向前，一人獨占燒香位置，從旁邊案幾香筒中拈出一支香。

香案上，供奉有四幅畫卷，道祖最高，以致香客稍不留神，就看不到這幅畫卷；下邊並肩懸掛著三位道士的畫卷；居中道士懸掛桃符，左側道士手持法劍、身披羽衣，右邊道士頭頂蓮花冠。

巨大香案之上，只有一只供香客們插放香火的大香爐。

據說道士和心誠的善男善女在此敬香，就有機會讓另外那座天下的道祖和三清掌教知曉。幾乎所有道士進入倒懸山後，第一件事情就是來上香樓點燃三支香，當然龍虎山天師府的道士肯定不會踏足上香樓半步。

頭戴魚尾冠的小道童，對著那位蓮花冠掌教拜了三拜，將手中那支香插入爐中後，閉上眼睛，念念有詞。忽然小道童愣了一下，他睜開眼後，覺得有些無聊，轉過頭去，看到了一個年輕人。

小道童皺眉問道：「身為中土陸氏子弟，你為何先去敬劍閣，而不是來此燒香？」

年輕「女子」夷然不懼，笑道：「咱們死心塌地認這位高高在上的掌教為自家老祖，可是老祖宗從來不曾認咱們是他的子孫啊。幾千年下來，陸家燒了多少香火，不一樣連半個字的答覆都沒有？我多燒一炷香，就有用了？」

小道童稚嫩臉龐上有些怒容：「還敢在此放肆！」

年輕人笑咪咪道：「天君你又不是我陸家老祖宗一脈的道人，為何如此執著於這點外人禮數？」

小道童冷哼道：「不知好歹的東西，滾出去！」

小道童一袖揮去，年輕人倒飛出去，摔落在上香樓外的街道上，嘔血不止。他掙扎著坐起身後，仰起頭，望著右側那幅千百年來無動於衷的畫像之人，大笑不已。

今日亦是如此無情。

歷史上陸家一次次身陷絕境，一次次面臨傾覆之危，畫像之人，從未理睬。

小道童跨出門檻後，瞥了眼那個狼狽不堪的年輕人，一閃而逝。

陳平安在金粟帶領下，於正午時分趕到了靈芝齋，見識過了那柄傳說中的靈芝如意。陳平安看過了靈芝齋那些天價的法寶靈器，既沒有購買，也沒有賣方寸物裡的一些東西，之後去往今天最後一處景點——師刀房。

師刀房的引人入勝，不在景觀，而在於一堵牆壁上的一張榜單，榜單上記載著不同的懸賞賞格。懸賞物件千奇百怪，可能是南海島嶼的一頭精魅大妖、某洲的一國君主、一位仙家長老、某些作亂的妖魔邪道，甚至就連婆娑洲的一位陳氏儒家聖人都在榜上。

這倒懸山師刀房不知何時沿襲下來的規矩，師刀房的人可以自己放榜張貼，其餘任何人也都可以，但是張貼之人，必須將懸賞金額押在師刀房。沒錢就敢胡亂放榜，那就得領教一下師刀房法刀的厲害了。

道老二這一脈道統，其中又有分支，法器一律為刀，這一支道人在中土神洲曾經闖下偌大名頭，與墨家賒刀人不相上下，一個強橫，一個神祕。

在浩然天下，比惹上劍修更麻煩的事情，就是跟懸佩法刀的這夥道人起糾紛，因為師刀房的道人一向出手果決，甚至可以說狠辣，他們斬妖除魔乾脆俐落，與鍊氣士廝殺，同樣不留情面。

據傳，一次師刀房的一位高功道士與龍虎山一位出身天師府的黃紫貴人碰到了一起，都要斬殺一頭道行高深的邪魔。若是按照常理，倆人要麼並肩作戰，要麼各自為戰，要麼避讓一頭，結果那師刀房道人一言不合，便拔刀相向，跟那位張家天師打得天翻地覆，師刀房道人重傷了天師之後，這才獨自降魔。

當時這場風波在金甲洲鬧得很大，以致天師府一位本姓師祖萬里迢迢從中土神洲趕到倒懸山興師問罪，最後又是一場巔峰大戰，坐鎮孤峰的大天君親自出手，與那位輩分極高的張家天師戰於倒懸山千里之外。只是最終勝負如何，外人不得而知。

灰塵藥鋪，今天擔任店夥計的妙齡少女少了一個，正是那個掌櫃鄭大風還欠著她一本書錢的小丫頭。

鄭大風有些惱火，拍桌子說這丫頭真是造反了，仗著自己漂亮水靈就敢無法無天。這位掌櫃放出狠話，說她竟敢不請假、不吱聲就不來鋪子幹活，簡直就是沒把他這個玉樹臨風的掌櫃放在眼裡，要扣掉她那本書的三、四十文錢。嘮嘮叨叨的漢子氣咻咻的，可惜鋪子裡的婦人、少女就沒一個當真的，嗑瓜子的嗑瓜子，閒聊家長里短的繼續閒聊，反正誰也不信掌櫃真會扣工錢。

一位范氏老祖戰戰兢兢地來到藥鋪門口，一臉賠罪的惶恐神色。

鄭大風臉色微變，立即收起比婦人還碎嘴的埋怨念叨，繞過櫃檯走到門口，輕聲道：「就在這裡說吧。」

老人嘆息一聲：「鄭大先生，今兒沒來藥鋪的小姑娘，死了。」

鄭大風「哦」了一聲，面無表情。

老人誤以為這位武道九境大宗師並未上心，鬆了口氣。

鄭大風揮揮手，示意老人可以走了。

鄭大風坐在門檻上，不再說話。藥鋪裡的婦人、少女直覺敏銳，都察覺到了門口那邊的氣氛詭譎，一時間竟是誰也不敢大聲喧嘩，更不敢去跟掌櫃插科打諢。

鄭大風突然開口說道：「哈哈，這回真不用還錢了。」可其實他臉上沒有半點笑意。

他望向巷子一處陰影道：「我信不過范家，人品和本事都信不過了，老趙你親自去查一下，我等著你的消息。」鄭大風站起身，就這麼耐心等著。

老龍城，風起於青蘋之末。

倒懸山夜幕中。

孤峰山腳的廣場上，除了繼續翻書的小道童與到了晚上反而不再打瞌睡的抱劍男子，已經空無一人。

兩根大柱後的鏡面之中，突然走出一名英姿颯爽、腰佩長劍的少女。

她眉如遠山。

這天去過了師刀房後，陳平安和金粟又去了敬劍閣。如此一來，今日行程繞路最少，不用走太多冤枉路。

先前在師刀房那堵貼了密密麻麻榜單的影壁上，陳平安找到了三個熟悉的名字——崔瀺、許弱、宋長鏡。

其中崔瀺的榜單最多，有六張，放榜人來自四個不同的大洲，可想而知，這個昔年的文聖首徒在浩然天下是何等不受待見。

墨家許弱和大驪藩王的榜單各一張，懸賞理由都很奇怪。懸賞許弱之人，是一個署名「崢嶸湖碧水元君劉柔璽」的女子，字裡行間滿是恨意以及情意。懸賞宋長鏡的那個人署名為「金甲洲韓萬斬」，此人可能是錢太多了沒地方花，懸賞理由竟然是他覺得小小寶瓶洲根本就不配擁有一位武道止境的大宗師。

陳平安和金粟在轉身離去的時候，與街道上另一邊的一行三人，遙遙擦肩而過。

陳平安忍不住多看了一眼，因為那個女子實在太高了。那個女子將滿頭青絲紮成了一條馬尾辮，身材勻稱，腰間懸掛著一把無鞘長劍。這把長劍像是新鮮出爐，陽光映照下，折射出一陣陣雪白清亮的光線。

其實不光是陳平安，街道上的眾人幾乎無一例外，都在打量這名奇怪女子。

一名英俊男子與她並肩而行，竊竊私語，女子偶爾點頭，極少說話。兩人身後是一名中年扈從，殺氣極重，難以遮掩，大概是七境以下的純粹武夫，尚未凝聚金身，所以遮掩不住氣機，若是七境以上的武夫，還能擁有如此氣象，那就有些可怕了。

金粟哪怕走出去很遠，還是忍不住轉頭，戀戀不捨地望向那名女子的背影。雖然那女子始終沒說話，身上也沒有華美衣飾，甚至沒有傾國傾城的姿色，可是金粟就是羨慕這樣的女子，說不清、道不明。

有些人總是這麼不一樣，看了一眼，就能讓人記住很多年。而有些人，哪怕看了很多年也沒在心頭住下。

陳平安倒是沒怎麼留意，很快就繼續走自己的路。他小口小口地喝著酒，想起了家鄉的石拱橋，當然他想著想著，也想到了天上的那座金色拱橋，雲海之中，一望無垠。

高大女子這一路從未打量過任何人。她一直走到了師刀房影壁前，仰起頭，迅速流覽懸賞榜單，對大多數的榜單她興致缺缺，懶得多看一眼，最終視線停留在最左上角的一張榜單上，她眼前一亮。

此次南下倒懸山，乘坐那艘自家王朝名下的渡船蜃樓，一路從中土神洲北方，飛過五大湖之一的崢嶸湖，掠過世間最大的山嶽穗山，再經過婆娑洲，她始終待在屋內，翻閱一部某個覆滅王朝的庫藏古書。

靜極思動，她便想著這次倒懸山淬劍之後，北歸途中，找件事做做。

她伸手一抓，將那張懸賞榜單扯入手中，對師刀房大門方向淡然道：「這份懸賞，我接了。」

那英俊男子之前順著高大女子的視線看去，嘴裡一直在碎碎念，當高大女子盯住這張榜單後，他便默念道：「不要撕這張，不要撕這張，隨便換一張都行……」

結果天不遂人願，女子偏偏就撕下了這張不知已經張貼了多少年的老舊榜單。

男女身後的扈從滿臉笑意，毫不意外，似乎早早知道會是這樣。

英俊男子哭喪著臉道：「國師，難道咱們真要去白帝城大鬧一場？咱們附近的那個魔道巨擘，不是只比白帝城城主差幾個名次嘛，同樣在浩然天下十大魔頭之列，國師為何不找他？一趟來回，說不定我剛好在皇宮為國師溫一壺酒。雖說這個魔頭近些年忌憚國師，已經隱世不出，還傳出要搬遷宗門的消息——」

她笑著打斷男子的言語：「我能夠破境，那人功勞很大。忘了告訴陛下，他已經被我宰了。」

男人愣了一下，惋惜道：「國師為何不對其勸降招徠，若是有此助力……」

高大女子又笑了：「我說過啊。只不過他提了一個條件，要我給他做侍妾。我想了想覺得比起端茶送水，還是做掉他更容易一些。」

男人先是哀嘆一聲，隨即醒悟過來，捶胸頓足道：「國師，妳與我直說，這些話是不是打架之前說的？」

女子略有愧疚，笑著拍了拍男子肩膀：「陛下英明。」

事後那個魔頭在她腳下跪地求饒，磕頭認錯，她沒有答應。離開那個滿是屍體的魔教宗門後，她策馬馳騁於山間小道，手中長槍的槍頭還掛著那顆頭顱。她本想將頭顱拿去京城皇宮給陛下瞧一眼，讓他看看他心心念念的大魔頭到底長什麼樣，可一想到皇帝多半要埋怨自己不為大局考慮，便一抖手腕，將那顆頭顱從槍頭上甩掉，如此一來，就當作什麼都沒有發生過好了。

男人心疼得有點麻木了，有氣無力道：「那我趕緊讓人給京城傳信，要他們為國師搬來那副鎧甲。白帝城城主太過無敵，國師不可掉以輕心。」

女子搖搖頭，眼神炙熱：「若是跟白帝城城主來一場生死大戰，穿與不穿那副金銀臺鎧甲，其實沒什麼兩樣。陛下沒必要多此一舉。」

男人語氣沉重道：「求妳很多次了，我再求妳一次，別分什麼生死，分出勝負就行，然後跟人家白帝城城主看看彩雲、下下棋，在大河畔散散步……」

高大女子瞥了他一眼，笑道：「陛下是想白帝城城主有朝一日能夠入贅我們王朝？」

男子伸出大拇指，厚顏無恥道：「國師算無遺策！」

女子淡然道：「我此生所嫁，唯有武道。」

男子嘆息一聲，不再多說什麼。

當高大女子揭下這張榜單後，師刀房沒有任何人出門應酬，影壁附近所有看熱鬧的鍊氣士都已作鳥獸散。

中土神洲最新的十大高手，都是在最近百年間現世過的山巔之人，否則就會被排除在外。原本十位全是上五境鍊氣士，如今卻有了一位女子武神，而且人數變成了九人。這是浩然天下歷史上，純粹武夫第一次躋身此列，而且那位女子武神，一鼓作氣衝入了前五。

第四人，正是白帝城城主。

高大女子轉頭對身後那名扈從說道：「寶瓶洲之行，你替我去，若是人家實在不願意交出那把劍鞘，就算了，你不用強人所難。」

扈從點點頭。

進入敬劍閣之前，陳平安和金粟各懷心思，陳平安是想要去看看，敬劍閣內有沒有那個斗笠漢子的佩劍？如果有，是叫什麼名字？被其斬於劍下的上五境大妖到底有幾頭？而金粟則是去瞻仰那些女子劍仙佩劍的風采。

兩人各有所求，於是分頭行事，各看各的。

敬劍閣分上下兩層，上層的佩劍仿品並不對外開放，而下一層可以一直往裡走。敬劍閣仿品是按照每千年斬妖戰績分到不同屋子擺放的，所以每間屋子的仙劍數量不一，但是沒有任何一間屋子顯得空蕩蕩。陳平安一路看去，記住了一個個古老的名字，然後得出一個結論，能夠在劍氣長城上刻字的人的劍，應該是祕密供奉在二樓了。

敬劍閣的陳設極為用心，除了將每一把佩劍仿品擱放在各有特色的劍架之上，劍架之後還有半人高的劍仙畫卷。說是畫卷，其實並不準確，劍仙肖像由白霧凝聚而成，纖毫畢現。

雖然男子劍仙的佩劍仿品更多，可是陳平安看得快，而金粟看得慢，結果到最後，陳平安和金粟在最後一間屋子剛好碰頭。更湊巧的是，兩人幾乎同時肩並肩站立，一人望向男子劍仙的茱萸，臉色微變；一人凝視著女子劍仙的幽篁，眼神複雜。

關鍵在於這兩位劍仙，皆無人像畫卷。

突然有人擠開陳平安，罵罵咧咧，那人朝劍架和仿品吐了口唾沫，順帶著對駐足此地的陳平安也沒有好臉色，又說了一通讓陳平安滿頭霧水的言語，似乎發現陳平安聽不懂，憤憤離去。

金粟嘆息一聲，道：「走吧。」

當初在落魄山竹樓外，陳平安聽魏檗提起過這段往事，劍氣長城外，一對男女劍仙轟轟烈烈地戰死，極其悲壯，兩位功勳卓著、劍法通天的大劍仙，竟然都被大妖陣斬於眾目睽睽之下！

陣斬！兩人皆是。

陳平安望著那個男子劍仙的姓名，再轉頭看了一眼女子劍仙的姓名。

金粟疑惑道：「陳平安，還不走嗎？」

陳平安「嗯」了一聲：「妳先回客棧吧，我打算再看一遍敬劍閣，反正這裡十二個時辰都不關門。」

她問道：「認得回去的路嗎？」

陳平安還是沒有抬頭，點頭道：「認得的。」

金粟有些奇怪，卻也只當這個一天到晚背著劍匣的少年，太憧憬那座天下的劍仙，不捨得離開。她走出這間位於走廊最盡頭的屋子，路過一間間屋子，好似光陰逆流，百年、千年、萬年。

來敬劍閣敬仰劍仙的外鄉客人很多，大多客客氣氣的，哪怕陳平安一直站在茱萸仿品之前，蹲著茅坑不拉屎，也沒多說什麼。可也有脾氣如之前那人一般差的，對著茱萸、幽篁這兩把曾經總計斬落十一個上五境大妖的劍仙佩劍，不是嗤之以鼻，就是冷嘲熱諷，或是乾脆就朝著劍架和仿品吐唾沫。

陳平安聽不懂他們在說什麼，但是他能感受到那些人的憤怒、譏諷、冷漠、嘲笑和幸災樂禍……陳平安不喜歡這種感覺，就像當初在桂花島外的海面上，好像整個世界，只剩下了惡意。

陳平安被一個魁梧漢子撞開，那人大步向前，就要一拳打爛劍架。

就在此時，一個魚尾冠中年道姑憑空出現，微笑道：「不可毀壞敬劍閣藏品，違者後果自負。」

那漢子悻悻地收起拳頭，問道：「吐口水行不行，犯不犯倒懸山規矩？」

道姑笑而不語。

漢子心領神會，朝劍架吐出一口濃痰，轉頭就走。

旁邊有人拍手叫好，魁梧漢子越發覺得自己有英雄氣概，做了一件大快人心的事情。

陳平安還是什麼都聽不懂。

他默默走到這間屋子一處牆根，蹲著喝酒，在遊客稀少的間隙，他就會迅速起身，去擦拭茱萸、幽篁的仿品和劍架上的那些唾沫，迅速擦乾淨後，就又回到牆根去喝酒。久而久之，便有人誤以為背劍少年是敬劍閣的雜役，負責看管這間屋子，免得那兩位劍氣長城罪人劍仙的仿品給人打爛。

陳平安在屋子裡一直待到了晚上，遊人越來越稀少，所以他起身的次數就越來越少。

夜幕中，已經足足半個時辰沒有人來到這間屋子了，陳平安這才離開敬劍閣，坐在外邊的臺階上，握著養劍葫蘆，卻不再喝酒，嘴唇緊緊抿起。

男子劍仙姓寧，女子劍仙姓姚。

曾經有一個姑娘，對陳平安這樣介紹自己：「你好，我爹姓寧，我娘姓姚，所以我叫寧姚。」

在與正陽山搬山猿一戰的時候，那個姑娘的言語之中，分明透露出她的父母還健在，而且她在驪珠洞天從頭到尾的表現，也完全不像是失去爹娘的人。哪怕魏檗在落魄山提及劍仙眷侶的陣亡之事，陳平安也根本就沒有往那個姑娘身上去想。

其實回頭來看，早有蛛絲馬跡。

她不喜歡提及劍氣長城上那個「猛」字，她說以後自己的男人，一定要是天底下最厲害的大劍仙，沒有之一。她早早就孤身一人遊歷浩然天下，要人幫她鑄一把好劍。

陳平安雙手抱膝，坐在臺階上，背後劍匣裝著他命名的降妖和除魔，腰間養劍葫蘆裝著還是他命名的初一和十五。腳上的草鞋，也是一雙。

少年背對著的那座敬劍閣，最裡頭屋子裡的茱萸、幽篁，也依然是相依為命的。

陳平安在臺階上坐著，不知發呆了多久，只是兩眼無神地怔怔望向前方。

他猛然回神，發現不遠處站著一位姑娘。

她眉頭微皺，開門見山道：「陳平安，寄到我家的信，為什麼不是你寫的，而是阮秀寫的？你怎麼回事！」

陳平安好似給天雷劈中，答非所問道：「好久不見，寧姑娘。」

她看著對方那副傻樣，嘆了一口氣，有些無奈，坐在陳平安身邊，沒好氣道：「好久不見？這才多久。」

陳平安想了想，然後撓撓頭。

不知為何，陳平安感覺已經過了很久。

走了千萬里，練了百萬拳。

她瞥了一眼這個正襟危坐的傢伙，再瞧了眼他背後的劍匣，突然笑了起來，忍不住說道：「陳平安，你是一個……」

寧姚莫名其妙地發現這個天不怕、地不怕的傻子，沒等自己把話說完，就嚇得汗都流下來了。

陳平安不等寧姚把話說完，就火急火燎地讓寧姚等會兒，然後他轉過頭去，摘下養劍葫蘆偷偷喝了口酒。

寧姚有些摸不著頭腦。難道這個傢伙做了什麼對不住自己的事情？比如從驪珠洞天一路趕來倒懸山欠了一屁股債，都記在了她寧姚的頭上？比如他早早將那個《撼山拳譜》弄丟了，只練了幾千拳就覺得練拳沒出息，所以如今背了劍匣，開始練劍了，最後又覺得練拳練劍都很沒出息？又或者陳平安闖蕩江湖，傻人有傻福，有一大幫缺心眼的紅顏知己，如今正在客棧等他？

寧姚想東想西，想南想北，唯獨沒有想過陳平安是不是把阮邛鑄造的那把劍給丟了。這怎麼可能呢？千山萬水，春夏秋冬，他一定會把劍送來的。

寧姚身後的敬劍閣是劍氣長城的萬年精氣神所在。陳平安當時蹲在牆根想了許多亂七八糟的事情，比如書上記載的詩詞佳句中，有「遍插茱萸少一人」、有「獨坐幽篁裡」、有阿良和那個「猛」字、有雷池重地那些歷史更加悠久的刻字，陳平安甚至想過兩人第一次重逢的情景，絕不是這樣傻乎乎坐在倒懸山臺階上，然後就見到了她。

喝過了酒，陳平安突然站起身，走到臺階下，面對寧姚。

寧姚好整以暇地坐在臺階上，身體後仰，手肘懶洋洋地抵住高處臺階，她雙眼眯起，一雙狹眉越發顯得修長動人。

陳平安看到這一幕後，竟是一個字都說不出口了，轉過頭，又喝了口酒。

陳平安剛要開口說話，寧姚突然長眉一挑，坐直身體，問道：「陳平安，你什麼時候變成酒鬼了！」

那些好不容易才鼓足勇氣、好似登山一般艱難爬到嘴邊的言語，都被嚇回了肚子，彷彿墜崖身亡，一個個摔得粉身碎骨。

陳平安哀嘆一聲，蹲在地上，默不作聲，雙手撓頭。

寧姚站起身，笑道：「陳平安，你個子好像長高了欸？」

陳平安猛然起身，伸手示意寧姚不要走下那一級級臺階：「寧姑娘，妳等我把這句話說完！」少年高高揚起頭，挺起胸膛，攥緊酒壺，望向那個身穿一襲墨綠長袍的姑娘。

寧姚眨了眨眼睛，似乎猜不出陳平安葫蘆裡賣的是什麼藥。

陳平安說道：「寧姑娘……」他趕緊搖搖頭，換了一個稱呼，「寧姚，我喜歡妳。」

寧姚坐回臺階：「你有本事說大聲一點。」

陳平安便扯開嗓子喊了一句：「寧姚！我喜歡妳！」

寧姚問道：「你誰啊？」

陳平安笑容燦爛，再沒有半點拘謹，豪氣干雲道：「大驪龍泉陳平安！」

雖然陳平安也知道最穩妥的做法，是把劍送給寧姑娘之後，再相處一段時間，最好再見識過寧姑娘土生土長的家鄉，以及她在劍氣長城的朋友，再決定要不要說出口。最壞的結果，也就是寧姚不喜歡他，但是說不定還可以和寧姚做朋友。

可是陳平安不願意這樣。

寧姚再次站起身，她神色古怪，問了陳平安一句：「喜歡一個人，這麼了不起啊？」

陳平安一頭霧水，完全不知道如何作答。

被人告白之後，世上的姑娘都會問這麼個問題嗎？

陳平安忍不住有些埋怨梳水國宋老劍聖和桂花島老舟子的師父，一個烏鴉嘴，一個死活不肯傳授江湖經驗。

寧姚一步跨下臺階，來到陳平安身前，伸出一隻手：「拿來。」

陳平安「哦」了一聲，解開繩結，摘下背後的木匣，抽出那把聖人阮邛鑄造的長劍，遞給眼前的姑娘。

寧姚接過那把長劍後，沒有拔劍出鞘，查看鋒芒，她將長劍懸掛在腰間右側，徑直走向前，與陳平安擦肩而過。

陳平安猛然轉頭望去，只看到她抬起一條手臂，輕輕揮手作別。

陳平安嘴唇微動，卻沒能說出什麼，因為他所有的力氣和膽量都用在之前那句話了。

他久久不願轉頭，不願收回視線。

她越行越遠，身影逐漸消失在夜幕中。

陳平安轉過頭，走向臺階上自己原先坐著的位置，開始碎碎念叨，說那些來不及說出口的言語。

寧姑娘，最近還好嗎？

寧姑娘，我這趟出門，見識了很多很多有趣的事情，說給妳聽聽吧？

寧姑娘，妳一定想不到吧，我當初答應妳練拳一百萬遍，現在只差兩萬拳了。

寧姑娘，妳知不知道，當時在泥瓶巷祖宅，妳笑了，我就覺得自己是天底下最有錢的人。

寧姚，我見到了阿良，可是齊先生走了。

寧姚，我去過了黃庭國、大隋、彩衣國、梳水國、老龍城……去過了很多的地方，見過了很多的姑娘，可是她們都不如妳好看。

寧姑娘，妳以前問我喜不喜歡妳，我說沒有這麼喜歡，妳好像沒有不開心，可是如今我有這麼喜歡妳了，妳好像不太開心，對不起。

寧姑娘，遇見妳，我很高興。

孤峰山腳的白玉廣場上，頭戴魚尾冠的小道童繼續坐在蒲團上翻書。

這幾日是青冥天下的重要齋戒日，所以通往劍氣長城的這道大門，需要後天子時才會重新開啟，否則這裡就是倒懸山最熱鬧的地帶之一。

因為這裡只過人，不過貨物，真正的中轉樞紐，在倒懸山的山腹之中。

包括捉放亭和上香樓在內的八個渡口，各有一條傾斜向下的大路通往山腹，早年為了是否需要鑿開山壁，在山腹之中建造新的大渡口，是否要請示青冥天下的那位掌教師尊，師兄弟二人起了爭執。

倒懸山大天君認為大勢所趨，倒懸山為什麼要放著那麼多香火錢不掙？真實身分除了看門人之外，更是倒懸山坐第二把交椅的小道童，則覺得倒懸山的破土動工，只要涉及「山」字印本體，哪怕一絲一毫，就是對師尊的大不敬。

當時兩人爭吵不休，甚至不惜為此大打出手，事後他們各自在上香樓點燃三炷香，驚動了常年待在天外天的掌教師尊。師尊返回青冥天下的白玉京，親自頒布了一道旨意，這對師兄弟方才消停。在那之後，原本權位幾乎不輸師兄的小道童一氣之下，就不再處理任何倒懸山事務，全部甩給大天君，自己就守著這麼一個蒲團。

坐在拴馬樁上的抱劍男子，整個大白天都在酣睡，到了晚上反而清醒得很，眼神明亮得如同皎皎明月，滿臉看熱鬧的笑意，左右張望，似乎在等人。左等右等，沒有等到人，他便有些不耐煩，跳下拴馬樁，繞過鏡面大門，來到小道童旁邊蹲著，耳畔唯有小道童慢悠悠的翻書聲。

小道童最近心情本來就很糟糕，他雖是大天君這一脈的道人，卻與三掌教陸沉關係最親近，見到那個姓陸的娘娘腔就煩；小娘娘腔口氣恁大，更煩；師兄大天君跟人打架打輸了，還是煩。

天底下怎麼就有這麼多煩心事？

還沒有被陸沉騙到倒懸山之前，他待在那座白玉京，可沒有這麼多煩心事，每天陪著陸掌教在頂樓的欄杆上散步，眼巴巴等著師尊從天外天返回白玉京休養生息，偶爾運氣好還能遇到百年難遇的道祖老爺。道祖老爺是個大忙人，很少出現在白玉京，要麼在不知名的祕境雲遊，幫忙穩固氣運，將祕境打造成可供修士居住修道的洞天；要麼在那座小蓮花洞天觀道。道祖老爺當然已經不需要悟道了，所謂觀道，按照自家師尊的說法，也只是觀看別人的小道罷了。

小道童受不了身邊的抱劍漢子：「歸根結底，不就是個小姑娘嘛，有什麼好瞧的。」

抱劍漢子笑道：「你不懂，我這戴罪之身，在此受罰，難得有點小興趣。」

小道童合上書，咧嘴笑道：「喲，小興趣？多小？」

中年男子搖頭嘆息道：「跟你這種傢伙聊天，真沒啥意思。」漢子又補了一句，「還是咱們隔壁那一對，比咱們合得來，這不現在都已經開始小賭怡情了。」

小道童這才有了點興致：「賭什麼？」

抱劍漢子試探性問道：「蒲團借我一半坐坐？」

小道童紋絲不動，冷笑道：「你覺得呢？」

漢子不再糾纏這點，繼續道：「隔壁老姚在跟那位佩刀的道姑賭，天亮之前，小姑娘返回劍氣長城的時候，是一個人還是兩個人。」

小道童問道：「就不能是一個都不回？」

抱劍漢子搖搖頭，望向遠方：「她一定會回劍氣長城的。」

小道童問道：「因為寧、姚兩個姓氏的榮光？」

漢子嘆息一聲，神色複雜。

小道童眼睛一亮，隨手揮袖，心中以寶瓶洲口音默念兩個名字後，有兩道青色符籙隨手而生。

抱劍漢子一彈指，將那兩縷比青煙還縹緲的符籙擊碎，沒好氣道：「非禮勿視，非禮勿聞。」

兩道符籙，一張天地回聲符，一張清風拂面符，前者能夠在天地間快速游弋，只要有人交談時涉及畫符之人默念的文字，這張符籙就可以悄然記錄對話；後者則可以找到符籙所繪的人物，傳回一幅幅畫面。

兩者品秩很高，極難畫成，在山上屬於雞肋，天地回聲符也好，清風拂面符也罷，遇上術法禁制、煞氣濃郁的地方，會急劇消耗符籙靈氣，例如門神坐鎮的大宅、文武廟、城隍閣、亂葬崗等。符紙材質越好，引起的動靜就越大。動靜太大，被修士察覺後，自然會被視為挑釁，循著蛛絲馬跡，很容易就找到畫符之人，最終引起糾紛，所以這兩張符籙，只適合於「無法」之地的遊蕩偵察。

不過小道童在倒懸山自家地盤駕馭這兩道符籙，當然沒有任何問題，只可惜被那位倒懸山劍仙彈指破去。

抱劍漢子問道：「賭不賭？」

小道童興致缺缺搖頭道：「不賭，你這個爛賭鬼，賭品之差，在倒懸山能排進前三。我跟你賭，賭輸了，我肯定給你東西；賭贏了，肯定拿不到東西。賭什麼賭，不賭。」

漢子意態蕭索：「我這輩子算是沒啥盼頭了，就連當個賭鬼，都不能排第一。」

小道童想起一件有意思的事情，笑嘻嘻道：「你算好的了，瞧瞧敬劍閣裡頭那兩把破劍再回頭看看自己，路過此地的各方人士，不論是劍氣長城的還是浩然天下的，誰不對你畢恭畢敬？在他們看來，你這位活著的大劍仙放個屁都是香的。」

抱劍漢子沒有惱火，自嘲道：「這麼說來，我在這兒看門，確實不該有什麼怨言。」

小道童放下書，雙手抱住後腦勺，仰頭望向天幕。

漢子喃喃道：「對於市井百姓而言，離家一百年後，家鄉差不多就該變成故鄉了。對於錬氣士，一千年怎麼也夠了，那我們這撥一萬年以上的刑徒流民呢？」

小道童沒有回答這個問題，他回答不了。

倒懸山夜幕深沉，大門那一邊，烈日高懸。同樣有兩人坐鎮門口，還是劍氣長城和倒懸山各一人。

一名灰衣老劍修正在光明正大地淬錬本命飛劍，旁邊站著一位懸佩法刀的中年道姑。

道姑皺眉道：「寧丫頭私自去往倒懸山，不合規矩，到時候大天君問責下來，我就實話實說了。」

老劍修點頭道：「照實說便是，由我擔著。」

遠處走來一群少年、少女，俱是劍氣長城鼎鼎有名的寵兒，人人出身顯赫，都可謂天之驕子。在最近的這場大戰之中，不到三年時間，這撥孩子已經出征三次，其中也少了兩人，一個綽號為小蛐蛐的少年是戰死在城頭以南的沙場上，一個是歷練完成，返回了儒家學宮。

俊美少年腰間懸佩兩把長劍，一把有鞘，名經書；一把無鞘，名雲紋。

一個胖子少年，天生一副笑臉，卻殺氣最重，腰間佩劍紫電。

一個獨臂少女，背著一把不合身的大劍鎮嶽。

一個面容醜陋、滿是疤痕的黝黑少年，佩劍紅妝。

老劍修看到這幫兔崽子，沒個好臉色，繼續鍊劍，倒是跟劍氣長城各大家族沒有半點淵源的師刀房道姑有些由衷的笑臉，跟這些孩子打招呼。

說這些傢伙是孩子，也只是因為他們的個子和年齡，其實他們的錦繡前程、未來的成就高度，幾乎整座劍氣長城的人都看得到。他們走上城頭，再走下城頭去往南方的戰場，親身經歷一場場廝殺，其實已經贏得了足夠的敬重。

在劍氣長城，不管你姓什麼，都需要趕赴戰場。

當然也會有些區別，就在於護陣劍師的修為境界。貧窮門戶的少年、少女劍修只能老老實實接受劍氣長城安排的劍師，而那些大姓家族的子弟，身邊肯定會有人祕密跟隨，多是暫時沒有任務在身的強大扈從。除非身陷必死境地，否則這些人不會輕易出手相助。

劍氣長城以北的土壤，一寸一寸都浸透著從古至今代代傳承的劍氣；以南，則一寸一寸都滲透著祖祖輩輩的鮮血。

這撥人性情各異，胖子糾纏著師刀房道姑，模仿某人說著蹩腳的葷話，結果反而被那位倒懸山道姑說成呆頭鵝；獨臂少女使勁盯著老劍修的錬劍手法，俊美少年一臉不悅；黝黑少年則木然望向那道大門，聽說咫尺之遙，就是另外一座天下了，而且在那邊，日月都只有一個，那邊的風景山清水秀，少年實在無法想像什麼叫山清水秀。

俊美少年以雙手手心不斷拍打劍柄，顯得有些不耐煩，他埋怨道：「要是見著了那個傢伙，我怕我會忍不住一劍砍過去，到時候你們一定要攔著我啊。」

胖子嘿嘿笑道：「攔什麼攔，砍死拉倒。到時候你再被寧姚剁成肉醬，一下子少了兩個礙眼的傢伙，豈不是一舉兩得。放心，經書和雲紋兩劍，我會幫你保管的。」開過了玩笑，胖子少年有些無奈，「關於那個傢伙，寧姚不願多說，翻來覆去就那麼幾句話，驪珠洞天的傻子、爛好人、財迷……我怎麼覺得，還是學宮的書呆子更討喜一些呢？人家好歹跟咱們並肩作戰了多次，還救過董黑炭一次，勉勉強強配得上寧姚。」

醜陋少年狠狠瞪了眼胖子，後者哪裡會怕，拋了個媚眼回去。

俊美少年問道：「會不會是咱們想多了啊，就寧姚那性子，這輩子能喜歡上誰？」

獨臂少女認真想了想，惜字如金的她蓋棺論定道：「難！」

倒懸山後半夜，一個身穿墨綠長袍腰懸雙劍的英氣少女出現在孤峰山腳附近，她看也不看抱劍漢子和小道童一眼，徑直走入鏡面。

剎那間，她又由鏡面走出，烈日當空，她抬起頭，下意識瞇起了眼睛。

大門內外，抱劍男子和小道童，灰衣老劍修和師刀房道姑，不約而同地對視了一眼。

至於那些少女的同齡人——對她充滿了仰慕和敬重的朋友們，一個個沒心沒肺地如釋重負，覺得只有寧姚一個人返回劍氣長城的今天，天氣真不錯。

走著走著，黑炭似的董姓少年轉頭道：「寧姐姐？」

寧姚「嗯」了一聲，加快步伐，跟上他們，然後又越過他們。

歡聲笑語的四人便沉默了下來。

倒懸山敬劍閣外，陳平安站起身，打算返回鸛雀客棧。

就在他起身後，遠處走來一對夫婦模樣的中年男女，穿著素雅，相貌皆平平，他們面帶笑意，只是瞥了他一眼，就望向了身後的敬劍閣。

陳平安低頭別好那枚其實一直沒有喝的酒葫蘆，就要離去。

婦人柔聲笑道：「我們是第一次逛敬劍閣，聽說這裡很大，有什麼講究和說法嗎？」

陳平安停下腳步，略作思量，點點頭：「不然我帶你們逛一下？」

男女相視一笑後，俱是點頭：「好的。」

陳平安其實有些意外，難得在倒懸山遇到會說寶瓶洲雅言的人，只是走了這麼遠，曉得僧不言名、道不言壽，遇上陌生人，貿貿然詢問對方是何方人氏，好像並不妥當。

陳平安帶著那對夫婦走入敬劍閣，將金粟告訴他的，再告訴夫婦一遍。陳平安從小就記性好，一間間屋子的仙劍仿品和劍仙畫卷，只要是上了心的，陳平安第一時間都能給夫婦說出姓名、劍名和大致履歷。

帶著夫婦遊覽過去，陳平安心裡生出了一個念頭，既然用過了劍，那就在倒懸山多待一段時間，將敬劍閣裡某些有眼緣的劍仙和仙劍都一一記錄下來，以後回到落魄山竹樓，無聊的時候可以拿出來翻一翻。就像那些刻著美好詩句、人世道理的小竹簡，在太陽底下曬著它們的時候，哪怕遠遠看著，陳平安都會覺得格外舒服，心裡暖洋洋的，好像陽光不是曬在小竹簡和文字上，而是曬在了自己的心頭上。

摘抄臨摹的時候，剛好可以練字，就是不知道倒懸山的筆墨紙，會不會很貴。

那個年輕婦人笑道：「你的記性很不錯。」

陳平安收起思緒，咧嘴一笑。這點本事，在山上算不得什麼，想來這個夫人肯定是在客氣寒暄。陳平安這次還真是妄自菲薄了，因為那對眼力極好的夫婦已經確定，陳平安每次望向某一柄仙劍仿品的時候，便已經胸有成竹，這叫眼光未到，心意已至。這是劍修的一個著名瓶頸，決定了劍修的最終高度，是被飛劍拘役本心的小小劍修，還是駕馭萬千劍意的大道劍仙。

走過了大半屋子，陳平安還是不厭其煩地跟隨著看得仔細的夫婦。

那個從頭到尾沒怎麼說話的男人，突然說道：「我先去前邊等你們。」

婦人點點頭，繼續跟陳平安閒聊。

陳平安雖然來過一趟敬劍閣，但是對於劍氣長城，除了牆壁上這些名垂千古的劍仙，其實幾乎不瞭解。反倒是那個慕名而來的婦人，娓娓道來，說了好些劍仙的傳說事蹟，比如姓董的開山老祖，佩劍之所以名為「三屍」，可不是他信奉道教，而是他曾經孤身進入妖族天下的腹地，一路上斬殺了三頭上五境大妖，董家因此在劍氣長城崛起。後來董家歷任家主，幾乎都曾親手斬殺過玉璞境，甚至是仙人境的大妖……

既然聊到了董家，婦人就興沖沖地帶著陳平安去找那把名為「竹篋」的仙劍的仿品。佩劍主人是董家一位中興之祖，當時董家本來已經香火凋零，家主被一個大妖重傷致死，家族內出現了青黃不接的境況。有一位年紀輕輕的董家金丹境劍修毅然決然地帶著一把祖傳的一丈高，走上了老祖走過的那條斬妖之路。

在所有人都不看好的情況下，這位劍修一人一劍於兩百年後返回劍氣長城，還背著一只竹篋，竹篋裡裝著一頭十三境大妖的頭顱，而他在登上城頭之前，以已經接近崩碎的佩劍一丈高，在劍氣長城上刻下了那個「董」字。在那之後，此人新鑄一把佩劍，取名為「竹篋」，董家從此一直是劍氣長城最有分量的姓氏之一。

婦人得知少年姓陳之後，便笑著問陳平安有沒有注意到那把「飛來山」。

陳平安笑容靦腆，有點難為情。因為這把名字古怪的仙劍的主人姓陳，所以陳平安尤為留意，記得一清二楚。事實上只要是姓陳的劍仙，陳平安連仙人帶佩劍都記得很用心。若是學過繪畫，或是身邊有桂花島畫師那樣的丹青妙手，陳平安都想在接下來的一段時間將這些劍仙的模樣一起搬回落魄山。

婦人笑著為陳平安挑選了幾位陳氏劍仙，說了那些蕩氣迴腸的故事。

以言語說來，而不是言簡意賅的寥寥幾句記載，故事往往會變得十分精彩，像是光陰長河之畔的一道道豐碑，一株株依依楊柳，後世人站在樹下就能感受到它們的樹蔭，樹蔭之外，狂風暴雨，那一段歲月河流，洶湧澎湃。

原本打算以後都不再喝酒的陳平安，又情不自禁地喝起了酒。

不被喜歡的姑娘喜歡，是一件很傷心的事情，可天沒有塌下來，該怎麼活，還得怎麼活。這是陳平安重返敬劍閣後，突然想明白的一件事。但是陳平安不會在瞭解了這麼多劍仙風采後，就覺得自己的這樁傷心事，是什麼無足輕重的小事。

這比在落魄山竹樓被打得生不如死，還要讓他覺得難受。

兩種難受，不一樣。

前者熬過去，就熬過去了，可是後者的難受，一天、一個月、一年、十年、百年，甚至可能一輩子都未必熬得過去。最奇怪的地方，是陳平安一想到如果將來有一天，自己喜歡上別的姑娘，就會更加難受。

不知不覺中，從一開始陳平安的領路，到最後婦人大篇幅的描述講解，自然而然，兩人都沒有覺得有什麼不妥。

陳平安看到了那個男人，他站在最後一間屋子門口，笑望向自己和婦人。

男人不愛說話，之前一路同行的時候，只是偶爾打量一眼陳平安。

他們走入最後那間屋子，走到了茱萸和幽篁的劍架那邊，婦人驚訝地「咦」了一聲：「怎麼這兩位沒有畫像了？聽說茱萸劍的主人，是劍氣長城很英俊的男子啊。」

陳平安有點尷尬，小心翼翼地瞥了眼身旁的男子，可莫要打翻醋缸子啊。

不承想男人立即還以顏色：「幽篁的女主人，也是一位天下少有的大美人。」

陳平安頓時為婦人打抱不平。女子開幾句玩笑，又能如何？你身為男人，就該大度一些啊，怎能如此針鋒相對？

婦人白了一眼自己男人，對陳平安笑道：「這次謝謝你領著我逛了敬劍閣。」

陳平安擺手道：「沒事、沒事，我自己都愛逛這裡，以後幾天還要來的。」

男人瞇起眼道：「聽說敬劍閣有個小傻子，喜歡給這兩把劍和劍架擦拭口水，該不會是你吧？」

陳平安不願節外生枝，便裝著一臉茫然，使勁擺手道：「不是、不是，我怎麼會那麼傻呢？」

婦人偷偷一腳踩在男子腳背上，然後對陳平安道：「我們要走了，你要不要一起離開這裡？」

男人突然問道：「看你也是個愛喝酒的，你想不想喝酒？我知道有個喝酒的好地方，價廉物美，不是熟人不招待。」

陳平安搖搖頭。

男人沒好氣道：「請你喝酒你就喝，在倒懸山還怕有歹人？再說了，你看我們夫婦二人，像是垂涎你一把破劍、一只破養劍葫蘆的人嗎？」

陳平安又有些尷尬，這個男人，說話也太耿直了些。

男人又挨了婦人一腳，婦人埋怨道：「是誰說最恨勸酒人了？」

男人不敢跟自己妻子較勁，就瞪了眼陳平安。

陳平安對婦人展顏一笑，男人越發氣惱，卻已經被婦人拽著走向屋門口。

三人一起走出敬劍閣，走下臺階。

男人憋了半天，問道：「真不喝酒？倒懸山的忘憂酒，整座浩然天下的酒鬼、酒仙都想喝，據說是當年儒家禮聖留下的獨門釀酒法子，過了這村兒，就沒這店兒，你小子想好了再回答我。」

陳平安低頭看了眼養劍葫蘆，裡頭是沒剩下多少桂花小釀了。

男人嘖嘖道：「小子，就你這婆婆媽媽的脾氣，估計找個媳婦都難。」

這一刀子真是戳在陳平安心窩上。他心想，老子就是太不婆婆媽媽了，現在才跟一個孤魂野鬼似的，大半夜還在倒懸山遊蕩，不然說不定現在還在跟寧姑娘散步賞景呢！

陳平安冷哼道：「不喝酒！沒媳婦就沒媳婦！」這算是陳平安難得地發脾氣了。

陳平安偏移視線，對著那位夫人，他的臉色就好太多了，他拱手抱拳道：「夫人，後會有期。」

年輕婦人微笑道：「倒懸山的忘憂酒，是該嘗一嘗，便是尋常的玉璞境鍊氣士，也一杯難求。我們是跟那邊的店掌櫃有些香火情，才能進酒鋪子喝酒。你如果真喜歡喝酒，就不要錯過。嗯，哪怕不喜歡喝酒，最好也不要錯過。」

陳平安有些猶豫。

男子開始告刁狀了：「瞅瞅，扭扭捏捏，妳喜歡得起來？反正我是不太喜歡。」

陳平安黑著臉，心想老子要你喜歡做什麼。其實陳平安今夜就像一個大醉未醒的漢子，脾氣實在算不得好，畢竟泥菩薩也有火氣。

婦人不理睬小肚雞腸的男人，拍了拍少年的肩頭，打趣道：「走，一起喝酒去。到時候你只管喝酒，別理這個傢伙的嘮叨。酒杯最大，山高水遠，酒水最深。」

陳平安撓撓頭，便跟著婦人一起前行。男人跟在兩人身後，回望一眼敬劍閣，扯了扯嘴角。

一位負責看守敬劍閣的倒懸山道姑，在被人一把甩出敬劍閣後，來到孤峰山腳的廣場上，對著那位正在翻書的小道童泫然欲泣，向這位自家師尊控訴那名男子的罪行。

小道童心不在焉地聽完道姑的憤懣言語，問道：「妳還不知道他是誰吧？」

這位金丹境的道姑茫然搖頭。

小道童點點頭：「那就是不知者無罪，妳走吧。」

道姑越發疑惑。

後邊拴馬樁上那名抱劍漢子幸災樂禍道：「教不嚴、師之惰。」

小道童怒道：「放屁，這是儒家的王八蛋說法，我這一脈從不推崇這個！做人修道，什麼時候不是自己一個人的事情了？」

道姑嚇得瑟瑟發抖，待在原地，低眉順眼，絲毫不敢動彈。

抱劍漢子非但沒有見好就收，反而火上澆油，嬉笑道：「難怪上香樓裡頭，你們道祖老爺的畫像掛那麼高，距離你們的三位掌教，隔著十萬八千里遠。」

小道童一個蹦跳站起身：「你找打？」

抱劍漢子哈哈笑道：「幸好你沒說『你找死』，不然我就要批評你胡說八道了。我這個人別的優點沒有，就像阿良說的，就是直腸子，所以拍馬屁和揭人短兩件事，阿良都說我在劍氣長城是排得上號的。」

小道童氣得咬牙切齒，雙手負後，在那個大蒲團上打轉，喃喃自語：「你以為你是這邊的阿良？你一個土生土長的那邊流民……如果不是師尊告誡，要我與人為善，我今天非把你打得面目全非，才不管你是不是在這邊受到天地壓制跌了半個境界。勝之不武咋了，打得你一年不敢見人，那才痛快，打得你就跟當年孤峰上邊的師兄一樣……看你不順眼好幾年了……」

那個本想著讓師尊幫她撐腰的道姑，看到破天荒發怒的師尊，悔青了腸子，自己就不該走這一遭。尤其是當師尊不小心洩露了一些天機之後，道姑覺得自己在倒懸山的日子，不會很好過了。

那位坐鎮中樞孤峰的師伯大天君，可能懶得搭理自己，可是他的大弟子，那位手捧拂塵的蛟龍真君，如今的倒懸山三把手，可是出了名的尊師重道，一定會讓她把小鞋穿到地老天荒的，一定會的……道姑欲哭無淚，為何自己攤上這麼個從來不護犢子的師尊啊。

敬劍閣外的街道上，陳平安莫名其妙地跟夫婦兩人逛完了敬劍閣，又莫名其妙地跟著兩人去那什麼酒鋪子喝什麼忘憂酒。

好像過了很久，又好像不到一炷香工夫，三人就來到了一間尚未打烊的酒鋪。酒鋪生意冷清，鋪子裡竟然一個客人都沒有，只有一個趴在酒桌上打盹的少年店夥計，一個在櫃檯後逗弄一隻籠中雀的老頭子。

老掌櫃瞥了眼夫婦二人：「稀客稀客，這酒必須得拿出來了。」他瞥了眼兩人身後的背劍少年，皺了皺眉頭，嘆息一聲，沒有說什麼，好像是礙於情分，這才睜一隻眼、閉一隻眼。老人朝那個憊懶夥計暴喝一聲：「許甲！睡睡睡，你怎麼不睡死算了！來客人了，去搬一罈酒來！」

名叫許甲的少年猛然驚醒，擦了擦口水，有氣無力地站起身，佝僂著搬了一罈酒，放在落座三人的桌上，打著哈欠道：「三位客官，慢慢喝，老規矩，本店沒有吃食。」

婦人點頭致意，然後對坐在對面的陳平安笑道：「有個很厲害的和尚，有一次雲遊至此，喝了忘憂酒，讚不絕口，聲稱『能破我心中佛者，唯有此酒』。」

掌櫃老頭子笑道：「那可不，老和尚是真厲害，恐怕讓阿良砍上幾劍，都破不開那禿驢的方丈天地。」說到底，還是想說自家的酒水，天底下最厲害。

陳平安在倒懸山聽到別人提起阿良，心底很是開心，這一次，他是真的想喝一點酒。

老頭子一拍櫃檯，怒氣衝衝道：「他娘的，一提起阿良就來氣！欠了我二十多罈酒的錢，全天下數他獨一份！當年婆娑洲的陳淳安，前不久的女子武神，還有更早的那些諸子百家老東西，誰敢欠我酒水錢？咱們就說中土神洲的那位讀書人，他最落魄那會兒，就是個小小觀海境鍊氣士，斗酒詩百篇。斗什麼酒，就是我這兒的酒！可他來來回回三次，總計也才欠了我不到四、五罈酒的錢，阿良這是造孽，我這是遭殃啊！」

婦人朝陳平安眨了眨眼睛，似乎是說老頭子就這脾氣，隨他說去，你甭搭理。

少年店夥計悶悶不樂道：「老頭子，你別提阿良了行不行，小姐為了他至今還沒返回倒懸山，我都要想死小姐了。」

老頭子頓時小聲了許多，嘀咕道：「那種沒良心的閨女，留在外邊禍害別人就好了。」

打開了酒罈，拿了三只大白碗，男人分別倒過一碗酒後，對陳平安直截了當地說道：「之後想喝就喝，不想喝拉倒。」

陳平安小心翼翼地喝了一小口，沒啥大滋味，就是比起桂花小釀稍稍烈一點，可也談不上燒刀子斷肝腸的地步。陳平安又接連抿了兩小口，喉嚨和肚子仍是沒啥動靜，便澈底放下心來。估計這忘憂酒是另有玄機，而不在口味上。

一罈酒，在每人喝了兩大碗過後，就見了底。

婦人又轉頭笑望向老掌櫃，多要了一罈子。老人看著笑容嫣然的婦人，嘆息一聲，親自去多拿了一罈，將兩罈酒輕輕放在桌上：「三罈酒，都算我請你們的，不記在帳上。」

陳平安喝得滿臉通紅，頭腦空靈清明，似乎沒有醉意，更沒有醉態，他明明能夠感受到自己的那種微醺狀態。喝過了酒，就想多說一點什麼，就像那些個酒嗝，憋著其實沒什麼，可到底還是一吐為快的好。

男子要麼埋頭喝酒，要麼望向店鋪外，神遊萬里。

婦人似乎喜歡跟陳平安聊天，從陳平安的家鄉一直聊到了兩次遠遊。陳平安既然沒有醉，就只挑可以講的那些人和事。後來不知怎麼就聊到了那個姑娘。

打定主意喝完四大碗酒就覆碗休戰的陳平安，默默給自己又倒了一碗酒，他沒有說送劍的事情，就說自己因某事離開家鄉，來了一趟倒懸山，剛好有個認識的姑娘，她的家在劍氣長城那邊，然後兩人見了一面，就這麼簡單。

婦人微笑道：「那你走了很遠的路啊？」

陳平安端著碗，想了想，搖頭道：「不遠啊，想著每走一步，就近了一些，就不會覺得遠了。」

男子冷笑道：「你跟那個姑娘認識了多久，相處了多久，就口口聲聲說喜歡人家？是不是太輕浮了一些？」

陳平安不知道如何反駁，只是悶悶不樂道：「喜歡誰，我自己又管不住自己，你要是覺得輕浮，我也管不了你。」

男子冷哼一聲，估計給陳平安這句話傷到了，關鍵是少年說得還很真誠。

山上傳言，不知真假，喝了忘憂酒，便是真心人。

婦人安慰道：「被姑娘拒絕了？不要洩氣啊，你有沒有聽過，有些人之間，註定只要相逢，就是對的。如果還能重逢，就是最好的。」

陳平安喝過了一大口酒，醉眼朦朧，但是一雙眼眸清澈見底，如溪澗幽泉，開心、傷感、遺憾、歡喜都在裡面流淌，而且乾乾淨淨。

他搖頭笑道：「喜歡一個人，總得讓她開心吧。如果覺得喜歡誰，誰就一定要跟自己在一起，這還是喜歡嗎？」說到這裡，少年的眼淚便流了下來，「我就是嘴上這麼說說，其實我都快傷心死了。我其實恨不得整個倒懸山、整個浩然天下都知道我喜歡那個姑娘。我只希望天底下就這麼一個姑娘，喜歡我……」說到最後，陳平安是真的醉了，以致忘了自己喝了幾大碗酒，他將腦袋擱在酒桌上，口中碎碎念。

他甚至忘了自己如何跟男子吵了架，甚至還打了架。

似夢非夢，似醒非醒之間，他好像一怒之下，還一鼓作氣從第四境升到了第七境，從此澈底與武道最強第四境沒了緣分。婦人好像還問了他，為一個姑娘的爹娘打抱不平，而放棄自己的武道前程，值得嗎？你以後還怎麼成為天底下最厲害的大劍仙？

陳平安當時的回答是：「喜歡一個姑娘，不是嘴上說說的。如果我今天不這麼做，你們如果是寧姚的爹娘，覺得我陳平安真正有錢了，修為很高了，成為大劍仙了，會為你們女兒付出很重要的東西嗎？不會的……那樣的喜歡，其實沒有那麼喜歡，肯定一開始就是騙人的……」

這一切，陳平安都已不記得。

老掌櫃神色自若，他見慣了千年萬年的人間百態。

那個少年店夥計在旁邊看得津津有味。

最後陳平安澈底醉死過去。

男人看了一眼少年，喝了口酒：「我還是不喜歡這小子，榆木疙瘩，笨、悶，不夠風流、不夠大氣，資質還湊合，心性馬馬虎虎，脾氣一看就是強的，以後如果跟閨女吵架，結果誰也不樂意退讓一步，咋辦？就咱閨女那性子，會服軟認錯？」

婦人笑道：「認錯？你也知道多半是咱們女兒有錯在先？知道少年會事事讓著她？」

男人有些心虛，悻悻然不再說話。

婦人突然微笑道：「想起來了，先前你說這孩子不夠風流，是文人騷客的風流，還是馳騁花叢的風流啊？」此語暗藏殺機。

男人靈機一動，端起酒碗，豪邁道：「是在劍氣長城上刻字的風流！」

婦人笑了笑。

男人乾笑一聲，自己給自己找臺階下：「其實這個傻小子，挺好的，咱們閨女，還真就得找這樣的。」

婦人笑著望向店鋪外，沒來由喃喃自語道：「對不起啊。」

身邊的男人、女兒寧姚、劍氣長城，還有浩然天下，女子她都一併對不起了。

男女各自施展的障眼法，在陳平安醉倒了之後，都已經煙消雲散。

陳平安喜歡的姑娘，既像他，也像她。

與婦人並肩而坐的男人輕輕握住婦人的手：「我們只對不住女兒，沒有對不起任何人。」男人突然燦爛地笑了，望向陳平安：「咱們女兒的眼光，很了不起啊。」

女子笑著點頭：「隨我。」

男人突然無奈道：「這個缺心眼的傻閨女，說出那句話有那麼難嗎？」

婦人點頭道：「當然很難啊。哪個喜歡著對方的姑娘，希望喜歡自己的少年，喜歡上一個會死在沙場上的姑娘？」

男人一摸額頭：「完蛋！繞死我了！」

劍氣長城，斬龍臺石崖上。

她躺在那裡，輕聲道：「陳平安，你聽我說啊，我沒有不喜歡你。」

第六章　一枕黃粱劍氣長

清晨的陽光灑入酒鋪，老掌櫃正在吹口哨，逗弄那隻籠中雀。

小雀高冷如山上的仙子，老頭子反而鬥志昂揚，使勁炫技，口哨吹得可麻溜了。

少年店夥計正在勤勤懇懇地打掃屋子，本就纖塵不染的桌凳越發素潔。他時不時地朝桌凳呵一口氣，拿袖子仔細抹一抹，整個人洋溢著心滿意足的神采，好像對於這個倒懸山販酒少年而言，收拾一屋子東西，就是天底下最大的幸福。

趴在酒桌上的陳平安悠悠醒來，並無酩酊大醉後的頭痛欲裂，只是整個人恍恍惚惚。他茫然坐在原地，使勁想昨夜發生了什麼，只記得自己答應那對夫婦來喝什麼玉璞境修士都難得喝上的忘憂酒，之後竟然半點也記不起來了。那對夫婦是誰，自己跟他們聊什麼，他們什麼時候走的，全都忘了。

明明說好了是忘憂酒，結果忘的到底是什麼啊？

陳平安反而覺得更加憂愁了，總覺得心扉之間縈繞著一股淡淡的傷感，揮之不去。就像天濛濛亮，一隻黃雀停留在泥瓶巷祖宅的黃土視窗上，嘰嘰喳喳，有些擾人清夢，又捨不得趕走。

陳平安環顧四周，看見了正在辛勤勞作的少年店夥計和悠閒的老掌櫃。

子酒的帳。」

陳平安試探性問道：「結帳？」

正蹲在地上擦拭一根桌腳的少年夥計咧咧嘴，不說話。

老頭子笑道：「你們總共喝了四罈酒，其中三罈是我送的，你小子還真得結剩下一罈

陳平安問道：「多少錢？」

老人哈哈大笑：「錢？如果真要花錢買一罈黃粱酒，那可就有點多嘍。」

被掌櫃稱呼為許甲的少年嘿嘿笑道：「昨夜有個豈豈洲的富家少爺慕名而來，想要買一罈忘憂酒帶回家，掌櫃的不願意賣，說不是錢的事情，那少年就死纏爛打，非要問出價格，結果一聽價錢就嚇傻了，這不坐在門外臺階上發呆一整宿了，大概是還沒死心吧。」

陳平安問道：「劉幽州？」

老頭子點點頭：「就是這個小傢伙，豈豈洲劉氏的未來家主，被譽為多寶童子，一件方丈物裝了眾多法寶。因為猿蹂府的緣故，倒懸山都曉得這位有錢少爺的名號。有次他在中土神洲跟人結伴歷練，同行七人，遭遇勁敵，小傢伙一口氣拿出七件攻伐的上品法寶，然後把自己弄得跟烏龜殼似的，不提什麼聖人本名字符，光是神人承露甲就穿了兩件，眾人硬是靠法寶砸死了一頭高出他們兩境的地仙陰物。」

顯而易見，在老掌櫃眼中，這個小傢伙值得多嘮叨幾句。老掌櫃笑呵呵道：「這麼有意思的小傢伙，連我都差點沒忍住，想要送他一碗黃粱酒喝。」

陳平安有些汗顏，劉幽州這得是多怕死啊。

陳平安有些忐忑：「老先生，怎麼結帳算錢？」

老人想了想：「暫時沒想好怎麼跟你算帳，以後想到了再找你。」

陳平安頓時一顆心七上八下。

老人笑道：「也有可能你過完這輩子，我都想不起來了，所以別怕。」

陳平安略微鬆了口氣。

陳平安起身就要離開酒鋪，老人問道：「小子，黃粱酒還剩小半罈，不喝掉再走？」

陳平安伸手晃了一下酒罈子，果真還剩下小半罈，疑惑道：「不能拿走？」

老人搖頭道：「拿走了就忘不了憂，比尋常酒水還不如，暴殄天物，勸你別做這種蠢事。這酒有點小門道，其實他們夫婦現在就請你喝，本就是天大的浪費了，越晚喝越好，只不過世事難求『最好』二字，是個好就成了。」

陳平安便重新坐下，好奇問道：「不是叫忘憂酒嗎，為什麼掌櫃的經常說成黃粱酒？」

許甲瞪大眼睛，一副白日見鬼的表情：「你不知道這裡是哪裡嗎？」

陳平安越發奇怪：「難道不是倒懸山？」

許甲咧嘴道：「那你總該聽說過黃粱福地吧？」

陳平安仍是搖頭。

老人幫陳平安解了圍：「你不知道也正常，這塊福地與你家鄉的驪珠小洞天，是一樣的境遇，毀了。」

許甲趕緊丟了抹布，火急火燎道：「掌櫃掌櫃，接下來讓我來說，小姐說我講這一段的時候特別帥氣呢。」

老人呵呵笑道：「要麼我閨女眼瞎，要麼她喝多了酒說胡話，你覺得哪個可能性大一點？」

「小姐好著呢！」許甲咳嗽一聲，潤了潤嗓子，正色道，「如今這黃粱福地，就只剩下一點廢墟遺址了。早年黃粱福地最風光的時候，世間失意人都要來一趟，很熱鬧的。美人美景，美酒美夢，這塊福地裡都有，而且保證合乎心意，這才是最難得的地方。這裡還能映照出一個人的道心，許多勉強躋身上五境的玉璞境修士，當初僥倖破境，其實用了諸多百家祕法和旁門左道，所以就要專程跑一趟這倒懸山鋪子，先剝離出一魂一魄保持清醒，然後喝上一罈忘憂酒，借此機會，將自己的道心一覽無餘，或者抽絲剝繭，或者查漏補缺……」

許甲正說得抑揚頓挫，老人不耐煩道：「打住打住！一本老皇曆翻來翻去的，也不怕給你翻爛了。總之，現在一座黃粱福地，就只有咱們店鋪這麼點大的地方了。」

陳平安倒了一碗酒，左看右看，實在無法將一座福地與一間店鋪掛鉤。

陳平安喝了一口酒，問道：「老先生，昨天我沒有撒酒瘋吧？還有那對夫婦呢？」

老人反問道：「不記得了？」

陳平安搖搖頭。

老人笑道：「你自己都不記得了，我一個外人為什麼要記得？」

陳平安無法反駁，默默喝酒。

還是喝不出好壞，就是覺得好入口。

老人想起一事，指了指一堵牆壁，對陳平安說道：「瞧見那堵牆壁沒有，能坐下來喝酒的人，都可以去那邊題詩一首，或是寫上幾句話也行。」

許甲老氣橫秋地道：「喝過了酒，一種是醉死拉倒，後半輩子就在酒缸裡生和死了，到死都沒能醒酒；一種是澈底清醒，看透人生，一輩子還沒過完，就把好幾輩子的滋味嘗過了。這兩種人寫出來的東西，我覺得都格外有意思。客人，你要不要去試一試？」

老人氣笑道：「你可拉倒吧，牙齒都要被你酸掉了，屁大一個人，成天想著學阿良，你也不嫌臊得慌。」

許甲理直氣壯道：「小姐那麼喜歡阿良，我不學他學誰？」

老人感慨道：「學我者生，像我者死，你見了那麼多醉鬼，聽了那麼多醉話，這點道理都想不通？」

許甲嘿嘿笑道：「我學阿良，可沒學你。」

老人丟了一只酒杯過去：「成天就知道跟我耍嘴皮子！」

許甲輕輕接過酒杯，高高將其拋還給老頭子，一路小跑，給陳平安拿來一支毛筆：「留點念想在上頭。」

陳平安放下酒碗，無奈道：「我寫的字，很不行啊。」

許甲翻了個白眼，道：「能比阿良的蚯蚓爬爬更差？再說了，便是那些享譽天下的書法大家，不一樣被同行說成是石壓蛤蟆、死蛇掛枝、武將繡花、老婦披甲？」

許甲低聲道：「我跟你說實話，上邊任何人的任何字，再不好，在阿良的字面前，個個美若天仙！不信你自己走過去瞧瞧。」

陳平安沒有接過毛筆，他起身走向牆壁。這牆壁遠觀時只是白牆一堵，沒有任何墨寶，可走近再看，才發現上邊寫滿了詩詞、章句和警語，琳琅滿目。

有人的墨寶，鶴立雞群，是一篇草書詞句，占地極大，恰似花團錦簇，群芳爭豔，唯有一位絕代佳人占盡了風光。

也有一些格格不入的筆跡，其中最為醒目的，是歪歪扭扭的一行大字，就連陳平安都覺得不堪入目，內容更是讓人無言以對：「一想到有那麼多姑娘癡心等我，我的良心便有些痛。」關鍵是文字末尾，還鬼畫符般畫了一個笑臉外加一根大拇指。不用懷疑，這肯定是阿良的親筆手書，一般人根本沒這臉皮寫下這些字。

陳平安忍住笑，轉頭問道：「老先生，這也留著？」

許甲病懨懨道：「一來阿良死不要臉，說擦掉一個字，就當他還清了一罈酒；二來我家小姐特別喜歡這段話，覺得阿良就是在誇她呢。我家小姐還專門用一罈黃粱酒，跟一位小說家的祖師爺，換了一篇脂粉小說，就是專門寫她和阿良的……掌櫃，叫啥來著？」

老頭子冷笑道：「《纏綿悱惻》。」

許甲點頭道：「對，其實小姐當時還暗示那位小說家的祖師爺，寫得越直白、越露骨越好。後來估計是那人實在下不去筆，便寫得含蓄了些。小姐很不開心，這趟離家出走，她自己說是私奔。其實還有一件事情，就是找這個小說家的祖師爺的麻煩。小姐嫌他文章寫得差了，是沽名釣譽的騙子，一定要當面吐他一臉唾沫星子。」

陳平安的視線在高牆上逡巡，最後他低下頭，在一個小角落又看到了一列小字，字還是阿良寫的，但是並不扎眼：「小■，江湖沒什麼好的，也就酒還行。」

阿良將「小」之後的某個字，塗抹成墨塊。

陳平安問道：「寫什麼都可以嗎？」

許甲遞過筆，點頭道：「都行，只要是寫在空白處，寫什麼都成。」

許甲不忘提醒道：「客官，可別寫什麼某某某到此一遊啊，太俗氣了，哪怕是阿良這麼臭不要臉的內容，都好過到此一遊。」

陳平安接過筆，突然轉身跑向酒桌，喝了一大口酒，這才重返牆壁，半蹲著提筆在那個「小」字之後、墨塊之上的地方，寫下了一個小小的「齊」字。

　　小齊，江湖沒什麼好的，也就酒還行。

老頭子打趣道：「字沒啥靈氣，就是講規矩，但是待在阿良的字旁邊就顯得好了。你這叫作弊，不行，再在別處隨便寫點。」

陳平安點點頭，便開始挑選空白的地方，可是牆壁正中地帶密密麻麻，實在想要見縫插針其實也行，可總覺得是對前人不敬，而且敢在中間落筆的人，大多字寫得極好，極有韻味。陳平安實在不敢在正中落筆，便盡量往兩側和高低處望去。

許甲出聲提醒，伸手指了兩個地方，這兩處尚且留有不小的空白，一處在最高處的右側，一處在最底下的左側。

陳平安便挪步蹲在最左邊，深呼吸一口氣，寫下了三個字。

寫字之前，他想起了敬劍閣的那麼多劍仙和仙劍，所以他筆下三字是「劍氣長」。

許甲覺著那三個字中規中矩，實在沒勁，輕輕搖頭，不以為然，忍不住嘀咕道：「一看就是讀書不多的。」

老頭子難得附和店夥計，點頭笑道：「還有就是酒沒喝夠。喂，姓陳的大驪少年，莫要著急，先喝個一大碗酒，喝痛快了，寫點心裡話，沒你想的那麼難。請你們喝的三罈酒就能寫三句話，還有最後一次機會。」

陳平安卻已經將毛筆遞還許甲，對老人笑道：「不寫了。」

老人無所謂，仙人醉酒留墨寶，本就是討個彩頭的小事，錦上添花而已，少年既寫不出好字，如今更不是劍仙，他當然也就不會強人所難。

陳平安猶豫了一下，問道：「老先生，這半罈酒能先餘著嗎？我想去一趟劍氣長城，回來之後再喝，可以嗎？」

許甲使勁搖頭：「咱們酒鋪可沒有這樣的規矩，一罈黃粱酒揭了泥封，就要一口氣喝掉，沒有出了大門再來喝一趟的道理。」

老人思考片刻，點頭道：「這次可以。」

許甲急眼道：「這是為何？」

老人將鳥籠放在手邊，趴在櫃檯上，微笑道：「我喜歡『餘著』這個說法，吉利，喜慶。」

陳平安一步跨出酒鋪門檻，竟是一個踉蹌，站定後回頭再看，哪裡有什麼酒鋪，空蕩蕩的。

在那座不知所終的酒鋪內，老頭子打開鳥籠，長有金色鳥喙的小黃雀飛出籠子，只是它沒有靠近那堵牆壁熟門熟路地查探一人武運的長短，而是飛快地躲回了鳥籠，看得許甲目瞪口呆。

老人想了想，嘆了口氣：「罷了，一個小洲少年郎而已，便是有這份姻緣的苗頭又如何，短短百年，查與不查，無所謂了。」

許甲狠狠瞪了眼寫在最高處的一行字，絕大多數人都是從上到下，字成一列，最近百年，在阿良之後，前不久的一位女客人，是第二個橫著寫字的傢伙，而且之後嚇得小黃雀胡亂撲騰，半天也沒緩過來，跟生了一場大病似的。

許甲忍不住埋怨道：「都怪那女子武神的武運鼎盛，氣勢太嚇人！」

老人慈祥地望著那隻可憐兮兮的小黃雀，喃喃道：「苦了你了。」

世間有奇雀一對，可啄文運、叼武運，相傳雄雀被道家一脈掌教陸沉捕獲，雌雀為雜家祖師爺飼養。

陳平安走在一條僻靜小巷之中。雖然這頓酒喝得稀裡糊塗，但是喝過了酒，走出了鋪子，陳平安突然想明白了一件事情。

陳平安摘下養劍葫蘆，喝著所剩不多的桂花小釀，一邊喝酒一邊嘀嘀咕咕。

『寧姑娘，多半是真的不喜歡你了。否則當初在驪珠洞天，說好了要把劍鞘送你的，這次怎麼可能假裝忘記這一茬？陳平安，你真是一個倒楣蛋啊，寧姑娘這哪裡是喜歡、不喜歡，分明是討厭、不討厭你的事情了。』

想到這裡，少年苦中作樂，有些欣慰，這趟江湖總算沒白走，自己是長了好些心眼。

他還是決定親自去一趟劍氣長城。他不斷告訴自己，只是想去看一看那些刻在劍氣長城牆頭上的大字。大不了「無意間」跟某個姑娘在某地某時偶遇後，大大方方地笑著與她打聲招呼，只是在開場白「這麼巧啊」、「妳也在啊」之間，陳平安有些吃不准哪個更合適一些。

陳平安想得很用心，以至一點都沒有察覺自己身後，跟著一個快要氣死了、穿著一襲墨綠長袍的姑娘。

在寧姚忍不住要踹陳平安一腳的時候，陳平安竟然憑空消失了，好像被誰一把扯住，拽入了別處天地。

她一下子空落落的，視野和心頭都是，然後她充滿了憤怒。

在她不管不顧就要出劍，試圖破開天地間隙，去追尋陳平安的足跡瞬間，她突然有些臉紅，好像聽到了話語聲。她「哦」了一聲，對著陳平安消失的地方，又冷哼了一聲，然後她一路飛掠向孤峰山腳的廣場。

又他娘的見著了這個不講規矩的傢伙，小道童都快氣炸了，他狠狠摔了手中的書，從蒲團上跳起，大罵道：「小丫頭，妳真當倒懸山是妳家院子啊？想來就來，想走就走。三次了，三次了！哪怕是劍氣長城的劍仙，一輩子都未必能有一次，妳倒好，一天之內就兩次！」

抱劍漢子打了個哈欠：「有本事你打她啊。」

小道童怒道：「你真以為我不敢？我如果不是可憐她的身世，早一拳打得她……」

寧姚面無表情地走入鏡面大門，身體微微後仰，轉頭道：「你可憐我做什麼，我跟你又不熟。」

小道童總覺得小姑娘的這句話說得好沒道理，又好像有點道理。

抱劍漢子在拴馬樁那邊捧腹大笑。

陳平安離開鋪子後，倒懸山酒鋪門口成了一條僻靜小巷。

劉幽州蹲在一棵庭院高牆外的古槐樹下，百無聊賴地數螞蟻。地仙老嫗便安安靜靜守候在一旁，不打攪自家少爺發呆。

天邊泛起魚肚白，眼神明亮的劉幽州站起身，轉頭對老嫗說道：「我算是瞧明白了，倒懸山長大的螞蟻，跟市井坊間的螞蟻也沒啥兩樣嘛。」

老嫗習慣了少年天馬行空的想像力，微微一笑，輕輕點頭。

劉幽州瞥了眼老槐樹，興致不高：「不買了、不買了，太貴了，我還是心疼自己攢了那麼多年的壓歲錢。」

老嫗鬆了口氣，她還真怕少爺一時衝動，砸鍋賣鐵買下一罈忘憂酒。中五境的鍊氣士喝此黃粱酒，意義不大，皚皚洲劉氏再有錢，也不該如此揮霍，到時候少爺是註定不會受罰的，說不定家主和老祖宗們還要咬著牙擠出笑臉，誇獎一句你這孩子不愧是劉氏子弟，有大將風度，花錢眨眼那還是未來劉氏家主該有的樣子嗎？

她肯定免不了要被訓斥幾句，倒也不會因此埋怨少年，而是她想，那麼多壓歲錢，買一把半仙兵不是挺好？何必跟一罈酒嘔氣？

劉幽州打道回府，冷不丁問道：「柳婆婆，妳說柳姨有沒有從最北邊的冰原回來？」

當少年提及「柳姨」的時候，老嫗滿是褶皺和滄桑的臉龐立即洋溢起驕傲的光彩：「應該回了，運氣好的話，這個死妮子也許已經躋身武道第九境。少爺，按照約定，到時候就可以讓她帶你去北邊冰原遊歷，斬殺大妖。」

劉幽州到底還是有些少年心性，言語有些孩子氣：「那麼快到第九境做什麼？我爹說柳姨的武道最強第八境，意義之重大，不比尋常的十境宗師差了。我爹就當面勸過柳姨，如果不是迫不得已，不要隨隨便便破境。」

老嫗輕聲笑道：「家主當然是好心，可萬事莫走極端，若是能夠順利破境而強壓境界，對於純粹武夫而言反而不美，恐怕就要失去十境之上的所有可能性。當然，一般的天才也就算了，能夠勉強躋身十境，已是天大的奢望，可是你柳姨不一樣。」

劉幽州對這些涉及大道根本的事情一直不太感興趣，反而想著最不打緊的，嘆氣道：「柳姨也真是的，天天嚷著天底下的好男人死哪裡去了，還老是問我有沒有遇上好男人，我一個大老爺們，怎麼回答她？我爹給她介紹了那麼多皚皚洲的年輕俊彥，也沒見柳姨對誰心動過，真是頭疼。」

劉幽州又問了一個讓老嫗覺得好笑的問題：「如果有一天妖族大軍淹沒了劍氣長城，倒懸山咋辦？樹底下那窩螞蟻，爬得那麼慢，到時候搬家會來不及吧？」

老嫗神色和藹，溫聲道：「少爺，劍氣長城屹立不倒，這都多少年了。隔壁那座天下，妖族差不多每百年就要掀起一場大戰，這麼多年來，那幫茹毛飲血的畜生，在城牆下都撂下多少具屍體了，不一樣次次無功而返？一些個戰力驚人的大妖，最多只是在城頭上待一會兒，最後都會被一些個老劍仙攆下去。」

劉幽州「哦」了一聲，結果又跳回自己的思緒當中，不可自拔，憂心忡忡道：「咱們家那座猿蹂府比螞蟻窩還不如，是沒辦法挪走的，好在皚皚洲離著倒懸山最遠。唉，婆娑洲就有點慘了，到時候一定會硝煙萬里吧，不知道醇儒陳氏那位肩挑日月的老祖，能不能力挽狂瀾，將妖族阻擋在陸地之外。」

老嫗被少爺的杞人憂天給逗樂了，忍俊不禁道：「對啊，咱們皚皚洲跟這座倒懸山，不但隔著一個婆娑洲，還隔著一個八洲版圖加在一起都不如的中土神洲，少爺擔心什麼。」

劉幽州喃喃道：「我不是擔憂皚皚洲的安危，只是覺得打仗就要死很多人，心裡有點不舒服，婆娑洲好歹還有那位亞聖弟子第一人坐鎮，可是我們逛過的桐葉洲，還有馬上要去遊歷的扶搖洲，好像沒有特別拿得出手的厲害傢伙啊。」

老嫗還是笑：「少爺，不能把所有人都拿來跟你爹做比較啊。一位鍊氣士，不如咱們家主，就不厲害啦？可沒有這樣的說法。」

皚皚洲最有錢的人，跟皚皚洲最強大的鍊氣士，是同一個人——劉幽州的父親。

這個男人，比劉氏家族歷史上任何一位老祖都要修為更高，戰力更強。他最可怕的地方在於民風彪悍、仙師好戰的皚皚洲，從來沒有人能夠成功驗證這個男人的最終實力。

這個男人有一句在山上膾炙人口的名言：「能夠用仙兵和半仙兵解決的事情，就不要用拳腳了吧？」

劉幽州似乎對他爹頗有怨言：「妻妾成群，有什麼好的。」

老嫗打死也不敢置喙這位家主的好與壞。家主脾氣好是一回事，當奴做婢的人如果不懂規矩，又是一回事。

劉家死死掌握著那條玉礦山脈，樹大招風，每年死在嘴巴上的劉家下人，很多，暴斃的劉氏家族各房子弟，也不少。

劉幽州此刻身穿明黃色竹衣「清涼」，這件曾是大王朝皇帝心頭好的法寶，被譽為小洞天，而另外一件被皚皚洲劉氏湊成對的竹衣「避暑」，則有小福地的美譽。

劉幽州喜歡換著穿它們，穿著舒服，還不招搖，那些道家符籙法袍和神人承露甲之類太扎眼了，這不明擺著跟人說我有錢嗎？我有錢，但是我不喜歡說啊。再說了，其實我劉幽州也不算真有錢，這不昨夜一罈忘憂酒都不捨得買嗎？

劉幽州嘆了口氣：「柳婆婆，我真不能去劍氣長城啊？」

老嫗語氣堅定：「家主吩咐過，絕對不許去。」

劉幽州問了一個很直指人心的問題：「劍氣長城歸根結底還是浩然天下的刑徒流民，跟咱們這邊關係其實沒想像中那麼好，倒懸山的齷齪事多了去，他們跟妖族打生打死了這麼久，難道就沒有人一怒之下，乾脆就反出劍氣長城，投靠妖族？」

老嫗想了想：「劍氣長城有那些老劍仙和三教高人盯著，應該出不了大的亂子，但是這類人肯定是有的。想來是因為劍氣長城不願意宣揚家醜，外界並無太多傳聞。少爺，其實你不用太在乎那邊的形勢，據猿蹂府的情報，這一代劍氣長城的年輕劍修資質尤其好，而且不是只有幾個人，是雨後春筍一般，一起冒尖，幾乎能夠媲美三千年前那一撥劍仙。那一輩人可真是厲害，壓得妖族整整八百年都不敢挑釁劍氣長城，許多妖族終其一生都沒能見到那堵城牆。所以啊，我看未來幾百年，倒懸山都會是生意興隆的太平光景。」

少年有些傷感，喃喃道：「可是我們劉家掙錢的大頭，就是發死人財啊。」

老嫗想要提醒少爺在倒懸山要慎言，可看著少年神色失落的側臉，有些於心不忍。

一名猿蹂府老管事出現在兩人前方，路邊停著兩輛馬車，老管事輕聲道：「少爺，府上有貴客登門。」

劉幽州點點頭，登上一輛馬車。

到了猿蹂府，劉幽州看到一個中年男人和一個高大女子，滿身書卷氣的中年男人站著欣賞一幅掛畫，女子坐在那邊喝茶。

男子似乎是書畫行家，讚嘆道：「不承想這幅〈老蓮佝僂圖〉才是真跡，卓爾磊落，登峰造極，僅就畫蓮而言，五百年間無此筆墨者。」

在回猿蹂府的路上，為小心起見，管事並沒有跟劉幽州說到底是誰來訪，直到跨過猿蹂府大門門檻，才小聲告訴劉幽州，是中土神洲大端王朝的皇帝與國師連袂蒞臨府邸。

劉幽州作揖行禮：「劉幽州見過陛下和國師。」

那男子轉過頭，對少年笑道：「這次寡人是藉著國師需要借助小雷澤淬劍的機會，才忙裡偷閒，來這倒懸山透口氣。本來不願叨擾猿蹂府，只是聽說劉公子剛好也在倒懸山，便想著無論如何都要來此討要一杯茶水了。」

劉幽州再次作揖：「陛下太客氣了。」

大端，浩然天下最新的九大王朝之一。

吞併了某個舊王朝的大半版圖後，新的大端如今百廢待興，照理說皇帝和國師不該都離開廟堂。只是這些機密內幕，暫時不是劉幽州能夠揣測的，至於為何大端皇帝如此賣猿蹂府面子，劉幽州倒是一清二楚，大端王朝和前九大王朝之一的太玄王朝之間，一場牽扯到無數勢力的滅國之戰持續了將近十年，大端硬生生拖垮了太玄謝氏。這中間，皚皚洲的劉氏，或者說他爹的錢袋子，出力極大。

劉幽州直腰起身後，又對那位大端女國師作揖道：「小子仰慕國師已久。」其實劉家是大端王朝的幕後恩人之一，作為未來家主的劉幽州，不用如此放低姿態。

女子破天荒露出一絲笑意，放下茶杯：「跟你爹性情相差也太大了，挺好的。」

大端皇帝有些汗顏，這話算是好話嗎？

高大女子笑問道：「可曾去過劍氣長城？」

劉幽州一直畢恭畢敬地站著，搖頭道：「還不曾，家父不許我去，怕出意外。」

女子想了想：「我唯一的弟子，如今正在劍氣長城那邊砥礪武道，劉公子若是願意，可以與我同行，不會有意外。」

老嫗與猿蹂府老管事視線交匯，都覺得有些棘手，倒不是覺得大端國師在吹牛，而是涉及家主意願，下人們不敢擅自做主。

好在劉幽州已經搖頭婉拒：「不好違背家父，還望國師見諒。」

高大女子不以為意，點頭道：「我那弟子很快就要離開劍氣長城和倒懸山，讓他去皚皚洲歷練也好，劉公子不介意的話，可以捎上他。」

劉幽州神色輕鬆了一些，語氣也輕快了許多，笑道：「樂意至極！」

見那女子站起身，大端皇帝便開口笑道：「離開倒懸山的具體時辰，回頭寡人會讓人第一時間通知猿蹂府。不用送了，我們自己離開就行了。」

一男一女走出猿蹂府，準確來說，是一女一男，因為不管怎麼看，都像高大女子是大端皇帝，男子只是個跟班扈從。

兩人離開後，劉幽州才落座，他大汗淋漓，扯了扯竹衣清涼的領口，瞥了眼牆上那幅猿蹂府的鎮宅之寶〈老蓮佝僂圖〉，對老管事吩咐道：「拿下來裝好，給大端皇帝送去。」

老管事一臉為難。

劉幽州燦爛一笑：「聽我的。」

老管事默默點頭，聽令行事。

少年在老管事拿著那幅古畫離開正廳後，望著突兀的空白牆壁，笑問道：「柳婆婆，妳覺得掛那幅〈少年泛舟圖〉，好不好？」

老嫗滿臉惶恐，正要勸說少年千萬別意氣用事，劉幽州已經自顧自笑道：「不掛在這裡，回到了家裡，我掛在自己書房！走走走，為表誠意，我要自己畫一幅！柳婆婆，趕緊讓下人筆墨伺候！」

老嫗臉色複雜。

猿蹂府的四名侍女生得楚楚動人，其中兩人還是洞府境的鍊氣士，當她們滿懷期待地看著傳說中的少主，耗盡力氣畫完那幅畫後，侍女們就越發楚楚動人了，費了好大的勁，才忍著沒笑出聲。

劉幽州頗為自得，難看是難看了點，可誠意十足。

劉幽州的畫，跟店鋪裡牆壁上某人的字，有異曲同工之妙。只可惜劉幽州當時沒捨得花錢買一罈黃粱酒，否則見到了那些蚯蚓爬爬，說不定就要英雄相惜、相見恨晚了。

天地間有一堵城牆，刻著十八個大字：

道法、浩然、西天

劍氣長存、雷池重地

齊、陳、董、猛

在那場雙方各自派遣了十三位巔峰高手的賭戰之後，妖族毀約，不但沒有交出劍修遺留在劍氣長城以南的所有殘劍，反而惱羞成怒，掀起了一波波攻勢，只是此次斷斷續續的三次攻城戰，比起賭戰之前的那種孤注一擲、以命換命的戰鬥，力度都要略遜一籌。據說妖族內部有諸多大妖不願再次攻城，所以妖族氣焰不高。

劍氣長城最早是如何，如今還是如何，只不過多了十八個字而已。

這堵長城，曾是三教聖人聯手打造的一座關隘大陣，除非它被一鼓作氣徹底摧毀，否則很快就能恢復完整。若非如此，再高的城池，再堅固的山嶽，早就被夷為平地了。

駐紮在百里之外的妖族大軍數量眾多，如蟻攢簇，近期他們已經停下攻勢一月有餘，劍氣長城迎來了難得的安寧。

劍氣長城城頭僅是那條走馬道就寬達十里路。有一位不知歲數的老人就在城頭上結茅而居，老人的子孫早已在劍氣長城的北方城池之中開枝散葉，成為最大的幾個家族之一，但是老人從未下過城頭，年復一年，就在這裡守著。

老人脾氣古怪，從不許家族子孫來見他，倒是對一些別姓的孩子，偶爾有些笑臉。劍仙、大劍仙，一字之差，天壤之別。

在劍氣長城，大劍仙、老劍仙，一字之差，一樣大相徑庭。

一名劍修，想要在劍氣長城活得長久，不靠姓氏，只靠戰力。這位老人作為劍氣長城最年長的一輩人，經歷過太多的風雨，也肯定有過太多的遺憾。最近一次遺憾，可能在老人漫長人生當中都算大的，老人遺憾自己礙於規矩，未能出戰，才害得那麼一對神仙眷侶死得那麼不光彩。

他們兩人，是老人從小看著長大的，一年一年長大，一境一境攀升，到各自成長為最後的大劍仙。

老人覺得看著這樣的年輕人，才能讓人生有點盼頭，才能讓自己覺得世風沒有日下，還是有很好的年輕人的。

老人今夜獨自盤腿坐在城頭上，他本命飛劍之外的佩劍，已經斷了一把又一把，最後便乾脆不用了。

劍氣長城的所有老人和孩子，實在太熟悉這個不知道到底有多老的老人了。老人脾氣很怪，他們早就不愛跟老人打交道了。

前些年，倒是有個不知來歷背景的外鄉少年，死皮賴臉在老人茅屋後邊又搭建了一間小茅屋。最近每次妖族攻城，少年就只是守著老人和自己的茅屋，從不主動出手。

其實也沒有人苛責外鄉少年，畢竟一個四境的純粹武夫，能夠待在城頭上吃喝拉撒就很不容易了。

眼眶凹陷、顴骨突出的滄桑老人陷入沉思。

如果不是在這座城頭上，而是在倒懸山那邊的浩然天下，恐怕誰看到這位弱不禁風的瘦小老人都不會相信，老人會被某個吊兒郎當，卻刻下一個「猛」字的傢伙，稱為「老大劍仙」。

一對夫婦模樣的男女出現在老人身後。

老人沒有轉頭，沙啞道：「你們剩下的光陰不多了，還需要我做什麼嗎？只管說。只要不涉及兩座天下的走向，規矩、不規矩的，我可以不用管。再說了，我當初強行收斂你們的殘餘魂魄，本就已經壞了規矩，那兩個老傢伙不也一樣睜一隻眼、閉一隻眼。」

男子輕輕握住婦人的手，搖頭道：「已經很好了。」

婦人瞪了眼男子，笑道：「有的。」

老人擠出一絲笑意：「丈母娘看女婿，越看越順眼？嗯，好事，總好過找了一個不成材的。說吧，是送給那小子一把仙兵，還是讓我親自教他劍術？」

婦人猶豫道：「可能要更難一些。」

消瘦老人轉過頭：「怎麼說？」

男人無奈道：「那孩子的長生橋被人打斷了。」

老人皺了皺眉頭：「毀人長生橋，天底下就數咱們劍修最擅長。要重建長生橋，可比登天還難，而且別人幫著搭建長生橋的劍修，如果我沒有記錯，歷史上就沒一個人能躋身上五境，畢竟修道就已經是逆天而行，斷橋之後修橋再修道，更是被大道記恨，極有可能會被盯著不放。你們真考慮好了？不怕適得其反？」說到這裡，老人微微笑道：「畢竟別人登天不易，我登天不難。」

婦人有些猶豫不決，她在這件事上跟男人是有爭執的，男人覺得順其自然，武道也未必不行，她作為站在山巔看過大道風光的劍修，知道武夫的山頭要矮他們鍊氣士一頭，這既是事實，也有淵源和根據。她不是瞧不起那孩子的武道，而是行走武道這條斷頭路，走到最高處的可能性比鍊氣士更小，實在是太小了，不然為何稱其為「斷頭路」？

男人對她笑道：「不如就這樣吧，讓那個小子自己闖去，最後他能走到哪裡，都隨他了。」

婦人還是有些放不下，問道：「不然幫他跟陳爺爺求一把仙兵，就當是咱們閨女的嫁妝了？」

劍氣長城這邊，無論老幼，只有兩人習慣喊老人為陳爺爺，當然戴斗笠、挎刀離開此地的某人，曾經也是例外。

男人氣呼呼道：「且不說他這輩子用不用得起一把桀驁難馴的仙兵，只說他陳平安身為一個男人，哪裡需要這種施捨而來的機緣——」

婦人打斷男人的大道理：「還只是個少年呢。」

男人無言以對。

老人雖然很喜歡這對夫婦，可是也不愛聽他們的雞毛蒜皮。

聽到少年的名字後，老人再次轉頭問道：「少年也姓陳？」

婦人笑道：「你說巧不巧，他在喝過黃粱酒之後，在牆壁上隨心所欲寫下的文字，就是『劍氣長』。」

老人笑望向這對夫婦。

男人趕緊擺手道：「絕無謀劃，自然而然。」

婦人也是使勁點頭，神色坦然，唯恐這位受人敬仰的老劍仙誤以為是他們在算計他。

老人一怒，後果……不堪設想！

老人隨隨便便伸出一手，便從浩然天下的倒懸山將一個少年抓到了這座天下的城頭。

劍氣與劍意鋪天蓋地，無處不在，如海水洶湧倒灌陳平安的氣府，令他幾乎窒息。

陳平安如一條原本在溪澗優哉游哉的小魚被摔在了岸上，而且所謂的岸上，還是那種在日頭曝曬下乾裂的泥地，隨便掙扎蹦跳一下，就會使得一身僅剩的水氣變得點滴不剩。

老人打量了一眼懸停在城頭空中、滿臉痛苦不堪的少年，又隨手一揮，將那少年送回倒懸山，對一頭霧水的夫婦二人笑道：「這樣不也挺好。」

陳平安搖搖晃晃，好不容易才站穩身形。

如今藏在劍匣內的那張符籙，寄居著那個在彩衣國被陳平安降伏的枯骨女鬼，這一趟

「遠遊」，陳平安很遭罪，其實她更慘，差點徹底煙消雲散，所幸時間短暫，而且劍匣這座天然「槐宅」陰氣濃郁，替她抵擋住了絕大部分劍氣。

當時懸在空中的陳平安，看到了一位枯瘦老人、那對夫婦，以及那道長城。

孤峰山腳廣場那邊，寧姚走出鏡面之後，想了想，略微放緩腳步，還是面無表情，勉強算是對那個呆若木雞的小道童主動打了聲招呼：「這次比上次，跟你熟悉了一點點。其實還是不熟。」

小道童訥訥道：「如此無法無天，你們劍氣長城不管管？」

抱劍漢子仰頭望向只有一輪明月的夜空，自言自語道：「為了你們，我們死了那麼多人，浩然天下不管管？」

陳平安已經暈頭轉向，根本不知道自己在倒懸山什麼方位，四處並無大樹高枝，可以讓他登高眺望，街上只有宅門和高牆，陳平安哪裡敢隨便去人家牆頭站著，而且大清早的，行人稀少，知曉寶瓶洲雅言的更是一個也無。

自己一夜未歸，鸛雀客棧的金粟一定會著急，說不定還會驚動正在捉放渡卸貨的桂花島，陳平安難免有些焦慮。可今天漫步在冷清的街道上，陳平安又覺得就這麼慢慢走著，隨緣，能看到什麼景色就是什麼，其實也挺好。

一個人，哪能什麼都不麻煩別人，偶爾有個一、兩次，不用太愧疚。

走著走著，陳平安就看到了她。

寧姚站在街道那一頭，緩緩走向陳平安。她身上的墨綠色長袍，如果沒有記錯的話，跟他當初在驪珠洞天給她買的新衣服很像，穿在她身上，正好。

陳平安小跑向前，來到寧姚身前，脫口而出道：「這麼巧啊。」

寧姚扯了扯嘴角，然後板著臉，不說話。

陳平安輕聲道：「本來想著這兩天逛完倒懸山，多看一些鋪子，再決定要不要去靈芝齋買下幾樣東西，到時候連同阮師傅鑄造的那把劍一起送給妳。」

寧姚沒好氣道：「靈芝齋能有什麼好東西，也就那柄如意靈芝，和一只養劍葫蘆，還湊合，可我又用不著，再說了靈芝齋不會賣，你也買不起。」

陳平安「哦」了一聲，撓撓頭，有些遺憾。

寧姚猶豫了一下，仍是拗著自己的心性，破天荒多說了一句，像是在解釋：「沒其他意思，你別多想。」

陳平安笑道：「不會多想。我現在腦子裡一團糨糊，想什麼都頭疼。」

寧姚問道：「見著我，頭疼不疼？」

陳平安趕緊道：「好多了。」

寧姚問道：「你住哪裡？就這麼瞎逛，怎麼，想著路見不平，英雄救美？」

陳平安嘆了口氣道：「昨夜喝了黃粱福地的忘憂酒，結果一出鋪子，就不知道怎麼回去了。」

兩人隨意走在街上，寧姚問：「你怎麼喝得起忘憂酒？」

陳平安壓低嗓音道：「有一對夫婦請我喝的。有點奇怪，我剛才給人抓去了劍氣長城，明明在城頭上看到了他們倆。昨夜他們說自己是第一次逛敬劍閣，但是他們說起好些劍仙前輩如數家珍，難道倒懸山的人，去劍氣長城很容易，反過來就很難？不過這件事奇怪歸奇怪，我還是覺得那對夫婦是好人，請我喝酒，是好事。以後如果有機會，我一定要回請他們。」

寧姚含糊不清地「嗯」了一聲。

兩人走在一條幽靜巷弄，兩側高牆爬滿了藤蘿，寧姚一直沉默。

陳平安問道：「寧姑娘，當時妳走得急，我都忘了問妳，妳是不是討厭我？」

寧姚乾脆俐落道：「不討厭。」

陳平安停下腳步，下意識抓住養劍葫蘆，他很快鬆開手，直直望向寧姚：「寧姑娘，那妳喜不喜歡我？」

寧姚默不作聲。

陳平安學她當年在泥瓶巷祖宅的動作，伸出兩根手指，手指間只露出些許間隙：「這麼點喜歡，有沒有？」

寧姚沒有回答這個問題，反問道：「你為什麼喜歡我？」

陳平安轉過頭去，摘下養劍葫蘆，快速喝了一口酒，抹了抹嘴角，這才笑容燦爛道：

「這可就有的說了，我慢慢說給妳聽，不管如何，寧姑娘，妳一定要聽我說完，哪怕再生氣也不要打斷我，我怕妳一個打斷，我這輩子就再也不敢說了。寧姑娘，妳長得真好看，我在遇到妳之前，在驪珠洞天就沒有見過比妳更好看的人。後來妳在泥瓶巷養傷，沒嫌棄我家破，妳還教了我認字。因為妳向我解釋了《撼山拳譜》，我才開始練拳，才能一直走到今天，走到這倒懸山。

在廊橋那邊，妳借給我壓衣刀，然後我們並肩作戰，一起揍了那頭正陽山搬山猿，我們都差點死了，但是最後都沒有死，多好。在神仙墳，我差點打死那個馬苦玄。我們一起去了西邊大山，去幫婆娑洲的陳氏女子找那棵楷樹。後來妳有一次生氣，不要我幫忙，一定要自己煎藥，糊焦糊焦的，我覺得妳很可愛。

妳曾經說過一句，大道不該如此小，我當時不明白，這次出門遠遊，才算真正懂了。妳勸我不要當爛好人和善財童子的時候，我其實很開心。妳當時離開驪珠洞天，已經跟那些神仙走了那麼遠，還願意御劍返回，跟我告別。妳走了以後，我當時一個人吃著小時候想一想都要流口水的糖葫蘆，卻覺著沒啥滋味了。

齊先生走了，我帶著小寶瓶他們去大隋，看到好看的山，就會想起寧姑娘的眉毛，看到好看的水，就會想到寧姑娘的眼睛，在遊歷途中看到好看的姑娘，就會想到寧姑娘，然後他們好像一下子就不好看了。」

陳平安竹筒倒豆子，一鼓作氣說完這些話後，便喉嚨發澀，滿臉通紅，只覺得手裡的那只養劍葫蘆，有幾萬斤重，但是陳平安不後悔自己說了這麼多。

陳平安顫聲道：「寧姑娘，我喜歡妳，是我的事情，妳不喜歡我，沒有關係。」

寧姚背靠牆壁，那些藤蘿依然不如她動人，她問道：「是不是我不喜歡你，你就要去喜歡別的姑娘？比如……」她想了想，「阮秀？」

陳平安望著她，才發現原來喜歡一個很好的姑娘，而她好像不太喜歡自己，是一件既令人傷心又不用太傷心的事情：「如果我只要喜歡別的姑娘，就再也見不到妳，那我這輩子就不喜歡別人了。我在一千里、一萬里之外，在妳看不到我的地方，打了一百萬、一千萬拳，還是只會喜歡妳。」

寧姚翻了個白眼：「我有那麼不講理嗎？」

陳平安愣了一下。

寧姚斬釘截鐵道：「對，我就是這麼不講理！」

她驀然笑了起來，充滿了稚氣的得意，她一笑起來，便越發眉眼如畫，生動活潑，她雙手抱胸，「誰讓有個傻子喜歡我呢？」

她向前走了兩步，一把抱住了那個大驪少年，喃喃道：「陳平安！我喜歡你，不比你喜歡我少一點點！」她鬆開手，眼眶微紅，有著她寧姚這輩子太陽打西邊出來的罕見懊惱和羞赧，「你怎麼這麼笨！」

陳平安呆呆說道：「妳怎麼會真的喜歡我……」

這一點，陳平安跟風雷園劉灞橋如出一轍——喜歡一個姑娘，會喜歡到覺得那個姑娘這輩子都不會喜歡自己，而且不會覺得有任何委屈。

寧姚總算恢復了一些，眉眼飛揚，如天底下最鋒利的飛劍：「我寧姚喜歡誰，還需要理由？」

其實是有的，而且很多，只是她不好意思說出口，她到底是女孩子啊，又不是陳平安這種厚臉皮的。

陳平安突然之間有如神助，一下子抱住寧姚。

寧姚滿臉緋紅，撇撇嘴，沒有掙扎，反而悄悄抬起一隻手，輕輕撚住陳平安的衣襟。

倒懸山小巷中，少年和少女就這樣安安靜靜相擁在一起。

世界好像在這一刻，活了過來。

寧姚到底是寧姚，陳平安到底是陳平安，兩人沒有一直這麼羞羞怯怯下去。兩人分開之後，寧姚帶路，說要把那半罈子黃粱酒喝完。

她領著陳平安走到了一棵老槐樹下，抬手屈指，好似叩響門扉。

很快寧姚身前就漣漪陣陣，出現了一座酒鋪的模樣。

寧姚率先大步跨過門檻，陳平安緊隨其後。

店夥計許甲見著了寧姚，特別熱情：「寧姑娘，妳來了啊？我請妳喝酒啊？」

寧姚瞥了他一眼——誰啊，沒印象，她懶得理睬，徑直挑了張桌子坐下。

許甲便蔫了下去，他覺得眼前這位姑娘，是天底下僅次於大小姐的女人，第一次見到寧姚，許甲的印象就特別深刻。

那是幾年前的事情了，少女第一次離開劍氣長城來到倒懸山，有個傢伙帶著她來到酒鋪，那個傢伙喝了兩罈酒，她只是嘗了一口便不再喝酒。那會兒她穿著一身黑衣，挎刀，還沒有像今天這樣懸佩雙劍，也沒有穿著墨綠色長袍，臉色冷冷的，便是老掌櫃跟她對視她也全然沒當回事。在阿良喝著酒的時候，她就自己走到高牆下，看了半天，一言不發，之後就坐回座位。在許甲眼中，少女實在太有個性了，幾乎耀眼得讓人不敢直視。

那次阿良沒有嬉皮笑臉，就只是喝酒。許甲看得出來，阿良是不知道怎麼勸少女，好像少女要去做一件很了不得的事情。阿良喝得很悶，許甲這才知道原來阿良也有束手無策的時候。在少女堅決不要阿良送行，執意獨自離開酒鋪後，阿良便不再喝酒，他悶悶不樂地說，半個閨女，就這麼飛走了。

許甲看了眼那個叫陳平安的大驪少年，怎麼看都覺得這傢伙配不上寧姑娘。

一百個陳平安加在一起，都未必般配。

陳平安要了那剩下的半罈忘憂酒，這半罈酒剛好夠倒兩大白碗，陳平安便先一人倒了半碗。

兩人肩並肩坐在一條長凳上，寧姚沒覺得有什麼不妥。許甲躲在遠處，嘖嘖稱奇。

陳平安喝了口忘憂酒，突然覺得這酒好像比昨夜的酒好喝多了，便對著寧姚笑了起來。

寧姚瞪了他一眼。兩人也不說話，就是小口喝酒。

陳平安突然慘兮兮問道：「寧姚，妳該不會是假的吧？」

正在逗弄籠中雀的老頭子，愣是給少年這句傻話給逗樂了。

寧姚嘆了口氣。

他是個傻子，但是我更傻，當初是誰說這傢伙肯定會找個缺心眼的？

陳平安放下酒碗，向旁邊伸出手。

寧姚就那麼看著，她想知道這個傢伙到底要做什麼。

陳平安雙指捏住她的臉頰，輕輕扯了扯。

寧姚沒動靜，陳平安又伸出一隻手，捏住寧姚另一邊臉頰。

許甲看得一頭冷汗，他覺得這個色膽包天的傢伙多半是死定了。

寧姚只是一巴掌拍掉陳平安搗亂的雙手，警告道：「陳平安，你再這麼缺心眼，小心我跟你翻臉啊。」

陳平安悻悻地收回手：「真的就好。」

寧姚喝了一大口酒，問道：「你應該知道，我爹娘已經去世了，你覺得我可不可憐？」

許甲覺得那小子要是敢說可憐，那真的是板上釘釘死定了。

陳平安毫不猶豫道：「可憐啊。沒了爹娘，這要還不可憐，怎樣才算可憐？」

說這些話的時候，陳平安嘴唇緊緊抿起，兩邊嘴角向下，好像比她還要委屈。

他也沒了爹娘，而且沒得更早。年幼時，他獨自謀生，熬到熬不下去的時候，不得不祈求別人的善意和施捨，這是沒辦法的事情，否則就要活不下去。

長大後，他不需要別人可憐，已經可以活得好好的，還有本事回饋早年的那些善意，所以他不是在憐憫眼前的姑娘，只是在心疼她，但是話到了嘴邊，陳平安管不住自己。

寧姚冷哼道：「你誰啊，要你可憐我？」

陳平安眨了眨眼睛。

寧姚便有些臉紅，桌底下，一腳踩在陳平安腳背上。

一旁的許甲滿臉呆滯，感覺被大劍仙往自己心口上戳了好幾劍。

之後兩人喝著酒，小聲說話，竊竊私語。

許甲覺得自己被戳了一劍又一劍，這日子沒法過了。

他不再待在酒鋪裡頭，搬了條小板凳坐在門檻那邊，眼不見、心不煩。

許甲忍不住回頭瞥了眼，看到那個姑娘的狹長雙眉間，不再是第一次相逢時的哀傷，竟然都是俏皮和溫馨。這下插在心口的這一劍，相當於是阿良的一劍了。

之後他又看了眼那個大驪少年，陳平安滿臉笑意，眼神溫暖，好像在說，他之所以喜歡寧姚，與兩座天下都沒有關係，他就是喜歡這個姑娘而已，以至連許甲這個外人都覺得這兩個人還挺般配。這戳中心窩的一劍，可就是城頭上那位老大劍仙，傳說中的「救城」一劍了。

許甲轉頭向老掌櫃哀號道：「大小姐啥時候回家啊，我想死她了。」

老頭子回了一句：「想死了？別死在酒鋪裡就行。」

就在這個時候，許甲雀躍而起，在「門外」那個同齡人敲門之後，立即就「開門」迎客，走進來一個極其英俊的少年。

許甲笑問道：「你怎麼從劍氣長城回來了？」

少年身穿一襲白衣，笑容和煦，他抬手跟許甲一擊掌，對老人朗聲道：「掌櫃的，老規矩，我要買一罈酒，酒錢記在我師父頭上。」

老掌櫃見到了這個少年，也笑了起來。

只要是上了歲數的老傢伙，看到這個年紀輕輕就給人感覺「如日中天」的陽光少年，幾乎就沒有不喜歡的，而且趁著現在還能仗著年紀大俯瞰這位少年，就一定要珍惜，畢竟很快就沒有這個機會了。

牆壁上，少年的師父，前不久才寫下一句霸氣無雙的「武道可以更高」。

英俊少年對許甲笑道：「許甲，我先寫字去，你幫我拿筆。嗯，我要跟師父的字湊在一堆。」

許甲心中再無陰霾，跑去搬酒取筆，一邊跑一邊轉頭笑道：「好嘞，等著啊。」

英俊少年走向那堵牆壁的時候，一直望向坐在陳平安身邊的寧姚。

寧姚只是看了他一眼，便繼續跟陳平安聊劍氣長城。

英俊少年笑了笑，走到高牆下，給自己搬了條凳子，在大端王朝的女子國師那行字的更高處，提筆寫下了五個字：「因我而再高」。

陳平安悄悄收回視線，低聲問道：「誰啊？好像很厲害的樣子。」

寧姚認真想了想：「名字忘了。」

陳平安見過不少相貌好的同齡人，比如泥瓶巷的鄰居宋集薪，曾經在學塾跟隨齊先生讀書的趙繇、林守一，再就是桂花島上那名雌雄難辨的紅裝男子，還有大隋皇子高煊，可是他們都不如這個少年。

這人在牆壁上題完字之後，捧著酒罈坐在隔壁桌子，要了兩只大白碗，喊了許甲一起喝酒，而最清楚黃粱酒價格的許甲，絲毫不覺得這有何不妥，他揭開泥封，幫忙倒酒，與少年碰碗對飲，很痛快的樣子。老掌櫃臉上的笑容也多了幾分，只是可憐那隻籠中雀，背對著陽光少年，病懨懨的。

少年主動對陳平安舉起酒碗，笑道：「我叫曹慈，中土大端人氏。」

陳平安只好跟著拿起酒碗：「我叫陳平安，寶瓶洲大驪人氏。」

曹慈點點頭，眼神裡充滿了讚賞：「你的武道三境底子，打得很不錯。」

陳平安不知如何作答，只好默默喝了一口酒，總覺得哪裡有點怪。

想了半天，終於琢磨出餘味來，原來這名中土神洲的少年，無論神態還是口氣，都不像是一個同齡人，反而很像那個落魄山竹樓的光腳老人。只不過名叫曹慈的大端少年，少了崔姓老人那種居高臨下的氣焰，言語說得心平氣和，可哪怕是雙方隨便拉家常，陳平安也會感到一種無形的壓力。

曹慈如何，寧姚倒是沒有什麼感覺，她只是有點不樂意，憑空多出一個礙眼的傢伙，喝酒便少了許多興致。她與陳平安草草喝掉半罈子黃粱酒，就拉著陳平安走向酒鋪大門。

就在陳平安要離開酒鋪的時候，曹慈笑著喊了聲陳平安：「你喜歡的寧姑娘，很好。唯一的不好，就是見了很多次面，不記得我的名字。」

陳平安笑著回了一句：「我覺得更好了。」

曹慈爽朗大笑，一手舉起酒碗，一手跟陳平安揮手告別，笑容真誠：「陳平安，三天之後，開始去爭取成為世間最強的第四境。」又是一句略微咀嚼就會顯得很古怪的言語。

陳平安拱手抱拳，沒有多說什麼，轉頭跟著寧姚離開這座狹小的黃粱福地。

酒鋪內，許甲納悶問道：「你喜歡寧姑娘？」

曹慈笑著擺手道：「我喜歡在我心目中無敵手的師父，喜歡笑起來就有兩個小酒窩的皇后娘娘，喜歡不把我放在眼裡的寧姑娘，但都不是你認為的那種喜歡。男女情愛，很拖累修行的。」曹慈喝了口酒，嘆息道：「實在無法想像，以後我喜歡某個姑娘的樣子。」

許甲「哦」了一聲，曹慈說什麼他便信什麼。許甲滿臉雀躍，轉移話題道：「聽你口氣，馬上要躋身第五境了？」

曹慈點頭道：「在劍氣長城熬了這麼久，也該破境了。」

許甲咧嘴笑道：「如果是在家鄉，我估計你現在都是第七境了吧。」不等曹慈說話，許甲立即補充道：「而且七境之前，都會是最強第四境、第五境、第六境！」許甲聊起這個，比曹慈本人還要高興，「老掌櫃說你現在的第四境，是歷史上最強的第四境，堪稱前無古人、後無來者，真的嗎？」

曹慈無奈道：「前無古人，我大概可以確定，可是後無來者，我只是一個純粹武夫，又不會推算以後百年、千年的天下武運。」

許甲哈哈大笑：「曹慈！哪天我忍不住去找大小姐的話，一定順便去大端王朝找你玩。」

曹慈點點頭：「那我早早就準備好美酒。」

許甲突然壓低嗓音，祈求道：「曹慈，要不咱們打一架吧，你故意輸給我，以後我離開倒懸山好四處跟人說自己打贏了曹慈。你想啊，十年後，百年後，那個時候你天下無敵了，甚至打得青冥天下的道老二，從真無敵變成了真有敵，我就成了唯一打贏過你曹慈的人，到時候肯定全天下的人都要問這傢伙是誰啊，說不定大小姐就會對我刮目相看呢。」

曹慈笑得眯起眼，一手端碗，一手輕輕拍了拍自己的腦袋：「好了，你許甲打贏我曹慈了，出了倒懸山，只管跟人這麼說。」

許甲有點心虛：「你現在無所謂，將來不會反悔吧？」

曹慈喝過了碗中酒，轉過頭對老掌櫃招手道：「老呂，捨不捨得送我一罈酒喝？我現在就後悔了，沒酒下肚，壓不住那股子悔意啊，要是多喝一罈忘憂酒，最少百年無悔意！」

許甲可憐巴巴地望著老掌櫃。

老頭子笑道：「許甲，去給曹慈搬一罈酒來。以後記得多惦念掌櫃的好，別成天偷偷罵我摳門，或是埋怨我不讓你去闖蕩江湖。」

許甲屁顛屁顛去搬酒。

曹慈只剩下最後一碗酒，在等新酒上桌的時候，他便手持酒碗，起身去牆壁下站著，視線游弋。距離第一次在這喝酒已經過了將近三年，牆上的新字多出不少。

曹慈看見下邊角落的那三個字寫得端正死板，好奇問道：「老呂，那個陳平安在牆上留下的字，是這『劍氣長』？」

老人問道：「怎麼，這小子很不簡單？」

曹慈蹲下身，端著大白碗抿了一小口酒，眼神淡然：「他可能就是在我之後的那個最強第三境吧。」

老人便有些可惜，籠中那隻雌雀，勘定一個純粹武夫的武運長短，是有時限的，陳平安題字前後，剛好這對師徒來到鋪子，這段時日根本不用奢望雌雀離開鳥籠了。

沒那膽子。

曹慈跟許甲又對半喝完了一罈忘憂酒。

許甲酒量不行，越喝越醉，最後便睡死在酒桌上。曹慈越喝越清醒，眼神熠熠。

曹慈突然說了一句：「如果不是師父來接我，真想去一趟劍氣長城以南的那座天下。最多四、五十年，我就能跟那十幾頭大妖掰掰手腕。在這之前，我必然經歷一場場酣暢淋漓的生死大戰。」

老人笑道：「你信不信，你只要走出城頭，就會死？」

曹慈嘆了口氣。

道理很簡單，老人一點就透。他曹慈極有可能已經進了巔峰大妖的視野，屬於必殺之人，絕對不會給他四、五十年時間成長，甚至一天都不會多給。

曹慈無奈道：「那就老老實實回中土神洲吧。」

老人有意無意說道：「殺穿蠻荒天下，最終橫空出世的董家老祖，劍氣長城有一個就夠了，也只會有一個。如果妖族再次養虎為患，養出一個有望武道十一境的曹慈，我覺得它們可以自盡了。」

曹慈「嗯」了一聲：「我得問問師父，到底有沒有躋身第十一境。我希望是沒有……」

老人笑著打趣道：「你這當徒弟的，也太沒良心了吧？怎麼不念著師父的好。這一點你曹慈竟然跟許甲差不多德行，很不好啊。你是曹慈欸，怎能如此平庸。」

曹慈搖搖頭，抬起手臂，將手掌舉過頭頂，他嗓音輕柔，卻眼神篤定：「如今師父的武道，已經這麼高，幾乎已經能夠與那些真正的山巔之境……媲美，那麼如果不是第十一境的話，我的師父，或是以後的我，豈不是……」

老人微笑道：「大可以拭目以待。」

曹慈轉頭望向老人：「像你這般好說話的老前輩，太少了。」

老人自嘲道：「那是因為我這個糟老頭子，已經認命了。」

曹慈默然坐在酒桌旁，許甲鼾聲如雷，老頭子已經不知所終，去了別處。

黃粱福地當然要比想像中略大一些，不會真的只有酒鋪這麼點地方，不過確實已經殘破不全。如果不是這位諸子百家的祖師爺之一竭力維持，早就與驪珠洞天一樣，澈底失去「洞天福地」的稱呼資格。

三教和諸子百家的聖人們每天都在忙些什麼？

十大洞天、三十六小洞天、七十二福地，是怎麼來的？

寶瓶洲的驪珠洞天破碎之後，難道就只有三十五小洞天了？

實則浩然天下的很多聖人，需要去開闢疆土，拓展浩然天下的版圖。

這一點，青冥天下的道教聖人不太一樣，他們主要還是追求白玉京的高，層層疊疊，不斷往上。而佛家那座天地，則是求佛法之遠，前世今生來世，都要讓人活得無疑問，無我執。

當然，浩然天下的儒家，除了開闢嶄新的洞天福地，教化蒼生，還需要盯著蠻荒天下的妖族。

其餘兩座天下，一樣沒閒著。

道家掌教陸沉在浩然天下興風作浪，落子布局，難道儒家亞聖就不在青冥天下收徒傳道？

酒鋪內，曹慈哪怕無人聊天也無酒喝，依然心境安穩，就那麼坐著。很難想像武道中人會覺得破境沒意思，壓境才好玩。

老掌櫃回來的時候，笑問道：「曹慈，除了武道登頂，這輩子就不想其他的了？」

曹慈笑道：「我在想我會想什麼呢。」

老人調侃道：「那你就不如我家許甲和那個大驪少年嘍。」

曹慈點點頭。

曹慈走出酒鋪，沒有去找下榻於倒懸山某處大姓私邸的師父，而是徑直去往孤峰山山腳。到了廣場大門附近，小道童和抱劍漢子都跟曹慈打了聲招呼，他便停下腳步，跟他們聊了大半天，這才走入鏡面。結果到了那邊，埋頭淬鍊本命劍的老劍修以及腰佩法刀的師刀房道姑，一樣笑著跟他打招呼，曹慈再次停下，與他們聊了半天。

聊道法、聊劍術、聊天下，曹慈什麼都可以聊。

那些早已功成名就的前輩，無論是隱世高人還是聲勢正盛的劍仙，總會有人因此大受裨益，甚至會因為一個武道四境的少年，而感到自慚形穢。

中土神洲的曹慈，家世平平，祖上世代務農，甚至算不得小富之家。一場戰火，世外桃源被夷為平地，曹慈開始隨著難民流民顛沛流離，每天都會有生離死別。

然後他被一位獨自策馬走江湖的高大女子看到，收為弟子。女子當時將他抱在懷中，在風雪夜中，兩人一同騎乘駿馬，她對不過七、八歲的孩子笑道：「曹慈，從今往後，你就是我裴杯唯一的弟子了。」

曹慈慢悠悠地穿過劍氣長城以北的城池，一路上有熟人搭訕，他就陪他們閒聊；若是無人招呼，他也會偶爾停下腳步，仰頭看看飄來蕩去的紙鳶、高高翹起的屋簷，或是那些貼在門上黯然無光的彩繪門神。

最後他緩緩走上城頭，回到那棟老茅屋後邊的小茅屋。閒來無事，他隨手翻了幾本書，都只看了幾頁就放下。他走出茅屋，在走馬道足足走了七、八里路，才找到那位站在城頭上眺望南方的陳爺爺。

白衣少年輕輕躍上城頭。

一老一小，相對無言。

出了鋪子，寧姚問過了鸛雀客棧的位置，就帶著陳平安往捉放渡那個方向走去，結果在客棧所在的小巷的口子上，陳平安遇到了滿臉焦急的桂夫人，以及悶悶不樂的金粟。

看到了安然無恙的陳平安，桂夫人如釋重負，沒有說什麼重話，甚至沒有詢問陳平安為何遲遲未歸，只是與那個陳平安口中的寧姑娘打了聲招呼，就返回泊在捉放渡的桂花島。一大攤子生意，讓她忙得焦頭爛額，加上玉圭宗姜氏公子的那檔子事情，很是煩心。

金粟本來還想抱怨幾句，這個傢伙害得自己給師父責罵得狗血淋頭，只是她第一眼看到那個身穿墨綠長袍、神色從容卻鋒芒畢露的寧姓佩劍少女，便有些不敢說話。

三人沒有去客棧，寧姚聽說他們今天要去逛倒懸山麋鹿崖等景點，就說她也沒有去看過，一起去便是。

金粟內心有些惴惴不安，可是她不願自己表現得太過怯懦，便主動開口，與那個瞧著不太好相處的寧姑娘閒聊。

寧姚其實沒什麼傲氣，只是懶而已，像金粟這樣半生不熟的人問她問題，她一樣會回答，只不過每次回答得十分簡略。

到最後，金粟實在是不知道如何跟寧姚打交道，便開始沉默，氣氛有些尷尬。

這個年紀不大的寧姑娘，自稱來自劍氣長城。

外人從倒懸山進入劍氣長城，有錢就行，可想要從劍氣長城進入倒懸山，聽說戰功彪炳的劍仙都難。

這不免讓金粟遐想連篇，她猜測寧姑娘的姓氏，應當在其中起了大作用。

但是金粟只猜對了一半。

發生在劍氣長城的諸多內幕，桂夫人不願意跟這名得意弟子多說，所以金粟只是大略知道先前那場蕩氣迴腸的十三之戰。哪怕這個少女姓寧，金粟也只敢將她認作劍氣長城寧家的嫡傳子弟之一，寧姚這趟出行，可能是背負著家族任務。

由於寧姚的出現，麋鹿崖、上香樓、雷澤臺這三處風景名勝，金粟都逛得束手束腳，不太自在。金粟畢竟是桂花小娘出身，不但修道資質極好，而且生了一副玲瓏心肝，所以很多時候，她會故意與寧姚拉開距離，讓陳平安跟那個不愛言語的寧姑娘獨處。

寧姚跟陳平安在一起，往往是想到什麼就說什麼。

陳平安對那些風起雲湧的王朝更迭、天下大勢、人族興衰，不太感興趣。

其實他不懂這些，也不想懂，但是寧姚說了這些，他便願意一一記下，放在心上。

金粟其實有些奇怪，為何那般性情冷淡的姑娘，願意跟悶葫蘆陳平安聊那麼多？

其間三人與其他遊客一同登上雷澤臺，一位手捧金銀兩色拂塵的老道人突然出現，站在臺階上，對寧姚笑道：「師尊吩咐下來，寧姑娘若是在倒懸山有什麼需要，可以提。哪怕是去孤峰看那三清鈴，都可以。」

寧姚自然而然望向陳平安，陳平安微微搖頭，她便搖頭道：「我們不去孤峰山上。」

老道人笑了笑：「那貧道就不叨擾了，只要有事，寧姑娘隨便找一個道士通知倒懸山便是。」

寧姚本來不太想搭話，只是看到陳平安在跟老道人抱拳致謝，這才點點頭，說了兩個字：「好的。」

金粟呢喃道：「蛟龍真君？」

蛟龍真君是倒懸山的三把手，道法之高深，整座婆娑洲的修士都如雷貫耳。

蛟龍真君本來已要離開雷澤臺，聞聲後笑問道：「這位姑娘，可是有事？」

金粟嚇得臉色蒼白，趕緊搖頭道：「不曾有事，只是晚輩太過仰慕老真君，才忍不住出聲，還望老真君恕罪。」

老道人爽朗笑道：「貧道可沒有這麼霸道，而且倒懸山的規矩中，沒有哪條說直呼貧道的道號，就要受罰。」

老道人一閃而逝。

金粟咽了咽口水，這位倒懸山的上五境老神仙，是以斬殺南海蛟龍著稱於世的道家真君，他就這麼站在自己眼前，跟自己聊了天？

蛟龍真君的十一境修為，絕對足以碾壓世間絕大部分玉璞境錬氣士，沒有人懷疑天君頭銜是老道人的囊中之物。

在三人返回鸛雀客棧的時候，反而是寧姚主動開始聊天，與金粟一問一答。寧姚心情不錯，之前陳平安在麋鹿崖山腳的攤販那邊，買了一對小巧靈器，陰陽魚樣式。

到了鸛雀客棧，那個不苟言笑的年輕掌櫃說客滿了，寧姚二話不說，直接摸出一枚穀雨錢，將其放在櫃檯上，問夠不夠。

年輕掌櫃眼皮一顫，正要說話，陳平安已經搶回穀雨錢，對年輕掌櫃笑道：「寧姑娘跟我們是朋友，掌櫃的，你給通融通融？」

年輕掌櫃笑道：「我倒是想通融，可我總不能趕走其他客人吧？鸛雀客棧還要不要名聲了？以後生意還怎麼做？」

寧姚直截了當道：「那我換別的客棧住下。」

陳平安深呼吸一口氣，掏出一枚自己的穀雨錢，輕輕放在櫃檯：「麻煩掌櫃跟客人商量一下？」

年輕掌櫃微微一笑，收起穀雨錢：「好說，客官等著。」

陳平安將之前那枚穀雨錢還給寧姚，寧姚問道：「這是做什麼？」

陳平安笑道：「我請妳住客棧啊。」

寧姚搖晃手心，掂量著那枚穀雨錢，無奈道：「你掙一枚穀雨錢多辛苦，在我們劍氣長城，這玩意兒不怎麼值錢。你這叫打腫臉充胖子，很無聊的，換一家客棧又怎麼了，住哪裡不是住，我沒你想的那麼嬌氣。」

陳平安伸出手，笑道：「那妳把穀雨錢還我？」

寧姚白了他一眼，果斷收起了那枚穀雨錢，幸災樂禍道：「你就等著心疼吧。」

鸛雀客棧騰出了最大的一套屋子，在一間書房的偏門外邊，陳平安覺得很好，寧姚沒什麼感覺。

年輕掌櫃離開之前，當著三人的面，笑著將那枚穀雨錢放在桌上：「我琢磨了一下，覺得這錢可能太燙手，我是不敢收了。姑娘住在這兒，跟陳公子一樣，該是多少錢，我就記在帳上，回頭跟桂花島要錢。」

陳平安一頭霧水，金粟對年輕掌櫃報以感激的眼神。

陳平安坐在桌旁，伸手去拿那枚穀雨錢，那枚錢卻突然被寧姚一巴掌按住，被她收了起來。

看到陳平安一臉茫然，寧姚輕輕挑眉，似乎在挑釁，陳平安便笑著假裝什麼事情都沒有發生。

金粟識趣地告辭離去。

房門關上後，陳平安一股腦拿出身上的家當和寶貝，一樣樣放在桌上。

便是寧姚都有些驚訝，感慨道：「陳平安，你可以啊，掙錢的本事這麼大，怎麼從善財童子變成一個進財童子了？你才是假的陳平安吧？」

陳平安學寧姚，身體後傾，雙手抱胸——少年滿臉得意。

倒懸山的今天，有個從來沒有這樣過的寧姚，有個從來沒有這樣過的陳平安。

直到兩人美好地相遇又重逢。

第七章　兩人四境三戰

桌上琳琅滿目，既是陳平安的收穫，也是陳平安的江湖。

一顆上等蛇膽石，是神誥宗道姑賀小涼當初在鯤船上還給陳平安的，還有一些已經褪色的普通蛇膽石。

彩衣國城隍爺沈溫贈送的金色文膽，除此之外，旁邊擱著一小堆金銀兩色的金身碎片，還有胭脂郡淫祠山神的破碎金身。

一枚出自某一代龍虎山大天師之手的印章，按照沈溫的說法，此印章需要配合道家五雷正法，才能發揮威力，但是最讓陳平安記憶猶新的，還是那句話：「唯有德者持之」。

一堆銅錢小山，穀雨錢、小暑錢、雪花錢。

一堆小竹簡，有一些是以尋常竹子削成，更多的還是由魏檗以竹樓剩餘的青神山竹子打造而成，上邊刻滿了名言警句和詩詞佳句，有崔東山跟他一起練拳時朗誦的聖賢文章，有李希聖在竹樓外牆上畫符的文字，有陳平安從山水遊記裡摘抄而來的片段，有從江湖上的道聽塗說而來的無心之語……

在梳水國渡口購買的一只鬥雞杯，不值錢，但這是陳平安難得的額外開銷。

劍修左右贈送的兩根金色龍鬚，以及作祟老蛟死後遺留下來的一件金色法袍，和一顆好似泛黃丹丸的老珠子。

一只白瓷筆洗，從古榆國刺客蛇蠍夫人那邊獲得，之所以沒有在青蚨坊賣出，是因為陳平安喜歡那一圈活潑靈動的文字。

一本《劍術正經》、一枚身為咫尺物的玉牌，都是老龍城鄭大風送的。

一本文聖老秀才贈送的儒家典籍，幾本從胭脂郡太守府得到的山水遊記和文人筆箚。

一枚刻有「靜心得意」的印章。

一枚沒了「山」字印做伴的「水」字印，顯得有些孤零零的。它被陳平安放在了最靠近手邊的位置。

當然還有那本相伴時間最久的《撼山拳譜》。

寧姚翻翻檢檢，一樣樣打量過去，最後笑道：「都給我了？不留點私房錢？」

寧姚心中有些懊惱，私房錢算怎麼回事，以後跟陳平安說話不能再這麼沒心沒肺了。

切記，這不是劍道修行。

陳平安顯然沒有察覺到寧姚言語中的深意，指了幾樣東西一本正經道：「這本《撼山拳譜》妳是知道的，不是我的，我只是幫顧璨保管，不能給妳。齊先生送給我的印章也不行，還有城隍爺的那枚天師印章，我覺得給妳不太合適。其餘的，妳想要就都拿去吧。」

寧姚撇撇嘴：「不稀罕，你都留著吧。」

陳平安一拍腦袋，將腰間的養劍葫蘆姜壺摘下，放在桌上，再從劍匣裡抽出那張棲息有枯骨女鬼的符籙，解釋道：「這只養劍葫蘆，是我購買幾座山頭的彩頭，山神魏檗幫我跟大驪要的；這張符籙裡頭，有一個挺凶的女鬼，在桂夫人的幫助下，她跟我簽訂了六十年契約，如今就住在劍匣裡頭。桂夫人說這劍匣又叫槐宅，陰物身處其中，能夠滋養魂魄，增長修為，就像是它們獨有的一座小洞天福地。」

寧姚問道：「枯骨女鬼，漂亮嗎？」

陳平安想了想，道：「就那樣吧，不如一個山莊的嫁衣女鬼好看，嫁衣女鬼又不如妳好看。」

寧姚怒氣沖沖道：「陳平安，你變得這麼油嘴滑舌，是不是跟阿良學的？」

陳平安笑著搖頭道：「沒呢，都是我的心裡話，好話跟油嘴滑舌，可不一樣。」

寧姚呵呵笑道：「那你是不是騙了許多姑娘的真心？」說到這裡，寧姚趴在桌上，轉頭望向個子高了許多、皮膚也白了一些的陳平安，好像有些灰心喪氣，「我如今再也不能一隻手打五百個陳平安了。你走過大半個寶瓶洲，那麼多小地方的姑娘，說不定真會把你當作神仙，然後喜歡你。」

陳平安趕緊擺手道：「沒有哪個姑娘喜歡我，一路上不是打打殺殺的仇家，就是終有一別的萍水相逢。」說到這裡，陳平安嘆了一口氣，也趴在桌上，用手指輕輕戳著養劍葫蘆，「我當時離開家鄉，是乘坐一艘俱蘆洲打醮山的鯤船，我在船上遇上了一對姐妹，一個叫春水，一個叫秋實，跟我差不多歲數，後來鯤船墜毀，可能再也見不到她們了吧。」

陳平安瞥了眼桌上那只不起眼的筆洗，他跟它相隔不過一尺多距離，可跟她們已經隔了很遠。

寧姚非但沒有覺得陳平安起了花心，反而輕聲安慰道：「生離死別，免不了的。」她還是把一邊臉頰貼靠在桌面上，「在劍氣長城這邊，老的小的、男的女的，只要一打仗，每次都會死很多人，有你不認識的、你認識的，根本顧不得傷心，不然死的就是自己了。只有等到大戰落幕，活下來的人才有空去傷心，但是都不會太傷心，最多對著劍氣長城的南方，遙寄一杯酒，人人都是這樣。」

寧姚眼神深深，如陳平安家鄉那口鐵鎖井，幽幽涼涼，「就像之前在酒鋪喝忘憂酒，我跟你隨口說起的那件小事，我跟朋友喝送行酒，有人陰陽怪氣地說我爹娘的事情。你問我生不生氣，生氣當然有，但是沒外人想的那麼多。為什麼，你知道嗎？」

陳平安趴在那兒，跟她對視著，只能微微搖頭。

寧姚給出答案：「因為那個說怪話的人，終有一天，也會死在戰場上，而且他一定是慷慨赴死，就像他的祖祖輩輩那樣。一想到這個，我就覺得不用太生氣，幾句話而已，輕飄飄的，還沒身邊的劍氣重。說不定哪天我就會跟這些人並肩作戰，或者是誰救了誰，又或者只能眼睜睜地看著誰死了。」

陳平安點了點頭，然後坐起身，又搖頭道：「寧姑娘，妳這麼想——」

寧姚翻白眼道：「我不想聽道理，不許煩我。」

別人的道理，她可以不用聽，比如家裡老祖宗的、城頭上老大劍仙的、離開倒懸山的阿良的、身邊同齡朋友的，可如果是陳平安說的，她就只能被他煩，那還不如一開始就讓他別說。

陳平安「哦」了一聲，繼續趴著，果真不講那些自己好不容易從書上讀來的道理。

寧姚突然坐起身：「你真要去劍氣長城那邊？」

陳平安跟著坐直，點頭道：「教我拳法的老前輩說，只要登上城頭，就能淬鍊武夫的神魂，只要別死在那邊，就會有很大的收穫。不知道為什麼，上次跟那對夫婦喝過了忘憂酒後，我總覺得我從第四境到第六境，有種水到渠成的錯覺，好像只要我想升境，就可以輕鬆做到。不過我當然不會傻乎乎地就這麼一路破境，一步走得不紮實，以後就懸了。但是我有一種直覺，喝過了黃粱福地的美酒，以後七境之前，四到五和五到六，這兩次破境會簡單很多。」

寧姚拿過那只養劍葫蘆，隨意晃蕩起來，睫毛微顫：「那你得好好感謝他們啊，給了你這麼一樁機緣。」

陳平安點頭道：「那當然，所以這次去劍氣長城，看看能否再次碰到他們。」

寧姚想了想，沒有多說什麼。

陳平安有些忐忑：「可是先前給人抓去劍氣長城，太難受了，我怕站都站不穩，還怎麼登上城頭？」

寧姚解釋道：「其實沒你想的那麼誇張可怕，城頭那邊本來就是劍氣最盛的地方。你如果是從倒懸山入關，一步步往城頭那邊走，循序漸進，慢慢適應，就會好受許多。劍氣長城有點類似青冥天下的天外天，是一個無法之地。十三境的飛升境劍修，都不會被強迫飛升，誰都不管我們的死活，就連天道都不管這裡，所以很多外鄉劍修都喜歡來此歷練，參加戰事。

上次你在驪珠洞天上空，見到的那撥天上劍修，就是俱蘆洲的錬氣士。這次有他們助陣，表面上妖族三次攻勢都無功而返，在城頭下撂下了數萬具屍體，這些屍體全部變成了我們購買倒懸山渡船物資的本錢，但我覺得沒這麼簡單，相信抓你去劍氣長城的陳爺爺，和其餘兩位坐鎮此地的聖人，更能夠看得出來。」

寧姚笑了笑：「境界越高的修士，尤其是上五境的修士，無論是人族還是妖族，進入別人家的地盤，就越會水土不服，這就是聖人坐鎮一方天地，占盡天時地利的關鍵所在。打個比方，青冥天下的道家掌教陸沉，之前進入浩然天下，境界最高也就是十三境，這是禮聖訂立的規矩，而儒家聖人進入青冥天下，也不例外。聖人之間，雖有大道之爭，可這並不意味著他們不會相互尊重。說出來你可能不太信，妖族之中，也有值得我們劍修敬佩的存在，哪怕他們是戰場上必須分出生死的敵人。同樣，妖族裡也有很多大妖，會欽佩我們之中一些厲害劍修。

在我們劍氣長城，只要不是劍修，像你這樣的武人，還有諸子百家的錬氣士，都會很難熬。這有可能是一筆天大的福緣，更有可能你們會被這邊的劍道意氣澈底磨壞了大道根本。有兩個例子，一個是歷史上有個俱蘆洲的洞府境劍修，在這裡一步步成為仙人境修士；一個是扶搖洲的仙人境修士，非但沒有在此找到破境契機，反而一口氣墜回元嬰境。」

陳平安突然說道：「阿良教了我十八停的運氣法門。」

寧姚愣了一下：「這傢伙對你不錯啊。在咱們這邊，只有立下大功的劍修，才有資格傳授某個人這門運氣方式，他們幾乎都是傳給最得意弟子，或者家族繼承人。不過你別高興得太早，十八停更像是一種儀式，是在表明，劍氣長城的劍意世代傳承，始終有後輩繼承最早一輩上古劍仙的劍意，其實十八停本身，不算多高明的運氣劍訣。

北邊城池裡頭的那些個大家族，每家都有真正的上乘劍訣，陳家劍訣可以重骨、董家劍訣能夠洗髓、齊家劍訣擅長錬神、寧家劍訣磨礪本命劍的劍鋒、姚家劍訣側重劍氣的虛實、納蘭家劍訣可以讓氣意互補，這些劍訣都好到你們浩然天下的劍修無法想像的程度。不管怎麼說，你既然學會了十八停，到了劍氣長城，會更快適應，是好事情。」

陳平安咧嘴而笑。

寧姚隨口問道：「按照時間來算，你學了快兩年了吧，十八停走完幾停了？十五？十六？最少也該過十二停了吧。在十二停之後，每一停都會比較難跨過去。你畢竟不是劍氣長城土生土長的人，慢一些很正常。我身邊一些朋友，胖子花了八個月走完十八停，小董天賦更好一些，才半年，其餘幾個差不多是九個月到一年之間。

不過小董的姐姐比較厲害，才三個月而已，只是董家這麼多年一直藏藏掖掖，不願意對外洩露真相。在劍氣長城，跟我差不多大的人，走完十八停的，大概有三十人。所以我們這一輩，被視為劍氣長城三千年以來，最強的一批人。長輩們都說只要給我們五、六十年，妖族在下一個千年，就會見不到劍氣長城的城頭。」

陳平安一臉呆滯。

他歷盡千辛萬苦，才勉強破了第七停的門檻，能夠一鼓作氣走完十二座氣府，然後就開始大雪封山，雷打不動，讓人覺得過第八停的希望太過渺茫。

寧姚看見陳平安的臉色後，便停下話頭：「那就不說我了。」

陳平安試探性問道：「妳多久？」

寧姚皮笑肉不笑：「呵呵。」

陳平安不願死心：「呵呵是多久啊？」

寧姚忍了半天，見陳平安沒有放棄的意思，只好老實回答：「就是『呵呵』這麼久，我剛聽完十八停口訣就學會了。」

陳平安哀嘆一聲，拿過養劍葫蘆，默默喝了一口酒：「當初拿到《撼山拳譜》，學拳是這樣，如今十八停，練劍還是這樣。我是不是一輩子都追不上妳啊，那還怎麼成為大劍仙啊……」陳平安不等寧姚說什麼，就已經自己想通了，「不過沒關係，飯要一口一口的吃，別人如何，都是別人的好，自己越來越好，自己知道就行了，哪怕慢一些都沒事。之前答應妳練完一百萬拳，當時連自己都不敢想像這輩子能打完，結果這麼快就只剩下兩萬拳沒打了，以後怎麼樣，誰知道呢？」

寧姚問道：「別人？」

說錯話的陳平安滿臉尷尬，只好呵呵一笑。

寧姚想了想：「那就早點去劍氣長城？」

陳平安摘下腰間的那塊玉牌，猶豫道：「可是我應該明晚子時才能入關。」

寧姚雷厲風行地起身道：「你把東西收起來，我帶你過去，那個什麼蛟龍真君不是說了有事找他們嗎，倒懸山自己說的，總不好反悔，走吧。」

陳平安本就想著早一點在劍氣長城練拳也是好事，他將桌上的物件全部收入飛劍十五當中。

寧姚再次看到這把本命飛劍，提醒道：「既是飛劍又是方寸物，很難得，要珍惜。」連寧姚都覺得「難得」，肯定不是一般的價值連城。陳平安點點頭，記下了。

陳平安先去跟金粟說了一聲，要提前去劍氣長城。那個桂花小娘站在自己房門口，百感交集，她與陳平安和那位寧姑娘微笑告別。

離開鸛雀客棧，寧姚帶著陳平安來到孤峰山腳。小道童一瞥那少年不合規矩的通關玉牌，再看那小丫頭一臉天經地義的神態，氣得又從蒲團上跳起來。

好在陳平安已經開始解釋：「這位仙長，之前我們在雷澤臺那邊遇上了蛟龍真君，他跟寧姑娘說，他的師尊已經頒下法旨，可以為寧姑娘破例。如果仙長不放心，可以與老真君商量一番，如果實在不行，那我就明晚再走這道門。」

小道童斜眼看向陳平安：「你誰啊！這小姑娘的情郎？」

陳平安只是眨眼，不說話，跟小道童裝傻。

小道童心中默念，與那個按照輩分算是他師侄的蛟龍真君聊了一下，再打量了一眼寧姚跟陳平安：「你們可以過關去劍氣長城了。」

既然打定了主意，小道童就不再為難兩人，他一屁股坐回蒲團，大概是覺得那個小姑娘太氣人，乾脆後仰倒去，手腳攤開，大大咧咧躺在蒲團上，然後打開那本道家典籍，將其蓋在自己臉上，眼不見為淨。

寧姚伸手握住陳平安的手，輕聲道：「記住，跨入劍氣長城之後，被劍氣海水倒灌氣府是正常事，你不能急，越急氣機就越亂，只會一團糟。」

陳平安點頭道：「懂了，我就當是在拉坏，只要心穩，一切就穩。」

寧姚白了他一眼：「泥腿子！」

陳平安笑著握緊她的手。

寧姚加快步伐，牽著陳平安匆忙跨入鏡面大門。

坐在拴馬樁上頭的抱劍漢子嘖嘖稱奇：「那邊的年輕一輩，估計得瘋掉不少嘍。這傻小子接下來的遭遇，肯定不比妖族好到哪裡去。」

腦袋被書本覆蓋的小道童悶悶道：「雖然我不喜歡這丫頭的臭脾氣，可看到她給一個愣小子騙到手，還是有些心疼啊。一個天、一個地，這兩人怎麼湊一塊的？不是亂點鴛鴦譜嘛。誰牽的紅線？站出來，我一定戳死他這個半吊子月老。嗯，先戳個半死，留半條命容我罵死他。」

孤峰高樓之巔，三清鈴之中的一枚叮咚作響，但它並未響徹倒懸山，昭告天下。隨後一縷氣機轉瞬掠至小道童腦袋之上，鑽入書中，那本書好似神靈附體，「啪」一聲合上，對著小道童，左一巴掌、右一耳光，很是清脆悅耳。

根本來不及躲避的小道童如遭雷擊，然後恍然大悟，抱頭求饒道：「師叔，我錯了、我錯了……」

一步跨入劍氣長城後，寧姚心中一凜，但是很快釋然。原來她帶著陳平安跨過倒懸山鏡面後，不是出現在姚老頭和師刀房道姑所看守的那扇大門附近，而是直接來到了劍氣長城的城頭。他們直接省去了穿越城池和登上城頭這兩段漫長路程，但是如此一來，陳平安估計就要遭罪了。

果不其然，突然來到城頭的陳平安，滿臉漲紅，然後臉色鐵青，最後渾身顫抖，可是陳平安的眼神始終清澈，古井無波。

之前那次是太過措手不及，如今有了心理準備，就好上許多，即便是一步登天，直接來到了劍氣最盛的城頭。陳平安對於吃苦一事，實在是太過熟稔，無非是重返落魄山竹樓二層而已，只要不是當場暴斃，陳平安的心境，如拴馬樁，如江河砥柱。

兩人所在的這段城頭，附近並無劍修巡遊偵察或砥礪道行。

一位佝僂消瘦的老人從原地一步走到此地，笑望向寧姚，她有些臉紅。

老人笑了笑，雙手負後，雖然之前已經看穿大驪少年的底細，可今天還是繞著陳平安又轉了一圈，他點頭道：「果然如此。」

隨即老人有些遺憾，喃喃自語道：「阿良哪怕在這裡待了一百年，身上那點書生意氣還是沒有磨乾淨啊。他拿了那把劍，差不多能跟道老二五五開，如今這般捨了家當，只是在天外天互換拳頭，有啥意思？一個劍修沒有劍，一個道人把自己當成了純粹武夫，成何體統……

不過話說回來，以她的脾氣，未必願意跟隨阿良便是……可選擇這個質樸少年，也講不通啊，難道是垂死掙扎，不願就此消逝於天地之間？不對，她的性情，絕不是這樣的，太傲氣了，就像……不能這麼說，應該是像極了她才對，那麼到底是誰說服了她？文聖一脈的齊靜春？齊靜春一個讀書人，學問應該很高不假，可與她本就不是一路人，按理說是說服不了她的……奇了怪哉……」

雖然這位姓陳的老人與寧姚近在咫尺，而且老人並非在心中默念，可是寧姚偏偏一個字都聽不到。

老劍仙想不通便不多想了。

天下事情實在太多，不近我身，便都不是重要事，更何況還他娘的不止一座天下。

老劍仙覺得必須想一點讓他開心的事情，於是笑望向寧姚這個小姑娘，真好。

劍氣長城，這一代年輕劍修天才輩出，三千年未有的大氣象。隱隱約約之間，寧姚已經展露出一枝獨秀的跡象。便是這位在城牆上刻下不止一個字的老劍仙，都很期待她那把本命飛劍的出爐現世。

之前有趟遠遊，寧姚這丫頭不管不顧，差點祭出了尚未成熟的本命飛劍，引發了天地異象。因為劍氣長城存在某些祕法，即便隔著一座小天地和兩座大天下，他與城頭幾個老傢伙也察覺到了異樣。那個脾氣最壞的，差一點就要破壞規矩，闖入浩然天下，所幸小丫頭懸崖勒馬，才沒有壞了大道根本。

寧姚小聲問道：「陳爺爺，他不會有事吧？」

不苟言笑的老劍仙面對寧姚，那是從來不吝嗇笑臉的，他微笑道：「他要有事，陳爺爺估計也得有事了吧？」

寧姚狠狠瞪了一眼老人。

老人打趣道：「喲，總算有點少女模樣了，看來這外鄉小子功莫大焉。」

老劍仙不再逗弄小姑娘：「這小子武道底子打得極好，心性又定，不錯不錯，肯定熬得住，放心吧。最近這段時間，就讓他在城頭上熬著，當初我那個小鄰居曹慈，也是這麼一步步走過來的。千萬別帶他去北邊的城裡，烏煙瘴氣的，再好的苗子都得毀掉。」老人說完之後，就背轉過身，緩緩前行，這一次他不再運用神通在劍氣長城這邊縮地成寸。

老人就這樣默然守著這座城頭，已經不知道幾個一千年了。

陳平安花了五個時辰，方能緩緩挪動腳步，又過了五、六個時辰，他才開始試圖練習六步走樁，走得生疏，彷彿稚童頭次學拳。

寧姚每天都會來城頭這邊幾次，言語不多，然後就會返回北邊的城裡。

陳平安的六步走樁逐漸嫻熟起來。他就這麼一直往左手邊出拳而走，緩慢而堅定，在感覺到筋疲力盡的前一刻，迅速轉為劍爐立樁，靜止不動。

這段時間，陳平安沒敢靠近城牆那邊，只是在走馬道上走動。

據說牆頭以南就是蠻荒天下，而且這座天下，到了晚上，竟然懸掛著三輪明月。

陳平安在劍氣長城打一百拳，感覺比在浩然天下打幾千拳都要累。

就這樣走走停停，到了第三天，陳平安在依稀可見大小兩間茅屋輪廓的時候，看到了曹慈。曹慈在一里路之外的牆頭上練習拳樁，腳步輕靈，出拳如虹，哪怕陳平安只是個眼光粗淺的門外漢，都會由衷感嘆曹慈拳架子的……完美無瑕！

陳平安是從右到左打拳，住在小茅屋的曹慈則是從左到右。兩人視線交匯，雙方都無停步的意思，繼續各自前行，最終遙遙地相對而過。

陳平安一身拳意極為細微，絕大部分都已經被劍氣死死壓制；而曹慈一身剛猛拳罡洶湧外泄，肉眼可見，好像反過來壓制了四周的城頭劍氣。

在陳平安一路緩緩走樁，最終臨近老劍仙所住的茅屋時，曹慈已經來回打完一趟拳，趕上了陳平安。

此時陳平安看到了老劍仙身邊的寧姚，曹慈則看到了老人身旁的師父——大端國師、女子武神裴杯。

寧姚確定了陳平安的練拳進展之後，才放心帶他走向茅屋附近的北邊城頭，帶著他躍上城頭，眺望那座城池，告訴他自己家在什麼地方，她的朋友們又分別住在什麼地方。

他們身後不遠處，曹慈在練習一個新拳架，而女武神就在旁邊微笑看著，時不時指出他那個拳架的某些瑕疵。

當天晚上，女子武神就站在城頭上閉目養神，而曹慈練了一晚上的拳。

陳平安一直練習走樁到深夜，後半夜，他盤腿坐在北邊城頭，保持劍爐立樁，緩緩入睡。

第二天清晨，老劍仙來到雙方附近，突然提議兩個少年切磋一番。

曹慈無所謂，陳平安也無所謂。

於是老人以手指做劍，開闢出一座暫時的小天地，方圓十丈而已。

一位女子武神在旁觀戰，竟然覺得還挺有意思。

這一天，在沒有任何禁制的情況下，兩人就像身處浩然天下的尋常戰場，飛劍、法寶、拳法，雙方只要願意，皆可使用。

在切磋之前，老劍仙告訴兩個同為四境的武道少年，他們最好忘記對戰雙方不會死在城頭這一點，將這場切磋看成一場真真正正的生死之戰。

陳平安傾力出手，三戰皆輸。

也不知曹慈保留了多少實力，總之他三戰全勝。

打完最後一場架，曹慈就跟他師父告辭離去，師徒二人就此離開劍氣長城，返回中土大端。

曹慈臨行前，對陳平安說道：「陳平安，你回倒懸山之前，能不能幫我照看一下，那間小茅屋？」

陳平安抹了把額頭汗水，笑道：「沒問題。」

這是曹慈獨有的善意。

白衣少年和女子武神在走馬道上越行越遠。

老劍仙提醒陳平安道：「我要撤去小天地了。」

陳平安點點頭，示意自己沒問題。

老劍仙隨手撤去那方天地的禁制，劍氣頓時洶湧而至，陳平安當下神魂震盪，受傷不輕，只能老老實實以劍爐立樁與之抗衡。

一個時辰後，陳平安才能夠走動，他與寧姚來到面向南邊的城牆附近，她問道：「沒事吧？」

陳平安搖頭道：「這點傷不算什麼。」

寧姚皺眉，指了指心坎：「我是說這裡。」

陳平安的視線順著少女青蔥一般的纖細手指移動，久久沒有轉移。

寧姚一巴掌拍在陳平安頭上。

陳平安撓撓頭，趕緊亡羊補牢：「心裡頭，更加沒事。」

男人的腦袋、女人的腰，一個拍不得，一個摸不得，但是這種話，陳平安哪裡敢講。

寧姚背靠城牆，憂心忡忡地問道：「真沒事？」

一天之內，陳平安輸了三次，輸得不能再輸了。

第一次是陳平安和曹慈切磋拳法技擊，雙方如有默契，都很純粹，陳平安次次出拳，好像剛好比曹慈慢上一線。

不是說陳平安的拳法不入流，恰恰相反，崔姓老人傳授的神人擂鼓式、雲蒸大澤式等拳招，令一旁觀戰的女子武神都有數次點頭。

反觀曹慈，則太寫意閒適了，閒庭信步，未卜先知，次次料敵先機，陳平安的拳腳，就像剛好湊到他想到的地方。

陳平安從來沒有打中過曹慈，一拳都沒有。

在老劍仙和寧姚都覺得一場足矣的時候，女子武神竟然微笑建議，讓他們再打一場，並且讓陳平安放開手腳，不用拘束於拳法。

第二場，陳平安讓飛劍初一和十五助陣，甚至用上了幾種符籙。

可是初一和十五比起曹慈的身法，還是要慢一點，不多不少，依舊是一線之差。

這一次，就連寧姚都替陳平安感到無奈。

這就如同下棋，同樣是九段國手，強九勝弱九，並不奇怪，可如果這個強九棋手，次次以半目勝出，恐怕就說明兩者之間的棋力差距，不是一般的大。

最後一場架，是陳平安自己提出來的，曹慈點頭答應。

第三場，陳平安開始變了，變得不像是在跟曹慈過招，而是在跟自己較勁，不斷強行變更既定拳招的路數，而神人擂鼓式也好，鐵騎鑿陣式也罷，都是崔姓老人錘鍊千百萬遍的「神仙手」，陳平安這種行徑，看上去有些自亂陣腳。

於是曹慈的出拳，比陳平安的出拳，不再是只快一線，許多時候，曹慈在陳平安出拳之初，或是其拳架中段就打爛了陳平安的拳意，陳平安比前兩場輸得更慘。

然而在場三人，哪怕是武道之外的寧姚，最終都看出了陳平安的臨時變陣，其大方向是對的。最主要的差距，還是在四境底子上。

第三場之後，曹慈對陳平安伸出了大拇指，只說了四個字——再接再厲。

如果觀戰者不認識曹慈和陳平安，肯定會覺得曹慈這是在挑釁，是在耀武揚威，或是在居高臨下，俯瞰敗者。

曹慈的心平氣和，陳平安的心境安定，並不能改變一個事實：同樣是四境武夫，陳平安如今是名副其實的曹慈手下敗將。所以「劍心澄澈、鋒芒畢露」的寧姚才有此問，她擔心陳平安輸了第四場——無形中的心境之爭。

一旦武道心境被曹慈碾壓破壞，那麼陳平安別說是躋身武道止境，此生躋身七境都難。

好在陳平安說他沒事。

寧姚相信他。陳平安不怕死，她在驪珠洞天的時候就知道，他曾經差點死在搬山猿手下，差點為了她跟馬苦玄換命。

但是不怕死，不意味著就不怕輸。

一窮二白的時候，光腳的不怕穿鞋的。可是寧姚之前在客棧看到了一桌子的寶貝，她方才知道原來陳平安已經挺有錢了，而且武道可期，所以寧姚擔心陳平安會鑽牛角尖。

所幸不是。

兩人一起坐在朝南的城頭上，肩並著肩。

寧姚將一新一舊兩把劍疊放在膝蓋上，陳平安依舊背負著只剩下一把槐木劍的劍匣。

她其實覺得「降妖」這個劍名挺俗氣的，但是一想到陳平安還背著一把除魔，就不跟他計較了。

陳平安以雙拳撐在膝蓋上，身體前傾。千里之外，就是無數妖族大軍的駐地，蜂擁蟻屯。聽寧姚說每一次妖族大軍進攻劍氣長城，這個峽谷就會塞滿密密麻麻的妖族，但是，它們的頭頂，同樣會有密密麻麻的飛劍。

陳平安跟寧姚在一起，都是想到什麼就聊什麼。從老劍仙陳爺爺到曹慈和女子武神，以及他們所在的中土神洲大端王朝，再到擁有四大仙劍之一的龍虎山大天師。談到仙劍，自然而然就扯到了被譽為真無敵的道老二，因為他那把仙劍被譽為「道高人間一尺」，然後就聊到了道老二座下一脈的倒懸山，最後回到了劍氣長城，陳平安的拳法。

兜兜轉轉，聊得隨心所欲。

陳平安從未在視野這麼開闊的地方坐過，心境上更是，就彷彿直接跟一座天下面對面。

陳平安情不自禁道：「最早練拳是為了活命，等到不用擔心壽命的時候，就開始想自己為什麼練拳，第一次覺得我的出拳一定要更快，比誰都快。後來我又覺得我的出拳，不一定要最強，但一定要最有道理，所以我看書，向人請教學問，跟別人學為人處世，讓身邊的人在我做錯的時候，告訴我哪裡錯了。」

陳平安摘下養劍葫蘆，喝了口酒，有些無奈道：「我跟人講道理，歸根結底，是為了讓對方也講道理，而不是我覺得我的道理，就一定是對的。只可惜這趟走下來，很多人連道理都不願意講。」

陳平安突然想起劍修左右，那個劍術高絕、人間無敵的男人，好像這個齊先生的師兄也很不愛講道理。

陳平安將養劍葫蘆遞給寧姚後，站起身，配合阿良傳授的十八停，開始緩緩打拳。

阿良曾經說過，他的十八停，不太一樣。

寧姚皺眉道：「陳平安，你每天要練那麼多拳，還要想這麼多亂七八糟的？」

「隨便想想。」陳平安滿臉笑意，出拳舒展自如，慢悠悠的，卻不是懶散，而是自然。

寧姚轉頭看著一身拳法真意如流水潺潺的陳平安，問道：「那你有沒有想過，你想了這麼多，會拖慢你的武道修行。那個曹慈肯定不會想這麼多。」

陳平安練拳不停，笑道：「他是天才，而且肯定是最了不起的那種天才，我又不是，我每一步都得多想、多做。我是一個凡俗夫子，妳不也說我是泥腿子，所以我必須每一步都先做到『不錯』，然後才是對，很對，最對的。我急不來的，以前拉坏燒瓷，一坐就是一下午，只有不出錯，才能燒出好坯子，很簡單的道理。」陳平安習慣性加了一句，「對吧？」

寧姚反問道：「簡單？」

陳平安有些納悶：「不簡單嗎？」

寧姚喝了口養劍葫蘆裡的酒，答非所問：「簡單就好。」

陳平安出拳不再按照《撼山拳譜》或是崔姓老人傳授的拳架，而是臨時起意，人隨拳走，心無掛礙。

一停一頓，時快時慢，陳平安將心神完全沉浸其中。

我的本命瓷碎了，我的長生橋斷了，曾經我練拳就只是為了續命，然而我最後還是走到了這裡，找到了妳。

我陳平安覺得自己很了不起！

陳平安出拳越來越快，以至於衣袖之間清風鼓蕩，獵獵作響。

當初坐在那座雲海之中的金色拱橋上，神仙姐姐說過，我定不能辜負齊先生的希望，她最早選擇我，是因為她選擇相信齊先生，才願意跟他一起，去賭那萬分之一的希望。

有這個一，我是這個一，就足夠了！

城頭上，陳平安驟然之間拳法由快變慢，竟然沒有絲毫突兀。他橫向移動腳步，不斷對著那座蠻荒天下出拳，剎那間又從最慢變成最快，呼嘯成風。

崔姓老人曾經放豪言，要教世間武夫見我一拳，便覺得蒼天在上！

陳平安像是在回答一個心中的問題，出拳的同時，他大笑道：「好的！」

寧姚微微張大嘴巴，這還是陳平安嗎？

寧姚破天荒有些多愁善感，喝過一口滿是愁滋味的酒，伸出一隻手掌，抱怨道：「陳平安，我現在一隻手打不了幾個你了。」

陳平安停下出拳，蹲下身，笑道：「妳打我，我又不會還手。」

寧姚翻白眼道：「你還是男人嗎？這要傳出去，不管是在劍氣長城還是在浩然天下，都是要被人笑話死的。」

陳平安眼神堅定：「如果哪天妳被人欺負了，不管我當時是武道第幾境，我那一次出拳，一定會最快！」

寧姚指了指城頭以南：「十三境巔峰大妖也不怕？」

陳平安點頭。

寧姚指了指身後：「浩然天下的文廟聖人也不怕？」

陳平安還是點頭。

寧姚指了指頭頂：「道祖和佛祖都不怕？」

陳平安點頭之後，輕聲道：「寧姚，別死在戰場上啊。」

寧姚轉過頭，不再看陳平安，她懷抱養劍葫蘆，望向腳下的萬年戰場，點了點頭，眼神堅毅：「我不敢保證一定不死，但是我一定會爭取活下去。」寧姚突然笑了起來，「陳平安，那你趕緊成為天下第一的大劍仙吧！」

陳平安撓頭道：「我也不能保證啊，但是我努力！」

陳平安來到寧姚身邊坐下，肩頭靠著肩頭。

寧姚有些羞赧，便輕輕撞了一下，似乎想要撞開他，陳平安次次靠回去。

陳平安的肩頭，就這樣搖來晃去，最後兩人安安靜靜地望向南方。

一肩挑著齊先生和神仙姐姐的希望，一肩挑著心愛姑娘的期望。

雖然不是楊柳依依和草長鶯飛，不是春光融融和青山綠水，但是陳平安覺得這樣已經很好了，不能再好了。

裴杯和曹慈師徒二人緩緩走在城頭上，曹慈回望一眼茅屋的方向，神色認真道：「雖然陳平安的第三境底子，跟我的差距還是比較大，但是我覺得他是有希望跟在我後面的。」

女武神笑道：「這可是很高的評價了。」

曹慈問道：「師父，妳覺得呢？」

她輕輕搖頭：「我覺得如何，沒有意義，要看你和陳平安以後走得如何，各自升境的快慢，每一境底子的厚薄，最終武道的高低。當然，誰能活得更長久，至關重要。」

曹慈點點頭，問道：「師父，若是沒有大的意外，妳大概能活多久？」

對於這種生死大事，她語氣平淡：「尋常十境武夫，盡量減少本元的消耗，少些病根難除的生死大戰，可以活到三百歲左右，我大概能多個兩百年。多出來的這兩百年，又可以做更多的事情了。」

曹慈感嘆道：「到底還是鍊氣士更長壽。」

裴杯對此不置可否，問道：「關於陳平安，還有什麼想法嗎？」

曹慈搖搖頭：「沒了。」

裴杯叮囑道：「躋身七境之前，你可以離開大端王朝，但是絕對不許去往別洲。」

「曉得了。」曹慈其實無所謂，他的武道，真正的對手，只有自己。

中土神洲的高大女武神忍不住笑了起來，伸手揉了揉曹慈的腦袋。

曹慈無奈道：「師父，別總拿我當孩子啊。」

裴杯走下城頭之前，回望了一眼茅屋那邊，她很快就收回視線，笑了笑。

跟曹慈同處一個時代的純粹武夫，想來會很悲哀。

尊重仰慕他的，高山仰止，只能一輩子抬頭看著；羨慕嫉妒他的，望塵莫及；仇恨敵視他的，抓心撓肝。

裴杯很期待自己弟子的最終巔峰，畢竟武無第二！

陳平安在城頭上已經待了將近一旬時光，這天寧姚來了又走了，說是家裡來了重要客人需要她露面。

陳平安就繼續沿著城頭走樁，走出十數里後，他發現前方站著一個身穿寬鬆黑袍的小女孩，梳著俏皮的羊角辮，似乎在打盹？她一直搖搖晃晃，好像下一刻就要墜下城頭，看得陳平安心驚膽戰，忍不住想去扶住那個冒冒失失的小姑娘。只是兩次遠遊，讓陳平安成熟了不少，他並沒有貿然出手。

陳平安只是「喂」了一聲，假裝是在詢問，以寧姚教給他的劍氣長城土話，問道：「妳知道茅屋裡的老人是誰嗎？」

小姑娘沒有理睬陳平安，依舊在城頭上蕩秋千。

陳平安在一個自認為合理的距離停步打量了她一眼，稚嫩臉龐上竟然還掛著鼻涕泡，果然是在睡覺。

心真大啊。

陳平安覺得她多半是一位天才劍修。

一瞬間，一個站不穩的羊角辮女孩筆直墜向城下。

陳平安下意識就要一步掠去，想抓住那小姑娘的腳踝，一隻手掌按在了陳平安肩頭，令他動彈不得。陳平安轉頭望去，發現他的左手邊站著一位慈眉善目的白髮老者，身材修長，髮髻上別有白玉簪子。

老人對陳平安笑道：「小傢伙，聽你口音，是外鄉人吧？心是好的，可在劍氣長城，一定要記住一點，不要給人添麻煩，更不要給自己添麻煩。」老人指了指小姑娘「墜崖」的方向。「這位隱官大人，不需要你救。她是咱們劍氣長城這一千年來，斬殺中五境妖族最多的劍修。要說妖族最恨之人，隱官大人可以穩居前三。你要是碰到她的一片衣角，恐怕就要死了，除非老大劍仙願意跟隱官大人大打出手。」

陳平安抱拳致謝。

老人笑道：「老夫姓齊，你要是不介意，喊我一聲齊爺爺或是齊前輩都可以。今天南邊有點異動，我剛好跟好友一起巡視城頭。估計隱官大人也是來了興致，巴不得對方展開攻勢。」

老人記起一事，突然補充道：「還是別喊我齊爺爺了，喊我齊前輩就行，否則感覺像是在占老大劍仙的便宜，這可使不得。」

話音剛落，兩人腳下的城牆下方，發出一陣悶響。

估計是隱官大人摔到了地上，引發震動。

老人笑著提醒道：「雖然有老大劍仙幫忙盯著，隱官大人也在，但是你還是要小心一些。兵無常法，妖族指不定什麼時候就要展開下一輪攻勢。好了，你繼續忙吧。」

不見老人移動腳步，他就出現在了十數丈外的城頭上，就這樣蜻蜓點水，老人的身影轉瞬之間就消失不見。

陳平安跳下城頭，轉身返回茅屋那邊。他突然聽到南方大地上響起一陣陣難以言喻的聲響，不是刺破耳膜的那種難受，而是動靜不大卻讓人噁心的那種，他趕緊走到牆頭，舉目望去。

在一望無垠的城外峽谷中，出現了一個大妖。陳平安站在城頭上看那個東西，就像一個人低頭看著不遠處泥地裡的一條蚯蚓。

陳平安完全可以想像，那條蚯蚓的真實體形，一定極其恐怖。

然後陳平安就看到城頭這邊，先前那位隱官大人墜落的方向，炸開了一團巨大的雪白光芒，如一粒珠子滾向那個大妖。

峽谷內，塵土飛揚，打得翻天覆地。

約莫一炷香後，隱官大人返回城頭，站在離陳平安不遠處，使勁張大嘴巴，伸出雙指搖了搖一顆牙齒，最後好像不捨得將其拔下來，只是朝走馬道吐了一口血水。有些生氣的她大搖大擺地走在城頭上，城頭走馬道給她踩得一步一震。

在城頭結茅守城的老劍仙不知不覺來到陳平安身邊，笑著解釋道：「對她而言，沒打死對方，就是自己輸了，所以比較惱火，這時候誰都不要管她，否則會很麻煩。以前也就是阿良樂意跟她嘮叨嘮叨，喜歡火上澆油，雪上加霜，反正經得起她的揍。如今阿良離開了劍氣長城，估計她有點無聊吧。其實對面那頭不太走運的大妖，只是象徵性過來露一面而已。」

老劍仙帶著陳平安一起走向茅屋，突然說道：「因為某些原因，你是一個例外，所以我跟你也多嘮叨一些。」

陳平安點了點頭，沒有說什麼。

這天夜幕降臨後，陳平安離開曹慈建造的那間小茅屋，坐在了北邊的城頭上喝酒，眺望著那座巨大、燈火通明的城池，望向寧姚家的方向。

他的左邊肩頭忽然給人一拍，他向左望去，寧姚已經坐在了他的右手邊。

她這次走上城頭，拿來了一些吃食，放在茅屋那邊，她還將一罈酒提到城頭。

陳平安遞過養劍葫蘆，寧姚將酒倒入其中。

酒罈空了後，被寧姚隨手丟向城外，摔落在地也沒有發出聲響，畢竟是小小酒罈，不是先前那個隱官大人。

寧姚喝了口酒，開始發呆，陳平安便陪著她一起發呆。

寧姚輕聲道：「講不講道理，其實跟一個人活得好不好，沒半點關係。」寧姚伸出手臂指向城池，「那邊，有些人資質太好，所以只要他在規矩之內濫殺無辜，誰都拿他沒辦法。到了城頭以南的戰場上，這種人依然是響噹噹的大英雄，劍氣沖霄，以無敵之姿鑿開妖族大軍，便是記恨他的人，都不得不承認，有他沒他，大不一樣。」寧姚搖晃酒壺，「我走過浩然天下很多地方，見過各色人。有些人只是投了個好胎就一輩子榮華富貴，衣食無憂，每天只是在那裡埋怨人生無趣，發牢騷，說自己太苦了。」她將養劍葫蘆還給陳平安，「狗屁倒灶，挺沒勁的，是不是？」

陳平安想了想，說道：「還好吧。別人怎麼活，各有各的道理吧，不合我們心意，未必就是錯的。」陳平安喝了口酒，「有煩心事？」

寧姚點點頭：「有人想要買我家的斬龍臺，我不願意賣，人家便出了天價，講道理，講大義，講世交情分，什麼都講，講得我有點煩。」

陳平安沒有說什麼安慰的言語，只是輕輕握住了寧姚的一隻手。

寧姚沒來由笑了起來：「但是只要一想到你小時候過著苦哈哈的日子，餓著肚子，在泥瓶巷裡偷偷哭得一把鼻涕、一把淚，我就覺得其實這些都沒什麼。」

陳平安笑著望向遠方，清風拂面，不再像最早那樣刮骨錐心了，就像家鄉山林中的微風。他柔聲道：「這樣啊。」

一夜無話，最後寧姚靠著陳平安的肩頭，怡然酣睡到天明。

陳平安紋絲不動，安靜守夜。

他曾見過一句很動人的詩句，在家鄉神仙墳的一座泥塑神像上，不知是誰刻上去的：

「自童年起，我便獨自一人，照顧著歷代星辰。」

明月依舊隱去，太陽照常升起，又是新的一天。

寧姚難得睡得如此踏實，她醒來後抹了抹嘴，站起身，伸了個懶腰，乾脆直接御劍下了城頭，往北邊城池瀟灑而去。

陳平安返回茅屋吃了頓早餐，然後就開始從左到右地沿著北邊的城頭走樁練拳。他對這一帶早已熟門熟路，可以一路閉著眼睛，寧姚說今天可能不會來城頭看他，所以陳平安帶上了些吃食，打算走得遠一點。

之前大概是靠近老劍仙的修行之地，劍修稀少，陳平安只見到了姓齊的老人，和那位隱官大人。陳平安這天一直往右手邊練拳行去，就看到了更多的劍修，老幼男女皆有，既有來此汲取劍意、砥礪劍道的年輕一輩，他們往往獨自練習劍術，或是沉默悟道，也有按例巡查城頭、成群結隊的劍修，他們見到了背負劍匣卻打拳的陳平安，無一例外，都沒有和他打招呼，人人眼神漠然。

陳平安這才對齊姓老人那句話有了些感觸，劍修在這裡，不願意麻煩別人，更不願給自己找麻煩。

正午時分，陳平安坐在城頭吃著寧姚送來的肉脯和點心，細嚼慢嚥。

遠處有一撥少年、少女前行，他們一共二十餘人，出劍凌厲且整齊，身姿矯健，劍招刁鑽而簡捷，劍意偏向殺伐、陰沉。有一位獨臂中年劍修腳步輕靈地追隨著方陣，在旁指指點點，這應該是同一個姓氏的年輕子弟在此修行。

陳平安沒敢多看，免得被當作偷師別家祖傳劍技的冒失鬼。

那名獨臂劍修看了眼正在進餐的陳平安，想了想，做了一個手勢，年輕劍修們歡呼一聲，迅速停下修行，三三兩兩席地而坐。有一群遠遠跟在劍陣後方的男女，立即摘下包裹給這些少年、少女拿出午餐，神態恭敬。

寧姚說過，劍氣長城這邊等級森嚴，極其講究家族傳承和實打實的戰功，比如那個隱官大人。「隱官」並非姓名，而是一個歷史悠久，卻沒人能說出一個所以然的奇怪官職，總之隱官頭銜世代承襲。隱官在劍氣長城執掌督軍、定罪、行刑等事，歷任隱官中有很多碌碌無為者，就像劍氣長城北邊的影子，往往淪為城中大族的應聲蟲，但是這一代隱官大人大不一樣。

她是公認的劍氣長城第四把手。十三之爭，第二個出戰的，就是這個脾氣暴躁的「小姑娘」，對方那名戰力卓絕的大妖，直接認輸退出，氣得她獨自在戰場上亂砸亂捶了整整一刻鐘。劍氣長城的劍修和妖族就這樣看著她發洩怒火，雙方都早已習以為常。

在聽寧姚大致講過十三之爭的首尾後，陳平安除了記住雙方陣營的巔峰戰力，更記住了那個「一家之學，半壁江山」的陰陽家陸氏。

雙方只在最後一刻才水落石出的出戰次序，可能是另一場悄無聲息卻暗流湧動的大戰。這位隱官大人，為人族開了一個好頭，只是劍氣長城這邊中盤崩潰，幾乎潰不成軍，所幸阿良橫空出世，收了一個好尾。

陳平安吃完午飯後，就起身繼續打拳，往前而走，其間他又見到了那位姓齊的老人，不過這次老人身邊跟著一個面容俊美的中年男子。齊姓老人氣勢內斂，而男子氣勢鼎盛，瞧著便像是壓過了老人一頭。

陳平安沒有上前搭話，只是停下走樁，微微低頭，抱拳致意。

老人笑著點頭致意，亦是沒有跟這個外鄉少年寒暄客套。

之後陳平安遇到了兩個坐在城頭喝酒的青壯劍修，以及一個站在城頭上持劍不動的獨臂少女，劍極大。

陳平安看見他們之後就默默跳下城頭，繞過他們，等他們離得遠了，再跳上城頭繼續走樁。

黃昏時，陳平安還看到了幾個從南邊城下飛掠而起的劍修，他們越過走馬道，御劍向北。

陳平安看了眼天色，潦草地吃了頓晚飯，轉身返回。直到深夜他才回到小茅屋，結果一推門，藉著明亮的月色，陳平安就看到了那個隱官大人，正在偷吃他的食物。

陳平安站在門口一動不動，羊角辮「小姑娘」緩緩轉過頭，腮幫鼓鼓的，一點都沒有做賊被抓的覺悟，反而一臉責備和警惕地望向陳平安，像是在問你誰啊，來我家做甚？

這不是入室行竊的小偷，根本就是下山打秋風的土匪啊。

陳平安只好默默退出茅屋，掩上房門。他怕一言不合，就給這位戰功彪炳、性情乖張的隱官大人，一劍戳個稀巴爛。

陳平安去往茅屋後邊的北城頭，坐著喝酒。他突然聽到身後一陣拍掌聲響，轉過頭，看到隱官大人收起手掌，指了指茅屋那邊，隨後揚長而去。

是提醒我可以回去收拾殘局了？

陳平安一陣頭大，為小心起見，他還是坐在原地，等到她走遠了才回茅屋看了一遍，寧姚帶來的吃食，已經所剩無幾。

陳平安嘆息一聲，收拾完這間亂七八糟的屋子後，重返城頭，開始練習鄭大風贈送的《劍術正經》。

他依然虛握長劍，手中並無真正的長劍，主要是練習開篇的雪崩式和鎮神頭。

寧姚今天沒有來到城頭探望陳平安。陳平安便在後半夜返回茅屋躺下，安然入睡。

第二天清晨，陳平安剛走出茅屋，就看到那位隱官大人大踏步而來，身後帶著幾個少年、少女。她徑直走入屋子，很快就怒氣衝衝地走出茅屋，瞪大眼珠，使勁做出凶神惡煞的模樣。她興許是在責問為何茅屋今天沒有東西可偷吧，她身後那幾個氣質不俗的少年、少女都有些幸災樂禍。

陳平安臉色尷尬，只好裝傻扮癡。

如果她不是隱官大人，陳平安真的想要捏一捏她的臉頰。

隱官大人這次是真的有點生氣，她腳下的劍氣長城轟然一震，身穿一襲寬鬆大黑袍子的她掠向高空，轉瞬即逝。

寧姚在下午來到劍氣長城，聽陳平安訴說經歷後，笑著說：「不用擔心，那位隱官大人就是這樣的脾氣，吃過她苦頭的劍修不計其數，但她其實是個很好對付的順毛驢，喜歡聽人說好話，送她漂亮東西，一概全收。但是她吃乾抹淨或收下東西後，撐死露個笑臉，從不念舊情。如果惹上了隱官大人，也有辦法，劍氣長城那些個運氣不好的，就會在她出手之前果斷開始裝死，她會覺得出手打死這種廢物，髒了她的手，往往一筆勾銷，而且她也不太記仇，也有可能是她根本記不住那些人。」寧姚記起一事，「聽朋友提起過，隱官大人跟小茅屋裡的人關係不錯，破天荒地青眼相加，曾經有人看到姓曹的將隱官大人放在脖子上，然後他一路打拳，行走在城頭，當時有個路人差點嚇破了膽。」

陳平安感慨曹慈真是厲害。

寧姚笑道：「以前不熟，我最近多打聽了一些曹慈的事情，得出一個結論，跟曹慈走在同一條道路上的純粹武夫，其實挺慘的，尤其是所謂的武道天才。」寧姚接過陳平安的酒壺，喝了口酒，臉色紅潤，「一座天下的錬氣士，很難有公認的同境第一，因為本命飛劍、法寶仙兵這些東西其實不算身外物，很多生死大戰，一錘定音的恰好就是這些東西，所以機遇福緣會改變很多既定事實。武夫不一樣，不太依仗這些，甚至反感這些，因此會有拳無第二的說法，輸就是輸，贏就是贏。」

陳平安點點頭，他曾經在泥瓶巷見到的大驪藩王宋長鏡，在竹樓出拳的崔姓老人，以及艱難破境後登天而行的鄭大風，都與山上神仙截然不同，那種「我爭第一，誰與爭鋒」的宗師氣勢極為顯著。

寧姚將酒壺遞還給陳平安：「我的結論其實只說了一半，你覺得曹慈很厲害，可是我覺得你更厲害。」

陳平安咧嘴傻笑，能夠讓心愛的姑娘認為自己厲害，那就真的是厲害。

寧姚認真道：「因為同一個時代的武夫，肯定沒有幾個人能夠與曹慈交手，沒有幾個人能夠真正領教曹慈的那種『無敵』氣焰。你不但跟他交過手，而且一打就是三場，全輸之後，你在跟他的心境之戰中卻能夠不輸，這真的很難得。」寧姚咳嗽一聲，坐直身體，拍了拍陳平安的肩膀，「這很難得，要保持，再接再厲。」

陳平安原本還在鄭重其事地想著寧姚的話，突然發現寧姚眼中的促狹，便知道她是在模仿那個曹慈故意捉弄自己，陳平安笑得合不攏嘴，連酒都顧不上喝了，對寧姚說道：「妳學他一點都不像。」

寧姚翻白眼道：「你學他就像？」

陳平安搖頭道：「我不學他，我也不用學他。」

寧姚嘖嘖出聲，不知道是欣賞還是打趣。

陳平安呵呵一笑。

寧姚何等聰慧，立馬就知道這傢伙是在學自己在鸛雀客棧時的模樣，她直接捶了陳平安肩頭一拳：「喝你的酒！」

陳平安果真喝了口酒，然後笑道：「哇，今天的酒好像格外好喝。」

寧姚瞥了眼陳平安手裡的養劍葫蘆，驀然臉紅起來，又給了陳平安一拳，氣呼呼道：「男人就沒一個好東西！」

陳平安提著養劍葫蘆，一頭霧水。

寧姚起身御劍離去，不忘回頭狠狠瞪了他一眼。

陳平安眨了眨眼睛，滿臉無辜。

陳平安撓撓頭，繼續喝酒，琢磨來、琢磨去，就是想不明白，自己怎麼就不是個好東西了。只不過陳平安倒是感覺寧姚其實沒有生氣，就是有些……害羞。

陳平安覺得縈繞心扉的這種滋味不壞，好像比喝了美酒還美。

有一個在劍氣長城高空御風蹈虛的俊美男子，正是之前齊姓老人身邊的那位，無意間撞見了這一幕，他笑了笑：「原來是個不開竅的愣頭青。」

陳平安喝過了酒，別好養劍葫蘆，起身練習劍爐立樁。

月光入懷，皎皎在肩，一夜安寧。

天微微亮後，陳平安猛然睜眼，發現自己竟然一動不動地立了半夜樁。他有些後怕，這要是一不留神掉下城頭，人家隱官大人可以毫髮無損，而他肯定就是下邊牆根的一攤肉泥了。

陳平安做了幾個舒展筋骨的動作，跳下城頭，回茅屋吃過了寧姚昨夜準備好的早餐，然後繼續枯燥無味的走樁，沿著城頭走馬道往右而去。

一路上，陳平安遇上了一個滿臉賤笑卻殺氣騰騰的少年胖子，老規矩，他跳下城頭繞過，再重返城頭時，又看到城頭上站著一個姿容俊美、略顯陰柔的少年，然後看到一個滿臉疤痕的黝黑少年，最後看到了那個背負巨劍的獨臂少女。只是今天她身邊多出了幾個年輕女子，這些女子彷彿將寬闊城頭當作了郊遊地點，一條錦繡綢緞上擺滿了精美的吃食。

當陳平安再次從城頭上跳回走馬道時，她們便一個個望向他。陳平安與她們遠遠擦肩而過的時候，她們還在對著他指指點點。

陳平安頭皮發麻。

其實為何如此，他一清二楚，前前後後的這些傢伙，肯定就是寧姚之前描述過的那些朋友，而且都是並肩作戰的生死同伴。

這是陳平安第二次有些埋怨自己腳上的草鞋。第一次是在大隋京城，他怕給李寶瓶、李槐他們丟臉，還專門買了雙嶄新的靴子，只是他並沒有去東山的山崖書院，便跟崔東山離開了京城，穿了一會兒新靴子就將其脫下來，換上了最習慣的草鞋。

陳平安更希望將自己收拾得更好些，哪怕不是曹慈、崔東山那種與人相得益彰的仙氣裝束，也一定要乾淨整齊，就像林守一那種，最好帶一點書卷氣，哪怕是暫時的都好，髮髻上再別上一支玉簪子，腰間的養劍葫蘆就不用換了，劍匣也不用……

陳平安繼續前行，心中哀嘆，有些後悔。走著走著，陳平安突然笑了笑，他抬起腳，低頭看了眼腳上的草鞋：「老夥計，可不是我嫌棄你啊，你的任勞任怨，我很感激，你看你那幾雙陣亡在遊歷途中的同伴，我可是都收好了的，一雙也沒有扔掉，都在十五的肚子裡頭養老呢。嗯，書上說這叫頤養天年，哈哈，想要含飴弄孫，就是為難我了……」

自言自語的陳平安沒有發現，那些過來看他是何方神聖的傢伙，如下鍋的餃子一般，一個個主動「掉下」了城頭，原來是寧姚從城頭上空一路御劍而來。胖墩少年、董黑炭和俊美少年紛紛落荒而逃，那些女子則忍著笑意，胡亂收拾起包裹，御劍離開城頭。

陳平安轉過頭，看到寧姚御劍而至，驟然懸停在城頭外邊的高空，然後緩緩飛掠，與陳平安的走樁速度相當。

寧姚無奈道：「你別管他們。」

陳平安笑著點頭。

寧姚御劍在空中劃出一個美妙弧度，撂下一句：「我還有事，明天找你。」

陳平安還是在深夜時分回到兩棟茅屋附近，這次老劍仙不知為何站在北城頭上，像是在遙望那座沒有城牆的城池。陳平安快步跑過去，喊了一聲陳爺爺。

老人收回視線，點了點頭，然後伸手指向北方：「就是這麼點人，可能還不如浩然天下一座州城的人多，擋住了妖族這麼多年，我自己都覺得奇怪。」

陳平安不知道如何回答，便不說話。

老劍仙轉頭笑望向陳平安：「陳平安，我們相處得還算不錯，對不對？」

陳平安點點頭。

老人笑問道：「可是如果我說我跟曹慈處得更好，對他期望更高呢？」

陳平安仍然不知道如何回答。

老人不著急聽到答案，只是在看陳平安的眼睛，更是在看陳平安的心境。

老人有些唏噓，這一次這位阿良嘴中的老大劍仙，甚至運用了劍術神通，直指陳平安的神魂深處。

原來如此。

原本挺好的一個修道胚子，如果順風順水，運氣好的話，大概在浩然天下，修出一個地仙是不難的，可惜早早給人摔得稀巴爛，如瓷器碎成了一片片，在長生橋被打斷之前，就早早遭受了一場更大的劫難。

心境，心鏡。

鏡子碎片有大有小，老人見到了最大的幾片，上面所承載的畫面，景象各異。

說難聽點，這是一個類似養蠱的過程，不是弱者俯首朝拜強者，而是澈底沒了。少年這麼多年應該在竭力拼湊碎瓷片，而且並不自知。

說好聽點，就有些高妙了，這算是天行健，自強不息，強者越強，最終一、兩片碎片越來越璀璨奪目，如日月懸空，群星暗淡。

心境之爭，與修為高低關係不大，所以極為凶險，鍊氣士有很多的說頭和祕法，什麼捫心自問，叩心關，什麼君子參省乎己，什麼破心中魔障。有些旁門左道和邪門歪道，以諸多下乘的、不入流的觀想之法走捷徑。總之，其中學問很大而且很雜，如同山脈起伏，一座座山峰有高有低。

儒釋道，就是三條獨立的大脈，這就是所謂的立教稱祖。兵家是一條斷頭山脈，只差一點就成功了。曾經作為四大顯學之一的墨家，有點類似兵家，就像大江大河，不管多長多寬，如果最終不能入海，距離成為大瀆始終有著一步之遙。

陳平安始終沒有給出答案，老劍仙卻已經得到答案。

老人微笑道：「先前你跟寧丫頭聊到道理的時候，我剛好不小心聽了一耳朵，想不想聽我嘮叨一點過來人的看法？」

陳平安果斷點頭。

老人笑道：「我可以告訴你一個訣竅，可以既講道理，又過得還不錯，一定不至於將來有一天自己把自己憋死。」

陳平安眼睛發亮：「老前輩你請說！」

老人輕聲笑道：「聽好了，那就是過成這個樣子。你該這麼告訴自己……」老人略作停頓，然後繼續說道：「就是我某某某……嗯，比如我說『我陳清都』，你就得說『我陳平安』了。」

說到這裡，老人自顧自笑了起來，陳平安也跟著笑起來。

老人雙手負後，身形佝僂，眼神平靜，望著那座靜謐祥和的城池：「我這輩子處處講道理，事事講道理，已經講了足夠多的道理了，我問心無愧，結果你們還是這個鳥樣。不好意思，我這一次，不跟你們講道理了。」

陳平安只是安安靜靜地聽著老人說話。

老人眯著眼：「當然不講道理的次數不可以太多，一百年有個一、兩次肯定沒問題。比如這樣。」

老人向北方緩緩伸出一手，劍氣長城頭頂的巨大夜幕，如黑布被撕裂開來，一瞬間大放光明，最終卻只有一條極其纖細卻極為璀璨的光線從天而降，砸入城池中的某處，隨後地面上有無數的金色光芒炸裂開來，如有上五境的劍仙在這一刻金身崩壞。

陳平安張大嘴巴。

老人呵呵笑道：「喝口酒壓壓驚。」

陳平安傻乎乎摘下養劍葫蘆，將其遞給老劍仙。

老人本是打趣身邊少年，便沒有伸手接過養劍葫蘆，他轉過身，搖頭晃腦地緩緩前行，而後輕輕跳下城頭，自言自語道：「傻丫頭找了個傻小子，絕配。」

劍氣長城某處響起一聲嘆息，似乎此人並不認可老劍仙的暴起殺人，但是又不願出面理論。

嘆息之人身邊，有個蒼老嗓音隨之響起：「玉璞境而已，何況陳清都出手事出有因，你就忍忍吧。」

嘆息之人復嘆息。

蒼老嗓音無奈而笑，盡量勸解道：「跟陳清都講你們這套儒家規矩，如雞同鴨講，有何意義？再者，你們儒家學說是『近人之學』，不求成佛，不求長生，腳下大道不高也不遠，何必苛求陳清都事事奉行規矩，讓他做聖賢完人？你只要勿以聖人標準衡量陳清都，就很簡單了。」

那人淡然道：「陳清都的任何一次不講理，所造成的影響，恐怕凡夫俗子的一萬次不講理都比不上。」

老人笑了：「人家陳清都是劍修，你是儒士，不一樣的。」

那位儒士沉默許久，最終喃喃道：「夫子何為者，棲棲一代中。」

勸解無果的老人又是嘆息一聲。

劍氣長城以北的城池中，有人暴喝道：「陳清都！」一束長虹平地而起，裹挾著勢不可當的風雷之勢，直沖城頭。

已經跳下城頭的佝僂老人皺了皺眉頭，輕輕揮袖，將站在城頭上的陳平安扯到自己的身後，而他剛好站在陳平安原先站的位置，直面那名氣勢洶洶的劍修。

老人眯著眼道：「怎麼？家族子弟中出了妖族奸細，你還有理了？」

那名劍修懸停在城頭以外四、五丈處，他是一個鬚髮和衣飾皆是雪白的高大老人，相貌極其威嚴，哪怕是面對劍氣長城資格最老、劍道最高的老前輩，這位老者依舊毫無敬懼之意，滿臉怒容質問道：「我董家自有家法家規處置叛徒。退一萬步說，隱官尚未判定我孫子的罪行輕重，你陳清都憑什麼處置董觀瀑？」老人咄咄逼人，驟然提高嗓音，「你當我董三更死了嗎！」

陳清都滿臉譏諷之意：「在董觀瀑死在我劍下之前，我確實是當你董三更死了。一個板上釘釘的妖族內應，你董家愣是查了一個月的工夫。你信不信如果換一個姓氏，比如姓陳，一天我都嫌多？」

董姓老人怒氣衝天：「一個願意悔改、將功補過的玉璞境劍仙，難道不比一具屍體更有利於劍氣長城？」

陳清都甚至都不屑反駁，他冷笑道：「我一劍之下，竟然還有屍體？難道這個小畜生偷偷摸摸躋身了仙人境？」

自稱董三更的高大老人氣得眼睛瞪圓，一身劍意洶湧澎湃，如驚濤駭浪拍打城頭。

陳清都一挑眉毛：「怎麼，要出手？」

董三更一步向前踏出，怒極反笑道：「別人都怕你陳清都，我不怕！出手就出手，有何不可！」

一個稚氣的嗓音在遠處城頭響起，有些哀怨委屈：「行了，都怪我，是我捨不得董觀瀑那麼快死，畢竟小董是我最喜歡的幾個傢伙之一，我現在多喜歡曹慈，當年就有多喜歡董小鼻涕蟲，既然現在已經死了……就死了吧。」出聲之人，是那個身穿一襲大黑袍子的羊角辮小姑娘，劍氣長城這一代的隱官大人。

這一處城頭四周，已經遙遙出現了十數名劍氣長城的頂尖劍修，或是大姓的家主，或是戰力卓絕的劍仙，唯獨少了那兩位有資格與陳清都平起平坐的聖人。

一個俊美容貌的中年男子厲色道：「董三更，這件事是你做得不對，一開始就錯了！

這麼多年來，你對董觀瀑寄予的期望太大了，才會讓董觀瀑的劍心變得那麼極端，執意孤身前往妖族腹地歷練，導致了這場禍事。他覺得劍氣長城有了個董三更，有了個阿良，還可以多出一個董觀瀑，我覺得不是。他年輕氣盛，不聽就算了，可是你董三更呢？難道你不知其中凶險？」

董三更臉色冷漠：「我董家兒郎，就該有這種野心，我為何要勸他？我巴不得董家子孫一個個都比我董三更劍道更高！」說到這裡，董三更嗤笑道：「咱們董家畢竟不是陳、齊、納蘭這樣的家族，沒那麼多花花腸子。」

董三更這一棍子下去，幾乎打死了半座劍氣長城。

那俊美男子冷哼一聲，不再說話。

齊姓老人此時緩緩開口道：「事已至此，還能如何？大敵當前，難道還要鬧內訌？」

一位相貌清臒的長衫負劍老者輕輕點頭：「不管如何，當下最重要的還是應對妖族的攻勢，不可自亂陣腳，白白便宜了南邊的那些孽畜。」

老劍仙根本不理睬這兩位好心搗糨糊的，更沒有息事寧人的意思，他盯著董三更，笑道：「如果立功就可以贖罪，那我今天是不是可以宰了你董三更，然後讓隱官撕去幾頁功勞簿，就當沒事了？」

董三更啞口無言。

氣氛尷尬，凝滯沉重。

陳平安在老劍仙身後看著這一幕，只覺得城頭上的劍氣，在這些人出現後，便開始有了重量，壓得他幾乎喘不過氣來。

董三更突然環顧四周，怒喝道：「看你娘的好戲，湊你娘的熱鬧，滾滾滾！」

十數位劍氣長城的中流砥柱知道，這是董老匹夫在給自己找臺階下了，今天這架打不起來，便紛紛返回北邊的城中。

眾人紛紛退散，陳平安這才看到原來寧姚也在其中。

她緩緩御劍靠近城頭，董三更瞥了眼小丫頭，沒好氣道：「寧丫頭，莫要學妳那廢物爹娘，妳，我還是很喜歡的。」

寧姚面無表情。董三更也不以為意，轉身御風返回城內。

站在城頭上的隱官大人，是最沒心沒肺的那個，一直在偷偷打哈欠，此刻她突然皺著臉，猶豫了一下，張大嘴巴，伸出拇指抵住那顆不安分的牙齒，輕輕晃了晃，最後還是不捨得拔掉，合上嘴巴後，轉身嘟嘟囔囔地走向遠處。

老劍仙陳清都對於今夜的風波好似見怪不怪，他對寧姚笑了笑，掠下城頭，走向那間老茅屋。

陳平安重新躍上城頭，與寧姚並肩而立。

寧姚沒有太多情緒起伏：「劍氣長城一直就這樣，好在祖上留下來的一條規矩沒怎麼變。」

陳平安好奇地望向寧姚。

寧姚緩緩道：「劍尖朝南。」

簡簡單單四個字，就讓開始學劍的陳平安心神搖曳，激蕩不已。

陳平安忍不住轉頭望向南方。寧姚伸手摘下陳平安的養劍葫蘆，開始喝酒。

陳平安收回視線，輕聲問道：「那個做了叛徒的董觀瀑，是不是妳說的那種人？曾經是戰場上的英雄，在城內則不太講理？」

寧姚搖頭道：「恰恰相反，小董爺爺一直是個不錯的人，在劍氣長城以北，從來深居簡出，不太愛跟人打交道。我小時候偶爾見到他，他雖然不善言辭，但次次都會對我笑，就像自家長輩一樣。」

寧姚盤腿而坐，無奈道：「誰都不知道，為什麼小董爺爺要投靠妖族，可能是當年那趟以身涉險的歷練，出了很大的問題吧。其實離開劍氣長城，孤身去往蠻荒天下砥礪劍道的劍修很多，因為在那邊，中五境的妖族都以修練出人族相貌為榮，平日裡就跟我們沒什麼兩樣，只有在戰場上的危急時刻，才會現出真身，憑藉強橫的先天體魄抵禦飛劍，所以劍修只要小心隱蔽，其實不太容易被妖族看破身分。」

人之所以為萬靈之首，就在於人之竅穴氣府，本身就是世間最玄妙的洞天福地，所以妖族才會孜孜不倦地修練出人身，之後修行就會事半功倍，落魄山的青衣小童和粉裙女童便是如此。

寧姚繼續說道：「當然，一些劍氣長城天才劍修，早早就被巔峰大妖暗中記下，再以祕法記錄在冊，他們就難以行走蠻荒天下。但是那本冊子，聽說名額有限，上邊寫下名字的劍修不會太多，往往是我家鄉這邊戰死一個劍仙，再添加一個。照理說，小董爺爺出門遠遊的時候，不過是尋常的元嬰境劍修，不該在冊子上，底蘊深厚的董家，又有獨門祕術遮掩氣機，很難被察覺。」

寧姚沒有說一件事。她是那本古怪冊子上記錄在案的劍修之一，而且是劍氣長城歷史上被記錄在冊的年紀最小的劍修——寧姚在十歲之前就已經被記錄在冊。

歷史上那些有此待遇的天之驕子，無一例外，都在三十歲之前，就被陣斬在劍氣長城以南的沙場。

妖族對此從來不計代價。

往往一位天之驕子的生死，都會牽扯到一名甚至是數名大妖、劍仙的生死。

妖族覺得城頭上有一個陳清都就足夠了。萬一再多出一個什麼寧清都、姚清都，就不是只死一、兩個上五境大妖的事情了。

劍氣長城的無奈之處，則在於這類天之驕子，若是不早早去沙場歷練，不在生死之間迅速崛起，而只是養在劍氣長城以北，哪怕有數位劍仙精心傳授，仍是沒有半點可能成長為下一個陳清都、阿良或是董三更。

陳平安突然問道：「我在這裡，是不是會害妳分心，妨礙妳修行？」

寧姚點頭「嗯」了一聲，沒有否認，而且毫不猶豫，然後她說道：「但是你在這裡，我會很開心。在家裡斬龍臺修行的時候，經常會忍不住想起你，就會發呆，發完呆，就會直接跑來找你，回去後匆匆忙忙處理些家族事務，然後一天好像就這麼過去了，睡覺前又想著第二天見你。」

這就是寧姚。

齊靜春曾經告誡過對她一見鍾情的學塾弟子趙繇，最好不要喜歡上寧姚，因為她是一把無鞘的劍，鋒芒畢露，很容易傷及旁人，甚至傷己。寧姚看待這個世界，始終黑白分明，幾近無情，只是如今多出了一個陳平安。

陳平安斬釘截鐵道：「最多三天，我就要離開這裡，然後去往最像劍氣長城的俱蘆洲練拳也練劍，爭取以最快的速度躋身第七境，有資格參與這邊的戰事，我再來找妳！」

寧姚默然，她知道這樣是最對的，可她就是不願意說話，不願意點這個頭。相反，她還會抱怨身邊這個傢伙，為什麼可以這麼快就下定決心。

陳平安想喝酒，可是養劍葫蘆被寧姚攥得緊緊的，她好像還故意換了一隻手拿養劍葫蘆，讓它離陳平安更遠。

寧姚突然說道：「歷來妖族攻打劍氣長城，都會持續二、三十年，給你十年時間躋身第七境，夠不夠？」寧姚橫眉立目，「就十年，不能再多了！」

陳平安挪動屁股，面對她而坐，笑道：「好的，但是妳一定要等我。」

寧姚扭扭捏捏側過身，與他相對而坐，將養劍葫蘆遞還給他，這才點頭道：「好的。」

陳平安接過酒壺，仰頭喝了口酒。

寧姚輕聲道：「我有很多毛病。」

陳平安微笑道：「沒關係，我喜歡妳。」

寧姚眼眶紅潤。

陳平安伸出一隻手，微微顫抖，輕輕撫在寧姚的臉頰上。

寧姚有些臉紅，但是沒有拒絕，她只是閉上了眼睛，不敢看他。

就在天地寂寥，彷彿只剩他們兩人的時刻，有個不合時宜的咳嗽聲輕輕響起。

陳平安趕緊縮回手，借喝酒掩飾自己的尷尬，寧姚則轉頭望去，狹長雙眉上掛滿了殺氣。那個不速之客，正是老劍仙陳清都。

他站在兩人不遠處，負手而立，滿臉笑意：「突然想起一件事，怕回頭就給忘了，要趕緊跟陳平安說一下。」

「你們講就是了。」寧姚拿過酒壺後，面向城池而坐，背對著老劍仙。

陳平安跳下城頭，問道：「陳爺爺，什麼事情？」

老劍仙笑道：「南邊老瞎子的畫，好看，西邊老禿驢的雞湯，好喝，中土那個讀書人的字，俊俏。這幾個人，我都覺得很有意思，但是最有意思的是這些老傢伙，一個比一個死不掉。」

寧姚忍不住轉頭道：「陳爺爺，按照你以前的說法，東海不是還有個臭牛鼻子嗎？」

老劍仙點頭道：「就是想到了這個傢伙，才想跟陳平安說一聲。」

寧姚疑惑不解。

老劍仙伸手指了指陳平安：「你的長生橋，修不修，其實意義不大，不如另闢蹊徑，去找這個道人。雖然你極有可能會被拒之門外，但是我覺得你既然能走到這裡，說不定會是個例外。」

陳平安心弦一震，問道：「陳爺爺，該怎麼找這位高人？是去東海嗎？好像我們寶瓶洲就在東海之上。」

老劍仙搖頭道：「是去東南方的桐葉洲，找一座觀道觀。」

陳平安愣在當場，有些猶豫，這與他的初衷不太相符，但是既然老劍仙都這麼說了，肯定有其深意。

老劍仙說道：「你這槐木劍匣，很有來歷，不如借我十年，我可以拿一把劍跟你換，十年之後再換回來便是。這把劍會在你到達桐葉洲後，幫你指明尋找那個東海老道人的大致方向。至於你僥倖找到他之後，人家願不願意幫你，就得看你陳平安自己的造化了。」

陳平安點頭道：「好！」

陳平安摘下劍匣，取出槐木劍降魔，寧姚問道：「能不能把木劍留給我？我也跟你換一把劍。」

陳平安撓頭道：「槐木劍是齊先生送給我的，不能轉送給妳，但是妳可以將它留在身邊。還有，妳不用給我劍，劍氣長城這麼缺劍，而我暫時也用不著劍。」

寧姚招招手，陳平安便將槐木劍輕輕拋給她，然後將劍匣遞給老劍仙。

那張原本放置在劍匣內的符籙，早已在進入倒懸山之前，就被陳平安放入飛劍十五之中，否則那個枯骨女鬼恐怕早就在劍氣長城灰飛煙滅了。

當老人手指觸及槐木劍匣的一瞬間，它就憑空消失了。

老劍仙一手負後，一手雙指併攏在身前迅速一抹，老人和陳平安之間，露出一把帶鞘長劍的真容。

老劍仙以眼神示意陳平安接住長劍。陳平安伸出雙手接住墜落的長劍，他本以為可以輕鬆接住這把劍，結果一個踉蹌，差點摔了個狗吃屎。

老劍仙神色淡然：「劍名『長氣』，劍鞘與劍身不過七斤重，劍氣卻重達八十斤。負劍之人，可以日夜淬鍊神魂。」

陳平安沒了劍匣，暫時沒辦法背負這把長氣，只好捧劍而立。

老劍仙打量了一眼陳平安，點頭道：「總算有點劍修的樣子了。」

寧姚猛然轉頭望向南方。

老人笑了笑：「現在知道為何打攪你們兩個了吧。」

寧姚眼神凌厲，剎那間御劍升空。

老人轉頭對陳平安說道：「趕緊跟寧丫頭告個別，我送你回倒懸山。」

陳平安抱劍而立，仰起頭，望向寧姚，但是一時間卻說不出一個字。

寧姚也低頭望去，隨後趕緊將養劍葫蘆丟給陳平安。

老人笑道：「兒女情長，倒是不輸劍氣。那就這樣吧，一肚子情情愛愛，留在下次見面再說。」

老人屈指輕彈，剛剛接住養劍葫蘆的陳平安向後倒去。

下一刻，陳平安站定後，就發現自己已經不在城頭，而在倒懸山孤峰山腳的廣場上了。

這邊唯有大日高懸，沒有那座天下三月懸空的異象。

坐在拴馬樁上的抱劍漢子，看著持劍拎葫蘆的呆滯少年。

離別而已，卻讓陳平安都忘了自己有酒可以澆愁。

劍氣長城的南方城頭上，一個羊角辮小姑娘坐在邊緣，晃動雙腳，自言自語道：「我想變成一棵樹，開心時，在秋天開花；傷心時，在春天落葉。」

——劍來【第二部】（三）迢迢渡銀漢 完

高寶書版集團
gobooks.com.tw

DN 295
劍來【第二部】（三）迢迢渡銀漢

作　　者　烽火戲諸侯
責任編輯　高如玫
封面設計　張新御
內頁排版　賴姵均
企　　劃　何嘉雯

發 行 人　朱凱蕾
出　　版　英屬維京群島商高寶國際有限公司台灣分公司
　　　　　GlobalGroupHoldings,Ltd.
地　　址　台北市內湖區洲子街88號3樓
網　　址　gobooks.com.tw
電　　話　(02)27992788
電　　郵　readers@gobooks.com.tw（讀者服務部）
傳　　真　出版部(02)27990909　行銷部(02)27993088
郵政劃撥　19394552
戶　　名　英屬維京群島商高寶國際有限公司台灣分公司
發　　行　英屬維京群島商高寶國際有限公司台灣分公司
初版日期　2023年11月

本書中文繁體字版由浙江文藝出版社有限公司授權出版。

國家圖書館出版品預行編目(CIP)資料

劍來第二部（三）迢迢渡銀漢 / 烽火戲諸侯著. -- 初版. -- 臺北市：英屬維京群島商高寶國際有限公司臺灣分公司, 2023.10
面；　公分.--

ISBN 978-986-506-832-5（平裝）

857.9　　112015340

GOBOOKS
& SITAK
GROUP ©